中公文庫

世界警察 1

中央公論新社

目次

主な登場人物

吉岡《よしおか》冬馬《とうま》……… 警視庁刑事部捜査第一課係長。警部

アイリス・D・神村《かみむら》……… 警視庁刑事部情報分析捜査室室長。総監付。警視

樋口《ひぐち》 尊《たける》……… 警視庁公安部第一課課長。警視正

立石《たていし》勇樹《ゆうき》……… 警視総監

安見《やすみ》謙彰《けんしょう》……… 警視庁刑事部部長

仁戸田《にとだ》正治《まさはる》……… 警視庁公安部部長

グエン恵以子《けいこ》……… 警視庁警備部部長

宮里《みやざと》ベンジャミン……… 警視庁刑事部情報分析捜査室所属。警部補

朴《パク》 隆一《リュンイル》……… 警視庁警備部警備第一課特殊急襲部隊所属。潜入チーム隊長

速水《はやみ》レイラ……… 警視庁警備部警備第一課特殊急襲部隊所属。潜入チーム副隊長

加納《かのう》優子《ゆうこ》……… 医師。警察病院所属

鈴木《すずき》広夢《ひろむ》……… 武装組織イザナギの頭首

桝山《ますやま》道夫《みちお》……… 武装組織イザナギの幹部

サキ……… 武装組織イザナギの幹部

リュウジ……… 武装組織イザナギのメンバー

トミオ……… 武装組織イザナギのメンバー

垂水《たるみ》清玄《せいげん》……… 言論組織〝新和正壇〟代表

茂木《もぎ》一士《かずし》……… ユニヴァーサル・ガード東アジア警備隊司令官

浦《うら》晋之助《しんのすけ》……… ユニヴァーサル・ガード東アジア警備隊副司令官

ソフィア・サンゴール……… 国連事務総長

フランクリン・チャン……… FBI特別捜査官

内海《うつみ》史丈《ふみたけ》……… 日本国首相

岩見沢《いわみさわ》耕太郎《こうたろう》……… 日本国元首相

世界警察1　叛逆のカージナルレッド

私が世界政府を擁護するのは、人間がこれまでに見舞われることになったもっとも恐るべき危険を除去する方法としては、それ以外に可能な方法は存在しないと確信するからであります。全体的破滅を避けるという目的は、他のいかなる目的にたいしても優先するものでなくてはなりません。

A・アインシュタイン

世界連邦は昨日の夢であり、明日の現実である。今日は明日への一歩である。

湯《ゆ》川《かわ》秀《ひで》樹《き》

I　ハラキリ

1

鬱々《うつうつ》たる霖雨《りんう》が地面に溜《た》まっている。

　長雨も、蒸し暑さも常識になったこの国では、水浸しの大地はありふれた光景だ。温暖化に歯止めがかかっているというデータはあるにはある。だが、前の世代が犯した過《あやま》ちをそう簡単に解消できるはずもない。

　しばらく人類は、熱せられたこの惑星と折り合っていかなくてはならない。

　吉岡冬馬《よしおかとうま》は地面を見ながら歩みを進めた。水たまりに足を取られないように気をつける。夜はとうに明けたのに、重い曇天のおかげでいやに暗い。しかもこの区画の地面は舗装《ほそう》がひび割れたり剝《は》がれたりしている。寂れた郊外ならではだ。

　降る雨のことは気にしない。外套《がいとう》のおかげだ。最新素材が身を守ってくれる。水は通さないのに通気性がよく、暑さを感じない。技術の進歩が真っ先に刑事を助けてくれることに感謝する。

任務中は常に着けている眼鏡《めがね》――正式名称はスマートゴーグル――の中に電光表示が浮かび上がった。目的地が近いことを教えてくれる。前方に目を凝らすと、見覚えのある男が見えた。近づくと会釈される。

「相変わらず、現着が早いですな。吉岡警部」

機動捜査隊の山本《やまもと》アーティット巡査部長が、冬馬を穏やかな笑みで迎えた。

「そうかな?」

冬馬は曖昧《あいまい》に笑う。

「ええ。フットワークが軽すぎます。警部補以下は、引け目を覚えるんじゃないですか?」

山本アーティットは東南アジア系で、くっきりした顔立ちが人懐っこい。笑顔が底抜けに明るく、刑事よりも子供相手の仕事に向いていると冬馬はいつも思う。

「みんな忙しいんだろう。あるいは、優先順位が違うんだ。現着は、刑事たちの自主性に任せているから」

「承知しています。おかげで成果に繋《つな》がっている」

山本アーティットは少し真面目な顔になった。冬馬は察する。

「アーティット。君が不安なら、すぐみんなに招集をかけるよ」

「いえ。不安などありません。警部が来てくれたからには百人力です」

本気で言ってくれているのが分かって、冬馬は笑みを返す。だが、駆けつけた捜査一課の刑事が一人なのは期待外れに違いない。言い訳をしてもいいが、面倒なのでやめた。

冬馬が現着したことは他の刑事も把握している。互いの位置がＧＰＳで分かるからだ。冬馬がいるなら自分は行かなくていい、とみな遠慮している。

「で、ホトケさんはどこ？」

「こちらです」

アーティットが案内してくれたのは廃屋《はいおく》だった。廃屋の隣も廃屋、その隣も廃屋だ。二十年前までは都民に人気のあった区画。東京東部、浅草の外れだ。だが街並みから往時の面影は薄れている。相続する者もなく、ただ朽ち果てるだけの家屋が都内の至るところにある。最近の東京にはお馴染みの光景だ。

犯罪の温床になるから、警察官にとって有り難い現象とは言えない。冬馬の内心は複雑だった。東京から人が減っているということは、全国に人が散り、人口偏在が解消されつつあることを意味している。東京のＱＯＬ《クオリティ・オブ・ライフ》は上がっているはずだが、一方でゴーストタウン化する街も出現している。

以前の東京が異常すぎたのだ。なにもかもが密集し、土地や物価が高騰することで生まれていた犯罪もある。格差が激しすぎて貧困層も多く、自殺率も高かった。

時代はすごい勢いで変わっていく。それにつれて発生する犯罪の質も変わる。新しい東京の治安を守れるのは俺たち警視庁しかいない。力を尽くそう。そんなふうに自分を鼓舞する。

だが、殺害された遺体に直面して冬馬は意気阻喪《いきそそう》した。

廃屋の一階部分。駐車場だったらしく、水平の吹き抜け構造になっているスペースに、あまりに残虐《ざんぎゃく》な状況が作られていた。遺体は二つ。血潮の赤がそこら中に撒《ま》き散《ち》らされている。たった二人の人間から噴き出したとは思えないぐらいの量だ。

まず、絞ったまま捨てられた雑巾《ぞうきん》のように倒れている男。首を押さえた状態で事切れている。頸動脈《けいどうみゃく》をざっくり切られたことによる失血死だった。凶器はどこだ、と目を移して、もう一つの遺体に釘付《くぎづ》けになる。

こんな遺体は初めて見た。あぐらをかいた姿勢で、少し前のめりのまま止まっている。半裸の体には無数の傷がある。その中でも、世にも無残な傷は二ヶ所。まずは腹だ。横一線に裂かれてかすかに内臓が見えた。そのそばに閃《ひらめ》くのは、短刀。それは遺体自身が握っていた。腹を裂かれてから手に持たされたのか、それとも見た目通りに、自分で腹を切り裂いたのかは分からない。

その手に握っている刃が、もう一人の男の首を断ったのか？　だが、切腹男の首を見て分からなくなった。延髄《えんずい》がぱっくりと割れている。

殺害者の意図は見えた。首を切り落とそうとしたのだ。だがなぜか果たさず、首は胴体にかろうじて繋がっている。出来損ないの果実のように胴体の上に留《とど》まっている。

なにを意図した結果だ？　あわてていて切断が果たせなかったのか、それともあえて繋げたままにした。冬馬は胃のむかつきを抑え、顔を近づけて遺体を隅から隅まで観察した。

それを山本アーティットが、少し呆《あき》れたような顔で見ている。

剛胆だと評価されることもある。責任感の塊。刑事の鑑《かがみ》だと言われたこともある。密《ひそ》かにそれを誇りにしてきた冬馬だが、どんな高潔な魂であろうと目を逸《そ》らし、吐き気を堪《こら》え、膝《ひざ》を屈する事態は存在する。そう思い知った。

無視できない異物を振り返る。それは、死体の傍に突き立った一本の棒。てっぺんに閃く旗。そこに記されている紋章も、状況に念を押した。

最近は見飽きている。旭日旗《きょくじつき》に似ているが、そこに曲玉《まがたま》や剣、朱鷺《とき》や桜や菊など、古来の日本を象徴する様々なアイテムが付け加えられている。偏向した思想と執着心が渋滞を引き起こしている。

イザナギ、と口にするのも虚《むな》しい。

地下組織同士の殺し合い。あるいは仲間割れ。その類《たぐ》いであることは間違いなかった。

「アイリス」

気づくと冬馬は、怒りに任せて名を呼んでいた。

「なぜ、旧世界の亡霊は消え去らない？」

山本アーティットが意表を突かれて視線を寄越《よこ》す。冬馬は機捜刑事に話しかけたわけではなかった。常備するインカムに向けたのだ。最新インカムのマイク部分は一ミリ以下で、服の襟《えり》に付いているのでアーティットには見えない。

名前を呼んだ瞬間に相手に繋がるように設定してある。相手が取り込み中で回線が繋がらなければ、動画と音声を録音しておく。

『朝から難題を突きつけますね』

相手は反応してくれた。リアルタイムで会話できる。

「アイリス。おはよう」

『冬馬さん。本気で答えを求めていますか？』

「求めている」

冬馬は声を低めた。

「残酷な事件が、止まらないからな」

『イザナギですか？』

アイリスはいつも察しがいい。そして必ず意味のある言葉を返してくれる。

「そうだ。連中の旗が立ってる」

『現場を、見せていただけますか』

「いや」

と言って冬馬は視線を殺害現場から逸らした。自分の眼鏡に備わったカメラが、残虐な光景を同僚に送ることを避けたのだ。

「淑女に見せられる光景じゃない」

『淑女とはだれのことですか』

「もちろん君だ。アイリス」

『お気遣いは無用。私も警察官です』

「だが、今回は度を越している。あとで状況はしっかり説明するから」

一拍の沈黙のあと、

『了解しました』

と返ってくる。冬馬は後悔した。安易に彼女の名を口にし、電話を繋げてしまったことを。彼女も忙しいのに。

「すまん。また連絡する」

『先程の、警部の問いですが』

アイリスには生来のホスピタリティが備わっているようだった。

「なんだ？」

『旧世界の亡霊の件です』

「……ああ」

『ある種の人々の、心の拠《よ》り所《どころ》だからです』

冬馬は何度も頷《うなず》く。それがアイリスなりの表現か。

『アイデンティティを、手の届くところに求めた結果です。それを愛国心と呼ぶ人もいる。時代錯誤《じだいさくご》と呼ぶ人もいれば、知的怠慢《ちてきたいまん》と呼ぶ人もいます』

「アイリスは？　どれだと思う？」

『答える必要がありますか？』

反問された。冬馬は苦い笑いを嚙《か》み潰《つぶ》す。

「だが、彼らのような人間は絶滅しない。それが目の前の現実だ」

冬馬は控えめに告げた。

「時代を超えて存在し続けてる。それが時に暴力になり、人の命を奪う。アイリス。どうもこれは、拡大する気がしてしょうがない」

『そうですか』

アイリスは根拠を求めなかった。刑事の直感、という非科学的なものに敬意を払ってくれた。

『場所は浅草ですね』

GPSで位置を確認してきた。冬馬は頷く。

「下町情緒が残ってる街はやっぱり、イザナギの連中も好きなのかな」

『〝和〟が残っているからですか』

「ああ。型にはまった懐古趣味だ」

『そんな町を血に染めたとしたら、彼らの言う愛国とはなんなのか、訊いてみたくもなりますが』

「訊いてみるよ。実行犯を突き止めて、身柄を確保する」

『お待ちしております』

　アイリスは声に少しだけ笑いを混ぜた。

「手は貸してくれないのか？」

『もちろん、私のできることならなんなりと。ただし、このまま現場を見せていただけないなら、お渡しできる情報も必然的に、限られます』

　取引を持ち出された。冬馬は分かりやすく動揺する。

「しかし……」

『お互いプロフェッショナルです』

「俺自身が、もう凝視したくないんだよ」

『警部。あなたが拒むなら、現場にいる他の刑事に頼むことにします』

　アイリス・Ｄ・神村《かみむら》という女性が鋼の意志を持つことを思い知らされた。

　冬馬は覚悟を決め、自分の視線を真っ直ぐに、無残な遺骸に向ける。

　改めて冬馬は痛感した。憎しみが迸っている。歪《ゆが》んだ感情を縦横無尽にぶつけた結果だ。

ここまでやれる者は限られる。冷血。嗜虐《しぎゃく》。無慈悲。全てが揃って初めて人間の身体はこんな有様になる。

『切腹ですか』

アイリスの抑えた声音。さすがに衝撃を受けている。

「そうだ。だがたぶん、自殺じゃない」

冬馬は自分の声に憎しみを感じた。激怒が腹の底で蠢《うごめ》いている。

「強要された。さんざん苦しめたくせに、実行犯は切腹の様式美も守れなかった」

顔を近づける。アイリスの視界にも、遺骸の腹の部分がズームアップされているはず。

傷は浅い。脅され、仕方なく刃を自分の腹に当てたものの、深くは抉《えぐ》れなかったのではないか。あるいは第三者がおざなりに横になぎ払った。

実行犯は介錯《かいしゃく》を気取って首をはねにかかったが、人間の骨の強さを甘く見ていたのではないか。熟練の剣士にこそ介錯は務まる。

「半端者が、歪んだ憧れを実現しようとして失敗した。ザマはない」

『そうですね。本気の介錯なら、鍛練を積んだ上で、本物の日本刀を用意して、過《あやま》たず首を飛ばしていたはずです』

アイリスはすっかり平淡な口調になっている。

『その、飛び損ねた首の持ち主が分かりました』

アイリスはいつも期待を上回る成果をくれる。

「本当か？」

『〝LAW〟のデータに引っかかりました。冬馬さんの睨《にら》んだ通りです。イザナギの構成員ですね』

彼女の有能さには慣れることがない。〝LAW〟とは警視庁独自のAIデータベース。犯罪に関する膨大なデータを抱え持つ。アイリスはその管理者だ。冬馬は唸《うな》った。

「やっぱり、内部の粛清《しゅくせい》だったか」

『そのようですね。まだ断言はできませんが』

慎重な物言いだった。確かに偽装もあり得る。あからさますぎるとも感じるから、断定は避けるべきだろう。

「ともかく、野蛮な獣の共食いには違いない」

『共食いですか』

「ああ。似た者同士のな。君も現場に出てくれれば分かる。衝迫《しょうはく》、というのか。このフィーリングは、遠隔じゃあ伝わらない」

『申し訳ありません。相変わらず、出不精なもので』

アイリスを非難したわけではない。冬馬はあわてて言った。

「いや、来てくれなんて言わないよ。君は忙しい。ドサ回りは俺がやるから」

余計な気遣いをさせたくなかった。かつては前線に出ていたアイリスが、もはやそんな身分でないことはみんな知っている。

　彼女は警視庁情報分析捜査室の室長を務めている。もともと刑事部の科学捜査官のエースだった。階級は警視。警部の冬馬は、後輩に抜かれた形になる。アイリスは何より〝総監付〟という特別な肩書きを得、警視総監を直接補佐する立場だ。だが総監専属というわけではなく、現場の刑事たちのことも個別に助けてくれるので、刑事たちからは究極のアームチェア・ディテクティブという扱いを受けていた。だから、いま本人が現場に出て来たら刑事たちはかえって戸惑うだろう。実際、若くて歴の浅い刑事たちの中には、アイリスが実在せず、最新のAIだと信じ込んでいる者もいる。

　かつてはコンビを組んでいた冬馬でさえ、相手の実在に自信が持てなくなるときがある。生身の君に一年以上会っていないな、と言いそうになってやめた。アイリスだって好き好んで今の地位にいるわけではない。

　俺は旧時代の汗かき刑事だ。厄介な匂いのする事件に臨場せずにいられない性格を、アイリスは変態趣味だと疑っているかも知れない。だがなんと言われようと機捜刑事とともにできる限り自分の目で確認する。実際にそれが容疑者確保に繋がっている。だから捜査一課の係長が務まるのだ。

『イザナギは、組織としての拡大が疑われます。ネットでの勧誘だけではなく、研究会に偽装して参加者をオルグしていると覚しき報告がいくつも。もちろん、冬馬さんもご存じでしょうが』

「ああ。きな臭いよな。その矢先にこんな粛清だ」

冬馬は後悔する。もっと早くイザナギに本腰を入れていれば、防げた悲劇かも知れない。

「公安に気を遣いすぎた。ネジを巻き直さないとな」

『ぜひ、挽回《ばんかい》してください』

そのいたずらっぽい口調に、彼女の容貌が鮮やかに甦《よみがえ》った。肌の白さ。コンビで捜査に精を出していた頃も、どれだけ外回りをしてもその白さは変わらなかった。そもそも太陽が似合わない。瞳に星空を感じる。濃い闇に星が瞬《またた》いているように見えた。幼い頃から知っているが、あの不思議な瞳に慣れることはない。

「……分かった。俺がしっかり働けば、それは可能だな」

『ご明察です』

突き放すように回線が切られた。

冬馬は苦く笑い、それから山本アーティットを振り返った。

「本部ですか」

「ああ。情報分析捜査室だ」

「あ、神村さんですか」

「知ってるか？」

「もちろんです。でも、実在するんですね」

冬馬は笑ってしまう。

「ＡＩだと思ってたか？」

「もしかすると、とは」

アーティットはあっけらかんとしている。表情がどうにも憎めない。

「直接話せば分かるよ。彼女は案外、人間臭い」

「でも、信じられないほど優秀だとか」

「ああ。だから俺も単独行動ができるんだ。彼女が時々バックアップしてくれるから」

「へえ。いいですねえ」

アーティットが目を輝かせている。そうか。若い彼は、冬馬の職歴を知らないのだ。

「昔はコンビだった。だけど彼女が優秀すぎるから、独り占めするのは気が引けてね。総監に差し出した」

「そうなんですか！」

冗談のニュアンスが伝わったかどうかは分からない。アーティットのくりくりした瞳に笑って返す。

「君も頼ってみればいい。アイリスはどんな相談事でも、きっちり答えを返してくれるぞ」

「とんでもない！　私のような若僧は畏れ多くて、とてもとても」

　おどけたようにへりくだる。冬馬は笑いながら、山本が乗ってきたパトカーを振り返った。山本のパートナーと覚しき刑事が中で端末に向かっている。現場検証のデータをリポートにまとめているのだろう。

　コンビの伝統が廃《すた》れたわけではない。機動捜査隊はもちろん、所轄署の多くはいまも二人一組で動いている。だが警視庁本部の刑事はその限りではなく、警部補以上は一人で動くことが多い。電子的な繋がりが密接だし、身につけている通信デバイスによって行動は記録されている。捜査の進展はリアルタイムで共有されるのだ。であれば、捜査会議を特定の場所で行うのは非効率。タイムラグなしでお互いを繋げられるなら、肉体を一つの場所に持ち寄る必要がどこにあるだろう。集まることで捜査時間が削られ、犯罪者を逃す可能性が高まる。

　警部になると捜査会議を起ち上げる権限を得る。冬馬が真っ先に取りやめたのがリアル会議だ。すべてをオンラインに変えたおかげで捜査効率が上がり、検挙率も上がった。

　警部以上は、かつて単独行動などあり得なかった。部下が放っておかない。護衛も兼ねてサポートについた。だが冬馬はいまや護衛を必要としない身分だった。

「警部。あなたが、常に丸腰、というのも本当ですか？」

アーティットはさらに踏み込んできた。目が輝いている。

「知ってるだろう、そんなこと」

冬馬は言葉を濁す。

「知ってはいますが、信じられなくて」

アーティットは頭を掻《か》きながら言った。彼の腰の部分は膨らんでいる。拳銃が収まっているからだ。警察官にとっては当たり前の光景だが、冬馬には懐かしかった。

「丸腰ってのは正確じゃない。俺に限っては、まあ拳銃こそ持っていない。だが、考えようによっちゃ、とんでもない武器を持ってるとも言える」

「シールドですね。使ったことは、あるんですか？」

いささか訊きすぎだったが、冬馬は相手の勇気に敬意を表する気になった。

「ある」

アーティットの瞳が輝きを増す。

「性能は、凄いんですか。やっぱり」

「そんなに、直接訊いてきた奴は初めてだよ」

「すみません。不躾《ぶしつけ》で。でも、どうしても興味があって」

一部の刑事が身につけている最新技術の威力を、いちばん実感できていないのは同僚の警察官たちではないか。そう考えると申し訳ない気持ちになった。

「俺を撃ってみるか？」

冬馬が言うと、アーティットはえっ、と言って固まった。愛嬌《あいきょう》のある顔から笑みは消えない。冗談と信じている。

「構わんぞ。俺は本気だ」

「……遠慮申し上げます」

笑みが強張《こわば》り、やがて引っ込んだ。自分が一線を踏み越えてしまったと悟ったようだった。冬馬はやりすぎたと後悔した。話題を変える努力をする。

「さて、どこから手をつけるかな」

冬馬はイザナギの旗を見ながら独りごちた。アーティットが畏《かしこ》まる。

「鑑識が集めたデータは全て転送させます。凶器や足跡の探索は、続けますね」

「すまんな。頼む」

冬馬は気さくにいい、聞こえるように啖呵《たんか》を切ってみせた。

「待ってろよ。切腹を強いるような奴は、許さん」

スマートゴーグルが反応し、なぜか内側に今日の日付を表示させた。26.Oct.2099。

2

リュウジは鞘《さや》に収まった刀を見つめていた。

美しい。古来の美が凝縮している。自分がこの国に生まれたことに誇りを感じる。武士の時代に生まれたかった。主君のために命を捧《ささ》げる。生まれた国を守るために死ぬ。それ以上の生き方があるとは思えなかった。だが二十一世紀末のいま、そんな生き方ができるところは見当たらない。そう絶望していた矢先、光が射した。

閃く旗印にぶつかったとき、生まれて初めて自分の居場所を見つけたと思った。そのあと紆余曲折《うよきょくせつ》はあったが、いま、望み通りにそこに所属することができている。

その組織に属する証として与えられたのが、一振りの太刀《たち》。正統な国家の神髄がそこに込められ、何百年にもわたって受け継がれてきた。〝和〟の魂そのものだ。

昨夜の粛清に持っていくことも考えたが、思い留まった。裏切り者の血で汚すことが忍びない。昨夜は別の人間が太刀を振るった。

粛清自体は成し遂げられた。自分の手で完遂したわけではなくとも、補佐はできた。自分を責める必要はない。何度も自分にそう言い聞かせている。誤魔化《ごまか》すように酒を呷《あお》った。日本酒と焼酎《しょうちゅう》だ。だがさっぱり酔わない。

徹底的に〝和〟にこだわるリュウジの生き方を笑う奴がいる。素人ほど形から入るんだな、まるで融通の利かない中学生だな、と。笑わば笑え。

リュウジは正しいことを探し求めてきた。

世界連邦には敬服している。争いを収めることに成功しているからだ。爆撃や戦闘による悲惨な死がこの世から減った。〝軍隊〟は消滅してしまった。生まれ変わったすべての武力は、日本発祥の「自衛隊」に倣《なら》い、当初は Self-Defence Forces と呼ばれた。だがいつしか Universal Guards 、略してＵＧで定着した。普遍的な警備部隊。訳せばそうなる。「万人のための守護者」という意味合いだ。日本では万人警備隊と呼ばれることもある。理念や響きは悪くない。自衛隊の世界版だと考えれば誇るべきだろう、日本人として。

協調、相互理解がいまや世界の基礎だ。まだ若かった頃、リュウジはそれを素晴らしいと思い、世界連邦になんの疑問も持たなかった。歴史を学んでも違和感を持たなかった。平和はなにより素晴らしいこと。世界は融合し、ますます理解し合える。そう信じていた。

だがいつしか、テロ活動が絶えていないことを知った。この地球のあらゆる地域に、世界連邦を憎み、他民族と交わることを良しとしない人々が存在する。どうしてだ？　日本が提唱した平和の原則をなぜ守らない。

国それぞれの事情がある。人それぞれの好みと考え方がある。リュウジは調べた。そして、日本に住む人間の視野と、日本の外に住んでいる人間の視野からでは見える景色がまるで違うことを知った。

日本では目立たなくなった格差や不平等や差別が、多くの国では解消されていない。世界連邦は格差の問題を改善し、飢餓《きが》や極度な貧困は地上から消え去ったはずだ。それが真実ではなさそうだとリュウジは疑い始め、多くの情報にアクセスした。たどり着いたサイトや、発信者の著書・講演の映像には確かに説得力があった。なぜ武装蜂起やテロが絶えない？　ユニヴァーサル・ガードの出番がなくならないのか？　不平等が続き、差別されたり貧しいまま放っておかれる人々がまだ大勢いるからだ。そうとしか考えられなかった。世界連邦が吹聴《ふいちょう》する現実は虚構だ。事実を隠蔽している。

だが、きな臭い暴力が続いているのは外国の話だ。日本は違う。

リュウジは当初はそう思った。それが最後の心の拠り所だった。

ところが、巧妙に隠されてはいるものの、日本にこそ最も陰湿な差別が温存されている。いつしかそう思うようになった。

リュウジの級友たちは、今年が広結《こうゆ》何年かも知らない。元号は廃止されていないのに。海外の歌手の名前は知っていても、演歌を知らない。国歌でさえうろ覚えだった。日本のために尽くした歴史上の人物たち、坂本龍馬《さかもとりょうま》も山本五十六《やまもといそろく》も、聞いたことはあっても何をやった人物か知らなかった。

苛立《いらだ》って友達に指摘したら「古い」と笑われた。

なぜ伝統を大事にすることを笑われるのだ？

クラスに外国をルーツに持つ同級生は珍しくなかった。三分の一は日本以外の国の血を引いている。百年前の映像や資料を見たことがあるが、まだこの国は日本人だらけだった。変化が速すぎる。

「世界のすべての国々をリードし、壁を壊す。人類を一つにする」

この国はそんな強迫観念に取《と》り憑《つ》かれている。そう宣言している手前、外国人を受け入れないわけにはいかないのだろう。やりすぎだ。無理している。世界の規範でなくてはならないと思い込み、優等生を演じている。だから〝日本人〟の伝統や独自性を押し出すよりも〝国際人〟としての自分を演出することばかりしている。「世界連邦市民」「地球人」と名乗らなくてはならない同調圧力があるのだ。なぜ「日本人」と名乗ることが憚《はばか》られる？　どうして古い、危ない、間違っていると言われなくてはならない？

異を唱えるな。出る杭《くい》は打て。というこの国の悪《あ》しき伝統だけは引き継がれているらしい。リュウジは叫びたい。良い伝統まで壊すな。民族の誇りを失うな。このまま人種が混ざり合うと、世界中すべてが本当に地球人になってしまう。希少種が消える。それこそ多様性の消滅ではないのか？

他の国の連中はどうでもいい。それが本音だ。黒人も白人もアジア人も混ざり合って中間的な容貌になってしまえ。全員が雑種。こんな考えが差別と呼ばれることは知っている。

近代教育を受けてきたのだ。恥ずかしい、という思いはリュウジの中にもある。

だが、「日本だけは違う」という特権意識を否定するのは、やめた。自分に嘘をついても仕方ないと開き直った。黒髪と黒い瞳を保つのだ。濁らせてはならない。差別主義者と呼ばれてもいい。美しい伝統を誇ってきた国が薄められ、そのうち別人種にのさばられ、挙げ句には〝日本〟が忘れ去られてしまう。止めなくては、手遅れになる前に。

仲間がサイバースペースには大勢いることを知ってからリュウジの人生は変わった。彼らの前でリュウジが内心を吐露すると、

「その通りだ！」

「日本人はいちばん優秀な民族なんだ」

「我々は、汚れた血に取り込まれてはならない。誇り高くあるべきだ」

と賛同する声が続々と返ってきた。リュウジは天にも昇る気持ちだった。

「皇紀二七〇〇年を超え、大和《やまと》民族はどんな国の民族より特別な種として存在し続けてきた。これは運命だ。我々は選ばれた。有象無象とは違うんだ」

そう繰り返しているうちに、リュウジはイザナギという秘密組織に所属するだけでなく、その中枢へと急速に近づいていった。同志たちは皆誇りを胸に活動していた。命を賭し、まやかしを打破しようとこの旗の下に集まってきたのだ。

だがこの旗印は大衆から見向きされない。新しくデザインされた旭日に誇りを抱かない。

古来の〝和〟を取り込んでまとめ上げた労作なのに。いま、この列島に住む何人が国旗に敬意を払っているだろう？　むしろ敬遠したり毛嫌いしている。

リュウジが加わったとき、同志は東京には三百人ほどだと聞かされていた。地位が上がるにつれ、実はそれほど多くないことを知った。それでも、努力次第で千人に達することも不可能ではないと悟った。実際に数がじりじり増えている。地道な活動の成果だ。ちょっと揺さぶれば我々によろめき、共鳴する者は多い。

「自分の本性に、無意識で気づいているのよ」

サキは得意げに言ったものだ。

「だから、偽の平和に不満を感じる。無理に融和を唱えても、濁るだけ。身体の細胞が、遺伝子が知ってるの。自分が日本人だって」

リュウジの指導係としてついたのがこのサキだった。少し年上。背は高くないが筋肉質な女だった。眼差しには野性味と、なんとも言えない色気があった。

サキはある日、会わせたい人間がいると言って秘密の場所に連れて行ってくれた。そこに鈴木広夢《すずきひろむ》がいた。レジェンドだ。創設者の一人で、イザナギの現・頭首。彼はリュウジの加入と成長を喜んでくれた。これからも頑張れと激励され、太刀を与えられた。

サキのおかげで中枢にいる人間に会えた。自分も出世して、いずれはイザナギのリーダーの一人になることとさえ夢見始めた。リュウジはやがてサキと恋仲になった。サキが自分を男として認めてくれた証拠に思えて嬉《うれ》しかった。

「仲間内に裏切り者がいる」

そんな噂《うわさ》が入ったのは、リュウジがイザナギに属してから半年が過ぎた頃。温《ぬる》い雨の降りしきる十月の夜のことだった。

「間違いないのか」

リュウジは相手に確かめた。

「離反者でなく、裏切り者？」

「そう。あたしたちイザナギの転覆を目論《もくろ》む者」

そう告げたのは愛《いと》しい女にして、かけがえのない同志。

「リュウジ。あたしたちは、容赦ない鉄槌《てっつい》を下さないと」

サキは熱情を滾《たぎ》らせながら言った。公私ともに、これ以上ない相棒。着物姿が似合う大和撫子《なでしこ》だ。旧華族の出だというが、そこはリュウジは話半分に聞いている。血統にこだわり、自らのアイデンティティを強化したい気持ちはよく分かるからだ。組織内では他にも、自分の先祖についていろんなことを言い立てる人間がいる。いちいち詮索《せんさく》などしない。藪蛇《やぶへび》になったり、自分が突っ込まれるのが嫌だからだ。

同じ旗の下に集えればそれでいい。同族の血を信じられれば、それで。

鈴木広夢を柱として、この国の復興を目指す志士たちが集まり、一丸となって道を切り拓《ひら》こうとしている。リュウジはそう信じて疑っていなかった。たとえこの身が桜の如く散ろうとも、神州に血肉を埋められる。それが本望だと。ところが。

「裏切り者は、桝山道夫《ますやまみちお》だ」

サキが告げ、リュウジは啞然《あぜん》とした。鈴木広夢の側近の一人である桝山道夫が？　胸の内部が凹《くぼ》んだ気がした。リュウジは桝山が好きだった。日本の古典文学に通じ、大学教授のように落ち着いた雰囲気のある男。まさか裏切り者だなんて。

「本当か？　他の側近の、讒言《ざんげん》じゃないのか？」

「いまからそれを確かめる」

鬼気迫るサキの様子に啞然とした。紛れもない殺意が眼から、鼻から噴き出している。

「お前がやるのか？」

「あんたと私が、だよ」

「尋問を任されたのか？」

「制裁を任された」

いつの間に大役を任されるようになったのか。リュウジはサキを、組織の中では青年部のリーダーの一人に過ぎないと考えていた。在籍が長いから、中枢メンバーに顔が利く。だがそこまで重要な使命を任せられる女だとは思わなかった。

「ジロウとタダシも連れて行く。四人で行けば、桝山を逃がすことはない」

たしかにそうだろう。ジロウとタダシはイザナギ切っての武闘派だ。リュウジもよく格闘術の手ほどきを受ける。銃器の扱いにも長《た》け、幼い頃から裏社会で生きてきたことを感じさせる。十代を平凡に過ごしたリュウジが引け目を感じるほどだった。ただし、リュウジも中学高校と空手を続けてきた。背丈も百八十五センチを超える。すぐにだれにも負けなくなった。

夜更けに桝山が一人でいるところを狙った。サキが指揮し、ジロウとタダシを手足のように使って、素早く暗がりに連れ込む手際はゲシュタポか特高警察を連想させた。

「あんた、あたしたちに報告することがあるだろ」

サキは相手の顔の近くで詰問した。

「報告?」

インテリ風の銀縁眼鏡がずれている。桝山道夫は本気で怯《おび》えていた。

「なんで君らに報告することがあるんだ」

見下した態度に、サキの癇性《かんしょう》が爆発するかと思った。だが意外な冷静さで告げる。

「隠し事をしてるからだ。でっかい嘘を隠してる」

その声に籠もる確信。外さない鋭い視線。慣れていると思った。仲間に制裁を加えるのは、初めてではないのではないか?　リュウジの脇を冷や汗が伝う。

「自分から言えば、手加減してやる」

そう言いながら、サキが腰から抜き出したものを見て桝山の表情が変わった。

短刀だった。短刀と言っても柄が木製で、刃の部分を包む鞘もある。リュウジにも見覚えがあった。映画のアーカイヴを見れば出てくる。〝ヤクザ映画〟に出てくるドスだ。時代劇に出てくる侍が似たものを手にしていることもある。白装束を着て正座をして使うものだ。実物は初めて見る。

「手加減って？　解放してくれるのか」

「いや」

サキは間髪容れずに返した。

「苦しめないで殺してやる」

ぞっとした。ただの脅しだろう。だがリュウジの背筋は氷が刺さったように冷たい。

「頭首はどこだ？」

桝山はキョロキョロと鈴木広夢を探した。助けを求めるように。

「その頭首からの命令で、あたしたちは動いてるんだよ」

サキに言われて桝山は顔を歪めた。

「嘘をつけ。俺は信じない」

「ばーか。隠せると思うのか？　お前の嘘を」

サキは桝山の目の前に、鞘を抜いた光る刃を突きつけた。

「なんで頭首が、お前と会わないか。分からないのか？」

桝山は殴られたような表情になった。

「最近は、居場所も知らせてくれない。おかしいとは思っていたが……」

「お前の正体を知ったんだよ」

「俺の正体？　何の話だ」

「お前はスパイだ」

言い切られた桝山は怒りを露《あら》わにした。

「言いがかりをつけるな」

「もう、調べはついてるんだ」

サキは仕上げにかかった。声を落としたのでそれと知れた。

「貴様は警察のイヌだ」

リュウジの方が耳を疑った。

「これが証拠だ」

サキが懐から取り出した物を桝山に突きつける。どうやら身分証のようだった。

「西島勝弘《にしじまかつひろ》。それがお前の本名だな。この警察手帳のコピーに書いてある」

桝山はそれに手を伸ばさない。まともに見ようともしなかった。

「写真がお前と一致する。そうだろ？　それ、お前の顔だろ？」

「そんなものは偽造だ。罠《わな》だ。俺を陥れようとしているな」

桝山は、口ではそう言う。だが顔が真実を告げている。勝負あった。

サキ、それをどこで手に入れた？　だれかがこの男を売った？　そう訊きたかったが訊ける雰囲気ではない。

「不審な通信も傍受してる。お前は、警視庁しか使わない帯域の電波を使えるな。なめるなよ、あたしたちの技術力を」

サキはとどめのように言い渡した。リュウジも納得する。この桝山は本当に、警察の潜入スパイなのだ。

「いま認めれば、楽に殺してやる」

桝山は口を真一文字に結び、必死にサキを睨み返している。

「認めなかったら？」

その目は死んでいなかった。

「リュウジ」

唐突に呼びかけられた。サキが振り返ったので目が合う。強烈な光を発している。心底怒るとこんな目になるのか。リュウジは目を逸らしてしまった。

「やるぞ。準備しろ」

ジロウとタダシがすかさず動き出す。リュウジは驚いた。段取りができあがっている。

詳細を知らないのは自分だけ。たちまち、銃を構えたジロウとタダシが両脇から桝山に狙いを定めた。まるで殺し屋。汚い仕事のプロだ。

「仮にも、イザナギの一員だったお前だ。名誉ある死に方をさせてやろう」

サキは、持っていた短刀を桝山の前に置いた。

「それで腹をかっさばけ」

耳を疑った。

「介錯はしてやる。ありがたく思え」

これは手の込んだ冗談で、騙《だま》されているのは自分。リュウジはそう祈った。だが無駄だった。いつの間にやら、鞘から抜いた長刀を手にしたサキが、自ら桝山の背後に回った。処刑人の振る舞いだ。まさか、介錯は初めてではないのか？　いままで何人も切腹させている？　そんなはずはない。切腹の前例があれば耳にしているはずだ。

女の凄絶な双眸《そうぼう》の前でリュウジは観念した。自らも拳銃を構え、あぐらを掻かされた男に向ける。敬意を持っていた桝山道夫に。

それからあとの成り行きを思い返すとき、リュウジの記憶は朦朧《もうろう》たる色彩を帯びる。二人の男が銃で身体を突きながら、無理やり桝山にドスを握らせた。桝山は仕方なく、その手を自分の腹に近づけた。

気づけばドスが宙を舞っていた。

桝山は決死の抵抗を選んだのだった。その動きはたしかに、理論派の生《なま》っ白《ちろ》いテロリストのものではない。訓練を積んだ刑事の俊敏さだった。煌《きら》めく刃はまずジロウの右手を、それからタダシの首を襲った。ジロウの手は叩き切られ、タダシの首から血が噴き出した。

リュウジはとっさに拳銃の引き金を引いたが、まったくあさっての方に弾が飛んだ。

長刀が暗闇に一閃《いっせん》した。空気を切り裂く音はいまも耳から離れない。いや、あの音は空気を切り裂いただけではない。闇に赤が混じったのをリュウジは確かに見た。

サキの振るった刃は裏切り者の延髄を切り裂いた。ただし、浅い。あとから思えば、あえて浅く断ったのだ。虫の息のあるうちに桝山に再びあぐらの姿勢を取らせるために。

続いて起きた出来事は、リュウジの記憶の中でますます悪夢の霧に沈む。

サキは、桝山のドスを持つ手ごと握って桝山の腹に突き刺し、横になぎ払った。

もう見ていられない。リュウジは背中を向けた。そのまま駆け出そうとした。

「リュウジ！　手伝って！」

「無理だ」

地面に向かって言った。嘔吐《えず》きをこらえるので精いっぱいだった。

「じゃあ、ジロウに肩を貸して、連れて行って」

視線を移すとジロウは自分の手を押さえてうずくまっている。出血ぶりが異常なのが分かった。桝山のドスで動脈を傷つけられたのだ。

タダシの方はぴくりとも動かない。首からの出血で絶命していた。

リュウジは必死にジロウを抱え上げ、その場を離れた。駐《と》めておいた車の後部座席に押し込んで、自らは運転席で待つ。苦痛の呻《うめ》き声《ごえ》が途絶えない。だがサキはなかなか戻ってこない。待つ一秒一秒が地獄に感じられた。

ようやく戻ってきたサキが助手席に乗り込むと、リュウジは必死の思いで車を発進させた。帰路の記憶は曖昧だ。無事に帰れたことが信じられない。

リュウジが待っている間にサキは〝切腹〟を完遂したのか。知りたくなかった。腹の底がまだ冷えている。自分が愛した女の魂の底にこれほどのマグマが潜んでいようとは。人違いをしていた気がする。地面が消えるような不安を感じた。

サキはあくまで切腹にこだわった。今後、あの異常な死に様は発見者を怯えさせ、噂を広げるだろう。見せしめとしては完璧。

この女を裏切れない。同じ目に遭う。リュウジは白く醒《さ》める頭の中で痛感した。

ジロウは一命を取り留めたが、右腕の神経が深いダメージを負った。切断はせずに済んだが、元通りに動くようになるか分からないという。桝山の命を懸けた反撃は、手練《てだ》れの男二人を葬ったのだ。やはり頭でっかちのテロリストではない。潜入していた刑事だった。

だからサキは正しいことをした。組織のために自分の使命を果たしただけだ。何度自分に言い聞かせても、リュウジはサキに会うのが怖い。

一人になりたい、という我儘《わがまま》がいまは許されていた。初めて切腹を目の当《ま》たりにした自分への同情のためか。サキはまだ引っ張り出しに来ない。だからリュウジはソファに寝転がったままでいる。

そもそもイザナギでは最低限の団体行動しか許されていない。昨夜は例外だ。生身で一堂に会することはほぼないし、顔を知らないメンバーも多い。これは天下の警視庁がとっている原則に近い。近年は単独行動を取る刑事が増えているという。

「イザナギには、元警察官がいっぱいいるから」

サキは訳知り顔で言っていた。たぶん本当だろう。

「敵の真似《まね》をするんだな」

「当たり前じゃない。いいところは取り入れる。でも、絶対に真似しないのは、日本政府や世界連邦のイヌになること」

この女とて組織の全貌は知らない。そう思っていた。だが昨夜から見る目が変わった。サキは実は、幹部級の大物なのではないか。

ならばなぜ、自分のような経験の浅い若僧とつるんでいるのか。それどころか男と女の仲になった。気まぐれか？

「気持ちは同じでしょ？　リュウジ」

いつかのサキが、またリュウジを煽《あお》る。

「世界連邦があんたになにをしてくれたの。なにもしてくれないどころか、あんたの大事なものを奪っていく。そうでしょ？」

その通りだ。リュウジは自分の中の憎悪と熱情をかき立てた。そうすることで腹の底の恐怖や疑惑を打ち消す。必死で初心に返ろうとした。リュウジはあらゆる国粋主義者、純血主義者にシンパシーを覚える。ヒトラーも三島由紀夫《みしまゆきお》もどこか純粋だった。不器用なほどに一途《いちず》だった。自らの民族を愛しすぎたのだ。それが行きすぎて破滅の道を辿《たど》った。

自分を彼らに重ねている。散り方にさえ憧れている。〝殉死〟が夢だ。だが、彼らが生きていた頃とは時代が違いすぎ、国際化が進みすぎて生きる場所をなくした。彼ら愛国者たちも、異民族の流入は予想しても、いつか国自体がなくなるとは思いもしなかっただろう。有名無実だった国連が、いつしか世界連邦という化け物を主導し、あらゆる国家を呑《の》み尽くすとは想像しなかっただろう。

世界連邦が成立した瞬間、日本は〝国〟という独立不羈《ふき》の地位を捨てた。〝県〟のごとき一地方に下落した。自ら望んでだ！　どうしてそんなことに耐えられる？

日本が世界連邦を主導したというだけで好意的に捉える者もいるが、誤魔化しだ。リュウジは政府が憎くて仕方なかった。国際人の手本のような顔をして、外国から褒《ほ》めそやされていい気になっているが、国のために死んだ英雄たちは決して奴らを許さない。

リュウジは昨日使わなかった太刀を手にした。柄《つか》を握って念を込める。

自分が若すぎることを恨んだ。自分が生まれる前に趨勢《すうせい》は決していた。多国家時代は終焉《しゅうえん》し、気づけば〝世界市民〟であることを強制されていた。

歴史を学ぶたびに疑問に思う。世界情勢がこんな急展開をすることはあり得ない。旧ソ連の共産主義革命も、明治維新もここまでの変化はもたらさなかった。一国ではない、世界全体が変わったのだ。戦争は絶対禁止。やる奴は人間じゃないということになった。全ての国が軍隊を捨てた。膨大な軍事費と引き換えに、国連の提唱する安全保障体制と新秩序に乗り換えたのだ。死刑も廃止された。これもまた狂気だ。死に値する罪人は確実にいる。なのに獄の中で養い続ける。それが人道だと？　緩い。甘すぎる。

自分が捕まっても死刑になることがないのは有り難い。そんなことは口が裂けても言わない。一生辱めを受けることの方がよっぽど地獄だと自分に言い聞かせている。国連の人道主義に騙されるな。

世界の超大国と対峙《たいじ》し、武装解除を成し遂げたという〝トゥルバドール〟の伝説も信じない。子供だましの童話をだれが鵜《う》呑《の》みにするか。都市伝説の究極版、CGとデマで作られたフィクションだ。断じて認めない。

「いつまで寝てんの」

サキがふだんと変わらない様子で現れ、リュウジはソファから飛び起きた。

女の穏やかな顔を見て、昨夜の出来事は夢だったのかと信じそうになる。

「刺激が強かったかな？　坊やには」

二十一歳。サキは二十七歳。そこまでなめられるとさすがに向かっ腹が立つところだが、リュウジは腹の底の方にますます恐怖感を溜め込んだ。サキは底知れない。二重人格だ。対して自分は、尻尾を尻の間に隠した犬だと思った。

この女は処刑人だ。だが同時に、魅了されている自分がいる。そう気づいてリュウジは愕然《がくぜん》とした。自分の腹の底にも冷たい血が流れているらしい。この女の魔物のような迫力に、無慈悲な苛烈さに、惹《ひ》かれている。

「仕事は終わってない」

サキは告げた。

「え？」

「忙しくなるよ。裏切り者は、東京だけにいるわけじゃない」

「なんだって？」

「支度して。今度は、南のスパイを〝総括〟するから」

にこやかな笑みに野性味が戻る。やはりこの女はゲシュタポの隊長だ。

「それとね、リュウジ。厄介な刑事もやっつけなくちゃいけない」

サキはいきなり笑みを消した。それだけで空気が冷える。

「桝山みたいなスパイを送り込んでくる公安もタチが悪いけど、捜査一課も動いてる」

「そうなのか？」

リュウジにはピンとこなかった。公安刑事以上に厄介な連中がいるとは思えない。

「噂になってる。弾丸が効かない刑事がいるって」

「弾丸が効かない？　なんだそりゃ」

オカルトか。まともに聞く気が起きない話だが、サキの真剣さの前ではニヤつくことさえできなかった。

「でも大丈夫。こっちはこっちで、新兵器を使うから」

「新兵器……」

まったくついていけない。気の入らない頷きを繰り返す自分が、存在している意味さえ薄れている。

「見てな。あの説教師の舌を引っこ抜いてやるから」

女の残忍な笑みが目の前でぼやける。声さえ遠のいてゆく。

3

吉岡冬馬は歩いた。浅草から上野へ。専用の車を呼び寄せることもせず、大通りを避け、物思いにふけりながら歩き続けた。

景色に華やかさが戻ると気が紛れる。東京の過疎化現象は虫食い状に起きているので、変化に気づかないこともある。突然エアポケットが現れるのだ。

ここ十年で東京の人口はついに一千万を切り、さらに減り続けている。渋谷でさえ閑散とする日がある。遷都によって人口の分散が実現している最中だ。

二〇二〇年と二〇四六年に世界を襲った新型ウイルスの感染爆発は、この国の人口偏在に決定的な警鐘を与えた。人口が集中する大都市ではウイルスの蔓延《まんえん》を抑えられない。それは経済的ダメージとなり長く国に負担を強いる。都市機能が止まると、一極集中している国は保《も》たない。

一向に止まらない地球温暖化が、世界中の未知のウイルスを凶暴化させパンデミックを繰り返させた。世界連邦樹立によって、地球温暖化阻止に実効性のあるコンセンサスができ上がり、様々な方策が実行に移されているが充分な成果は出ていない。いまだに人類は自然の脅威にさらされ、不断の闘いを強いられている。

自業自得だと冬馬は思う。歯止めのない〝自由競争経済〟を誰も彼もが追い求めれば、限られた資源の取り合いになり勝ち負けが生じる。全てのゼロサムゲームには規制が設けられるべきだ、という世界連邦の提唱する原則が、かつてこの地上には存在しなかった。二十一世紀末を生きる冬馬には信じられない。個人への救済も、資源の枯渇も、環境のとめどない破壊も野放しにされていた時代が、ほんの少し前まであった。

世界連邦の人道主義が行き渡らなかったとしたら、いまごろ世界はどうなっていたのだろう。新生した国際連合の貧困撲滅・人権保護のための、ほとんど執念とも思える草の根の活動がなければ、いまだに世界には紛争が絶えず、環境は悪化し、無意味に失われる命が増えていただろう。想像するだに恐ろしい。

むろん、今ある世界もパラダイスではない。問題は絶えない。それでも、秩序は忍耐と表裏一体。包括的に見れば進歩している。社会を下支えする者たちはそう信じている。特に警視庁の刑事たちはそうだ。

〝ケーシチョウ〟は世界中から正義を象徴する存在に祭り上げられている。刑事一人一人の双肩にのしかかる重みは増している。俺はいつまで続けられるだろう？　日に一度は頭を過《よ》ぎる問いに、冬馬は震えた。意識を無理やり目の前の課題に向ける。

あの惨状。絶対にこんな死に方はしたくない、という死に方をさせられた二人。

はためく地下組織の旗。

リーダーの鈴木広夢は、どうやって警察の監視の目から逃れている？　指名手配されているのにまだ逮捕できない。最新ホログラム技術、フェイスチェンジャーで顔を変えているのはもちろんのこと、声も指紋も、もしかすると網膜まで変えているかも知れない。そこまでしないと痕跡を絶つのは不可能だ。

『監視カメラの発達に対抗するように、カメラの機能を妨害する技術。特殊な指向性電磁波による通信妨害や、擬態・透明化技術も発達しています』

少し前にアイリスがそう解説してくれた。

『最新技術は相当にコストがかかるので、使える人間は限られますが、摘発が難しくなっているのは確かです』

「技術の進歩と犯罪は、いつの時代もリンクしてるな」

『はい。イタチごっこです。それが技術の発展に寄与するという、皮肉な事実もあります。軍拡時代と同じですね』

最新技術のつばぜり合いだ。幸い、警視庁はあらゆる技術を最優先で取り入れることが許されている。民間で実用化される前にパテントを独占する特権さえ有している。

冬馬は腰に手を当てた。自分が付与されているこの装置もその一つ。これなしには、武器を持たずに危地に飛び込むような真似はできない。大いに恩恵に与《あずか》っている。

いつの間にかまた街のエアポケットに入り込んでいる。気づけば廃屋しかない路地を歩いていた。今どの物陰から暴漢が飛び出して襲ってこないとも断言できない。

だが冬馬は無造作に歩き続ける。隙だらけに見えることも分かっていながら、ゆったりした歩調をキープする。やがて耳珠《じじゅ》の裏につけてある極小イヤホンに呼び出し音が届いた。電話だ。相手の名前はスマートゴーグルの内部に表示される。冬馬はすぐ回線を繋いだ。

コールされた相手が意外だった。

『冬馬君。警察だけで大丈夫か？』

相手はいきなり問いかけてきた。

「茂木《もぎ》さん、ご無沙汰しています」

冬馬は相手が見ているかのように頭を下げる。変わらず世話焼きだな、とほっこりしながら。

『心配になってな。非道《ひど》い事件が起きたというから。切腹というのは、本当か？』

大げさな口ぶりで言うのは、東アジア警備隊の指揮官。茂木一士《かずし》だ。

東アジア警備隊とは、世界の治安を守る八つのユニヴァーサル・ガード（UG）の一つ。East Asia Guards、略せばEAG。その名の通り東アジア──日本・朝鮮半島・東南アジア──を管轄している。UGは隊一つで、抱える兵士の数は二十五万を超え、どんな武力蜂起も時間をかけず鎮圧する。局地的な争乱もたちまち抑止する。それゆえ世界の警察《ワールド・ポリス》と呼ばれることもある。

そのUGの、世界に八人しかいない司令官《コマンダー》の一人がいきなり直接電話をかけてきたわけだが、冬馬に動揺はない。親の代からのつきあいだ。

「さすが情報が早いですね」

そこには驚きを感じる。切腹事件がもう耳に入るとは。

『いてもたってもいられなくてな。明らかにただごとじゃない。私の力なら、いつでも貸すぞ』

一介の刑事に過ぎない自分を気にかけてくれる。茂木がちょうど日本に来るタイミングだと思い出した。UGは隊をいくつかに分け、担当地域をくまなくパトロールするのが主要な任務の一つだ。茂木が指揮する主力艦隊は、台湾から日本に到着したばかりのはず。今後はおそらく、新首都で公務をこなし、国内各地を回ったあと、またアジアの他の地域に向けて出発する。任期中はその繰り返しだ。

「茂木さん。お気遣いは嬉しいですが、それには及びません」

冬馬は恐縮しながら説明した。

「軍事蜂起じゃない、内ゲバです。人が二人死んだだけ。警察の案件ですよ」

真面目に答える自分を笑いたくなる。相手だって分かっている。挨拶の延長、ユーモアでしかない。

『いやはや。どうも暇でね』

茂木の茶目《ちゃめ》っ気《け》のある表情が見える気がした。

『平和は素晴らしいことだが、ガーディアンはやることがない』

ユニヴァーサル・ガードの隊員はガーディアンと称される。世界の治安を守り、無辜《むこ》の人々を守護する役割。その呼び名を口にするとき、誇りを感じた。

「パトロールも大事な仕事です。あなた方の勤勉さが、世界の治安を保っている」

『そう言ってもらえると嬉しいが』

「日本の治安は我々が守ります。茂木さんを暇にさせておくのが仕事なんです。このまま何事もなく、茂木さんの任期を勤め上げさせますよ」

『それは助かる』

茂木は言ったが、どこか浮かない調子だった。

『だがな。でかい仕事をしてみたい気持ちもあるんだ』

冬馬は絶句した。それは何者かと戦火を交えたいということ。小さな武装組織を潰したことは何度もあるはずだが、〝でかい仕事〟とは戦争規模を指すように聞こえる。あまりにきつい冗談だ。

聞き流すべきだと分かっている。だが冬馬は笑って返せなかった。

『このまま任期を終えたら、茂木一士は仕事を無事勤め上げた、と評価されるのかも知れない。だが、私自身は、仕事をした気になるだろうか。ただ無難に仕事をこなした、歴代の司令官たちと同じ扱いになる。記憶にも残らない』

合いの手も入れられなかった。

『男たる者、それでいいのか。そう思ってしまうんだよ、冬馬君』

はい、と仕方なく返した。歩く足は止めない。早く繁華街に出て人に紛れたい。

『平和は最高の価値だ。人が死なない期間は、長ければ長いほどいい。分かっているさ。

だがね、平和は往々にして、男の生き様の、敵だ』

「茂木さん。今のは聞かなかったことにします」

あえて軽い口調で返す。

「面白い冗談だとは思うのですが、私は、平和に耐えるのも仕事だと思います」

『おいおい。ずいぶん神経を逆立てるな』

茂木は驚いたようだ。冬馬の返しが意外だったのか。

『俺はそんなに問題発言をしたかな?』

「はい。下手をするとリコールの対象になります」

『ふふ。クーデターの予告に聞こえたか?』

自分の生意気な返答に腹を立ててもおかしくない。冬馬はそう思ったが、茂木は大人だった。

『クーデターを起こせば歴史に残るな。ユニヴァーサル・ガード史上最初の叛逆者《はんぎやくしや》だ。教科書に載るかもしれん』

「だれも笑いませんよ、そんな冗談」

冬馬は早口で言った。

「あなたが平和の守護者であることは全国民が知っています。私心がないからこそ、みんながあなたに投票した」

『それで生涯の栄誉を得られる。退官後も安泰だ』

茂木はさらりと言った。

『頼まなくても、官庁や民間企業からいろんな名誉職を付与される。俺は、そんなものを欲して、司令官になったわけじゃないんだが』

「知っています。人々を守るため。茂木さんは、それ以外考えていない」

『冬馬君。君は数少ない理解者だ。救われる気分だ』

声に思いが染み渡っていた。冬馬はほだされるが、

『任期満了後、俺は本当に、なにをしたらいいんだろうな？』

また気持ちが冷えた。茂木は大丈夫だろうか。冬馬は強いて声に熱を込めた。

「平和のためにできることは、他にもあります。あなたの経験を人々に伝えるとか」

『講演三昧《こうえんざんまい》か？』

「それも良しです。茂木さんは、引く手あまたですよ。羨ましい」

『そんなエセ文化人になっちまう軍人が大勢いるな』

「…………」

『十八ヶ月は短い』

茂木は嘆いた。UGの司令官の任期のことだ。権力が集中しないよう、ユニヴァーサル・ガードのコマンダーの任に就けるのは十八ヶ月限りと決まっている。二選は許されな

い。そして茂木の任期はすでに半分を過ぎている。

『なあ、冬馬君』

これ以上聞いてもいいことはない。理由をつけて電話を切ろうか考えた。違和感が強まるばかりだ。茂木は冬馬のことを心配して連絡をくれたのだと思っていた。実は、自分の鬱屈を晴らすために電話してきたのか。

『任期延長を諮《はか》ることは、世界市民に対する裏切りだろうか？』

やはり切るべきだった。

「茂木さん。権力は制限を受けるものです。権力を持つ時間が長ければ長いほど、腐敗から逃れられない。どんな清貧篤実《せいひんとくじつ》な志士であってもです。歴史がそれを証明している」

なぜこんな講釈をする羽目になった。不条理だ。

『君は正しいな。どこまでも』

はっは、と快活な笑い声が聞こえた。冬馬はそれに縋《すが》るような気持ちだった。

「いや、受け売りです。私には、いい家庭教師がついているので」

せいいっぱいのユーモアだった。相手は勘づいてくれた。

『神村のお嬢さんか。元気か？』

「はい」

茂木もアイリスとは旧知の仲だ。

『長いこと会っていないな……直に会えたのは、高校生の頃か。もう、私のことなんか忘れただろう』

「まさか。彼女は、忘れるということがありません」

『そうか』

茂木はまた愉快そうに笑う。

『話には聞くが、本当に優秀なんだな。警視庁の大黒柱に成長したって？』

「おっしゃる通りです」

今日いちばんの力を込めた。

『そうか。そんな彼女が言うなら、間違いない。俺は長く指揮権を持つべきじゃないんだろう』

茂木はそう言って話を終わらせてくれた。

「今回はどれくらい滞在するんですか？　日本には」

冬馬はようやく肩から力を抜いて訊いた。

『まだ決まっていないんだ』

「そうですか。できるだけゆっくりされますように」

『また連絡する。東京で、会えたら会おう』

「ぜひ。お待ちしております」

『しつこいが、いつでも頼れ。何かあったらいつでも連絡をくれ』

「ありがとうございます」

電話を終える頃には、冬馬は上野の中心街に辿り着いていた。

4

ソフィア・サンゴールは目を細め、オフィスの窓から景色を眺めた。

見下ろせばマンハッタンの街並み。三十八階からの眺めは壮観だ。手前にはクライスラービル、奥にはセントラルパークが広がっている。別の角度の窓からはイーストリバー、その向こう側のロングアイランドもよく見える。

街の景色はこの百年、大きく変わってはいない。堅牢《けんろう》な建物が多いせいでニューヨークのイメージは変わらない。これまでもこれからも最先端であり続ける。人々の憧れの街であり続けるだろう。

今世紀が始まるとき、街の象徴の一つだったツインタワーは崩壊してしまった。だがそれ以後はテロや戦火にさらされることなく、平穏を保ってこられた。この街は変わらず世界をリードする役回りを務めている。文化と経済の面でそれは顕著だが、今世紀半ばからは国際政治の分野でも飛躍的に伸びた。

国連の本部が置かれてきたからだ。国際連合が世界連邦の司令塔を果たすようになってからは格段に重みを増した。世界連邦の首都のような扱いになった。

もう一方には、EUの中心地であるジュネーブがある。急速に世界のリーダーに躍り出た日本の新首都、フクシマもある。二〇一一年の地震と津波による原発事故で大きく傷ついた土地が、いまや世界に冠たる都市の一つとなった。世界中の人々を勇気づける再生の象徴だ。

世界連邦が成立してからは、オーストラリアのキャンベラと、ナイジェリアのラゴスも拠点都市として大きな存在感を見せている。各拠点都市にはユニヴァーサル・ガードの本部も置かれ、軍事的脅威への備えは万全だ。

世界はかつてに比べれば飛躍的に平和になった。融和し、一つになった。

その分、国連は組織として増強され、国連本部はあらゆる部署が昼夜を問わず目まぐるしく仕事を続けている。以前よりずっと重い責任を負い、世界中に残る問題に取り組んでいる。ソフィア・サンゴールが国連事務総長に選出されて二年が過ぎた。世界市民からの支持は上々だった。大きな紛争が起きていないおかげが大きい。

それぞれの国が主権を手放したわけではなく、国連が世界でただ一つの政府になったわけでもない。同じ安全保障体制を組む国々の共同体を世界連邦と呼ぶ。大原則である〝政軍分離〟を全世界が受け入れたことで連邦は成立し、おかげで国家間の軍事的対立はほぼ消滅した。

もちろん小規模な地域紛争や各国政府の圧政、もしくは非合法組織によるテロと暴力は根絶されていない。しかし、国連と世界連邦はそのたびに全力で対処に当たり、成果に結びつけている。

武力蜂起に対しては、各国の警察がまず鎮圧を試み、大規模な戦闘行為に発展した場合はユニヴァーサル・ガードが対応する。いま地上で唯一、強大な武力を有しているのがUGだ。かつての大国の武力に匹敵する軍事力を世界八地域の部隊に均等に与えている。部隊の司令官《コマンダー》は完全に民主的な手段で選ばれ、任期も十八ヶ月と限られている。再選は禁じられ、間違ってもUG主体の叛乱《はんらん》が起きないように考え抜かれていた。

自分も同じだ。任期は三年と決まっているから、国連を預かるのもあと一年足らず。国連発足からほぼ百年間は、事務総長の任期は五年もあった。しかも何回でも再選可能だった。現在の規定では再選は一度しか許されない。

権力を得ようなどと考えたこともなく、気づけば国連事務総長に推挙されていたソフィアは、任を解かれることを残念と思わない。再選を目指す気はなかった。大げさに言えば全世界を双肩に載せているのだから、ときには責任に押しつぶされそうになる。一市民に戻って重荷を下ろし、自由を謳歌《おうか》する日々が待ち遠しかった。

だが、このまま無事に任期が終わると考えるのは甘いだろうか。

国連組織の一つ、安全保安局《DSS》から日々、不穏な情報が入る。国家主義の胎動《たいどう》。非合法組織の台頭。地下武器産業の暗躍。報告の数は増している。

心細い。気づけば国際回線を繋いでいた。

『ソフィア？』

相手はすぐに出てくれた。先方も忙しいが、最優先でホットラインに応じてくれる。ソフィアより若い相手だが、ファーストネームで呼び合う仲だ。ソフィアがそう頼んだのだ。

「ごめんなさいね。深い時間に」

まず謝った。こちらはまもなく昼食の時間。向こうは真夜中だ。

『問題ないわ。元気？』

ビジネスライクにはならない。友人として接してくれる。それが、この地位にある人間にはとても嬉しい。

「元気。身体の調子は問題ないんだけど」

『身体以外で、トラブル発生？』

「うん。その兆候が」

『話を聞きます』

「その前に、資料を送らせて。トップシークレットだから、レベルXの量子暗号通信で送るわね」

ソフィアはそう告げた。レベルを伝えるだけで事態の深刻さを理解してもらえる。

「解読に時間がかかるだろうから、申し訳ないけど」

『了解』

軽い感じで返事をされて、ソフィアは笑ってしまった。

国連事務総長にこんな対応をする人間は、肉親以外にはいない。だから彼女は本当に貴重だ。本当なら国連にスカウトしたい。側近でいてくれたらどんなに心強いか。

アイリス・D・神村。国籍は日本。厳密に出自を問うなら〝クォーター〟らしい。日本人の母と、日系英国人の父親を持つ。二十二世紀を目前にしたいま、血統を問うのは時代錯誤でしかない。それでも、ソフィアはアイリスの生い立ちに興味を抑えられない。

七年前に国連日本支部に赴任したときに初めて顔を合わせた。その前からお互いの存在を知り、会える日を楽しみにしていたから感慨ひとしおだった。彼女はそのとき二十六歳、まだ一介の科学捜査官で、階級も巡査部長だったが、いまは警視。さらには警視総監を補佐する立場にある。

かつてはキャリアとノンキャリアがはっきり分かれる典型的な官僚システムをとっていた日本警察も、変わってきているという。彼女の大抜擢《だいばってき》がそれを証明している。アイリスは自ら、

「私は公的教育を受けてはいません。なんの資格も持っていません」

と言っていた。全てを実力で摑んだのだ。実際、時代的傾向として、公教育がなにかの保証になる時代は終わりつつある。知識を得、自分を育てるやり方があまりに多様化したためだ。肩書きや学位には必ずしも実体が伴わない。現代はすぐに実力を測れる時代だ。どの組織にもその組織用にカスタマイズされた適性判断テストが存在する。そしてアイリスは警視庁の科学情報捜査において最高の素材と認定された。

かつての警視庁では考えられないことらしいが、年齢・身長・性別も問われなくなった。国籍の軛《くびき》も除かれた。公僕として人民のためになにをもたらせるか。それを証明できさえすれば年功序列も突き崩せる。実際、アイリスは飛び級で警視になり、総監付という特殊な地位を得た唯一の人間だ。実質は副総監だと考える者もいるらしい。

『資料、拝見しました』

ソフィア・サンゴールは海の向こうから言われた。

「速い！　さすがね」

『暗号通信は、得意分野なので』

警視庁がベース・システムとしている〝LAW〟の存在を思い出した。アイリスはその管理者でもある。警視庁独自のAIデータベースであり、犯罪捜査に特化した破格の分析力を誇っているらしい。アイリスはシステムを十全に駆使し、同僚の刑事たちの犯罪捜査を助けている。日本のみならず世界中の警察組織の捜査に協力している。今日日《きょうび》、犯罪もグローバルだからだ。

「あなたが開発したの？　そのＡＩを」

以前、ソフィアは冗談めかして訊いたことがある。至極真面目な答えが返ってきた。

『とんでもない。私一人では無理。複数の人間が関わってる』

「アイリス以外の人たちも、さぞ優秀なのね。どんな人たちが？」

『ごめんなさい。機密事項だから』

「……そうよね。こちらこそごめんなさい」

友情と職務は別。それはお互い様だ。だが、ソフィアの方には隠し事がない。隠し事をする立場であってはならないと思う。Secretary-General、国連事務総長には、世界のあらゆる機関や人物に協力を要請する権限が与えられている。世界で最も優秀な捜査機関に協力を求めるのは当然だ。

「で、どう思う？　アイリス」

不穏な情報を山ほど送りつけてしまったことに罪悪感を覚えながら訊いた。

『ソフィア。あなたと同じ印象を抱いている』

答えは明快だった。ソフィアは嬉しくなる。

『点が線になりつつある。そう見えます。発覚した武器の数。摘発された地点。ともに増えていて、組織立ってきている。地下組織のネットワークが、明らかに発展している』

それは、国連安全保安局の調査分析と完全に一致した。

ところが、アイリスはそこから一歩踏み込む。

『先導しているのは、日本の地下組織である可能性がある』

「本当に？」

ソフィアは奇異な感覚に打たれた。待ち伏せられていたような気分だ。

「なにか、顕著な動きが、日本であるの？」

『ええ。ハラキリが起きたばかり』

信じがたい答えが返ってくる。

「ハラキリ？　どういうこと？」

『イザナギの内部抗争。トーマが捜査してる』

アイリスの説明はいささか簡潔すぎた。

「地下組織が動きを加速してる。そういうこと？」

『ええ。でも、そう単純なことじゃない』

「そうなの？」

『海外の地下組織でも同じ動きが起きてる。フランスで、ギロチンで殺された遺体が見つかったでしょう』

それは数日前にニュースになったのでソフィアも知っていた。フェイクニュースを疑っている。

『デマじゃなくて事実。同じ頃、サウジアラビアでは、石打ちによる処刑があった。その件は知らないでしょう？　王室が極秘にしているから。でも間違いなく、行われた。とっくに絶滅したはずの、復古主義的な処刑が各地で発生している』

「反動？　国家主義の逆襲？」

訊くと、アイリスは少し言いよどんだ。それから言う。

『ともかく、同期している。すべての不穏な動きが』

「アイリス、あなたの分析は？」

『うん。まるで平行進化、という感想ね。生物学的にいえば』

その喩《たと》えはソフィアにも伝わった。互いに生物学が好きで、最新のトピックについて話もする。

「偶然じゃない。必然的な共振現象ってこと？」

『うん。でも、そんなに高尚なことではないかもしれないけど』

「というと……」

『一人黒幕を想定すれば、解決するのかも』

ああ、とソフィアは頷く。

「でも、黒幕ってだれ？」

『私なりに調べてみます』

　頼もしい答えをくれた。ソフィアは期待してしまう。アイリスは必ず成果を上げる人間だ。そこで反問された。

『でもソフィア、国連の諜報機関も優秀でしょう。成果を期待してもいいのでは？』

「各国から借りてる人材だから。一枚岩じゃないし」

　ソフィアは素直に吐露する。そう、それが国連機関の弱みだ。スタッフは世界各地からまんべんなくバランスを見て選ばれている。国によって国際連合本部に対する感情・思惑は濃淡があるから、必ずしもチームワークがよいとは限らない。

　ソフィアの様子からなにか感じ取ったのか。的を射た問いが来た。

『スパイが紛れ込んでいる可能性があるの？』

「否定できない」

　打ち明ける。この回線は厳重に保護されているから、盗聴の疑いはない。だがこの世に絶対はない。それもまた真理だ。

「お互いに気をつけましょう。私たちは世界連邦のアラートシステム」

　いつかの会話で使った表現を呼び戻す。

「危険な兆候を見つけたら、真っ先に察知して対処しなくては」

『ええ。ベストを尽くします』

アイリスは逃げないでいてくれる。ソフィアは静かに感謝した。

Ⅱ　キャピタルズ

1

旧首都と新首都を結ぶ東北リニア新幹線の中に冬馬はいた。

リニアカーに乗るたびに冬馬は思う。それにしてもクリーンで高速で安全だと。生まれたときからあったが、それでもその便利さには有り難みを感じる。日本式の超電導リニアカーはいまや世界中に普及している。

ゆったりしたシートの座り心地がよすぎた。半ば微睡《まどろ》むような状態のまま、気がつくと新首都に着いていた。福島という漢字よりフクシマ、あるいはFUKUSHIMAと表記することが一般的になりつつある国際都市に。

福島駅に降り立ち、構内の広場にある、街の歴史を映し出すスクリーンの前で立ち止まる。ここでは一日中、精巧なホログラム映像も交えてこの百年ほどの街の歴史を伝えている。まるで人類に対する義務のように。

二〇一一年の大震災による原発事故の処理はまだ続いている。だいぶ低くはなったものの、コアの放射線量はまだ高く、どんなに性能のいい防護服を身につけても長時間曝《さら》されることは避けなくてはならない。ここ、新首都の福島は原発跡から五十キロ以上離れているとはいえ、新首都に選定される際には異論が噴出したという。だが、冬馬が生まれる頃には遷都が始まり、幼少期には正式に首都となった。

フクシマだけではない。日本各地に原発はまだ残っている。二〇四九年に全機を永年停止することはできたものの、〝廃炉《はいろ》〟という高いハードルは後世に委ねられたままだ。核燃料、核のごみの行き場がなく、いまだに手付かず。放射性物質がいかに厄介な鼻つまみものであるかが知れる。つい数十年前まで、こんな危険な発電機関を無思慮に増産していたことが信じられない。先人を非難する気持ちは抑えようがない。負の遺産を連綿と引き継ぐのは、自分たちの世代なのだから。

「原子力は古い龍だ。人間に飼い慣らすことはできない。なにしろ、龍の排泄物《はいせつぶつ》は世代を超えて有毒で、捨てる場所がない。一刻も早く、世界中の同胞が龍を飼うことを諦めることを望む」

現体制の基礎を作ったかつての首相、岩見沢耕太郎《いわみさわこうたろう》の演説がスクリーンに映し出されている。

「科学の進歩は確実に道を照らす。原子力は、そもそも主要なエネルギー源には不向きだったのだ。道を誤ったと気づけば、人類は引き返して正しい道を選ぶことができる。我々にできないはずがない」

　科学者であり、詩人・画家でもある岩見沢耕太郎は演説力で人々の心を捉え、世界中を惹きつけた。官僚的な魂の入らない事務答弁や、狡猾《こうかつ》な政治屋の婉曲《えんきょく》に逃げることがない。明快に意志を届け、かつそこに深い含意や詩的哀愁を漂わせる。岩見沢首相の名言集は何冊も発行され読み継がれている。

「民衆が目覚めたのです」

　この、勝利宣言にも等しい岩見沢耕太郎の演説を、冬馬は若い頃何度も映像で目にした。いまなお新鮮な気持ちで見ることができるのに驚く。

「政治に対して極めて消極的だった日本国民が、腐敗が極まった状況で初めて、強い反発力を身につけ、社会運動に身を投じるようになった。この国で初めて、本物の民主主義が目覚めたのです」

　岩見沢がエネルギーに満ちあふれている頃の映像は貴重だ。常にこうではなかったからだ。何度か命を狙われ、怪我を負ったこともある。それでも首相の座から逃げなかった。

　やがて老齢と病に倒れ、表舞台から姿を消すことになったものの、彼以前と以後では政治の景色がまるっきり変わった。職業政治家や世襲議員は激減した。法規制したわけではないのに、みるみる当選率が減っていったのだ。政治的暗黒時代が国民にもたらした教訓が生きている。三世、四世、五世の議員たちに国政を委ねてもいいことは何一つない。彼らは貴族も同然であり、社会全般にはマイナスでしかない。ただ地盤を維持するために、一族郎党で政治屋稼業を引き継ぐ者たちに権力を与えても、腐敗が極まるだけだと学んだのだった。

「目覚めてしまえば、答えはもう明らかです。自浄作用は覿面《てきめん》でした。我々は一足飛びに進化を遂げた。この国は公正と自由と責任とを愛するようになった。責任とは、〝自国第一主義は分断をもたらす〟という真理を世界に伝えることです。相互理解。相互扶助。それ以外に争いを克服する方法はない。そう世界に伝える術《すべ》を模索し始めたのです。だから我々は、国連に向かいました」

フクシマから世界へ。そう、岩見沢耕太郎は福島県の出身だ。現代史で最も重要な人物となった岩見沢を生んだ土地、新首都の住人が彼を誇りに思わないはずがない。映像がこの地でエンドレスで流れるのも当然だった。

「我々は、国連を通して世界を改革する夢を見ました。国際連合という組織を、お飾りでない、世界をリードするにふさわしいものに作り替えることを主導し始めた。それは、平坦な道ではなかった。最低でも百年はかかると思っていたのです。ところが、僥倖《ぎょうこう》が訪れた。とてつもない人々の助けを得て、ついに我々は、世界連邦を実現しました」

輝かしい現代史。日本は、二十一世紀後半に世界の主役に躍り出た。国土面積六十位程度、人口で十位程度の国を、世界中が次世代のリーダーと見なし始めたのだ。

誇らしい。冬馬は素直にそう感じる。だが、暗黒時代があったからこそだ。痛い目に遭わないと人は学ばない。格差と貧困、不公正や圧政。それに苦しんでようやく、人々は無責任と無関心を克服した。それができなかったら、いまも大衆は権力に屈従し、奴隷のままだっただろう。愚昧《ぐまい》の闇に沈み、「自らを救う」「悪と闘う」という発想さえ得られなかっただろう。

岩見沢は遷都にも力を尽くした。遷都前は人口二十五万人を切っていた福島市が、いまや倍増し五十万を超えた。福島のみならず東北全体が活気を帯び、全国の人口地図が変動した。一極集中は解消され、それぞれの都市が独自の文化を強く発信するようになった。これも、既得権益を維持するだけの旧来の権力者たちには逆立ちしてもできない芸当だった。新政権は根底からこの国を刷新し、新しい風を吹き込んだのだ。

冬馬は駅前広場を離れ、繁華街に向かって歩を進める。賑《にぎ》わいは際立っていた。新首都とはいえ、主に政官の機能を移した形だから、東京の雑然たるエネルギーには及ばない。だが企業も多く移転し始めており、発展は約束されている。

国会、内閣府、総務省、財務省、外務省、農林水産省、復興庁がこの都市に移された。政治の中枢が移植された恰好《かっこう》だ。省から庁へと変わった防衛庁もここにある。

東京に残された官庁、機関も多い。法務省、検察庁、警視庁。治安と司法に関わる機関だ。その他、国土交通省、環境省も残置されている。

ちなみに東京は首都でも副首都でもなくなった。そうでもしなくては人口分散が起きないという分析からの荒療治だ。あえて「東京都」という名称は残し、福島県を「福島都」と変更しないのは、都を一ヶ所に定めることに実質的な意味はないという宣言でもあった。

事前の予想を超えて分散はうまくいっている。正確には遷都ではなく分都だ、という説明は的を射ていると冬馬は思う。テクノロジーの発達により通信も交通も格段に便利になっている。コストダウンで移動は気軽に行える。この時代、少数の都市に機能を集中する意味はまったくないのだ。

ただ、新首都にはイザナギの支部もできた。

公然と看板を掲げているわけではむろんない。だからどこにあるかは分からない。あるという確度の高い情報があるだけだ。

かつて関係があったとされる団体の事務所の所在だけは分かっている。〝新和正壇《しんわせいだん》〟。冬馬は真っ先にそこに足を向けた。繁華街を抜けた先の、郊外の住宅街の一軒の扉をたたく。予告なしに訪ねたにもかかわらず、扉はあっさり開かれた。

「警視庁だ」

「ふん。来たか」

中年の構成員が吐き捨て、中に入れてくれた。奥の間にいた事務所の主、垂水清玄《たるみせいげん》は表情一つ変えなかった。お互い何度も顔を合わせている。いきなりの訪問にあわてたりしない。むしろイザナギがらみの事件があればやって来るのは当然だとわきまえている。

「はいはい。切腹事件の捜査だな」

腹ではなく額に長い切り傷のある垂水清玄は、妙に気安い表情で冬馬を迎えた。ソファからは立ち上がらない。歓迎していないことを示した。冬馬も気に障ったりしない。内心は妙な親しみを覚えてさえいる。偏った思想さえなければ、滋味のあるいいオヤジだと感じている。

「なんで知ってる。さては垂水さん、あなたが黒幕ですね」

向かい側のソファに座るとさっそくジャブを出した。

「意地が悪いな。久しぶりなのに、いきなりそれか」

垂水は苦々しい笑みを深めた。

「二年ぶりぐらいか？　気に食わないなら、いつでも逮捕しろと言ってるだろう」

「では、イザナギと和解はしていない？」

「和解なんか金輪際《こんりんざい》しない。何度言ったら分かる。あいつらはただの愚連隊《ぐれんたい》だ」

垂水は、実際に床に唾を吐きかねない様子だった。

「真の愛国者である我々と一緒にするな。我々は、正壇本部を新首都に移した。国のリーダーたちを見守り、時に苦言を呈するためにな。いまだに東京で暴れているあの連中とは志が違う」

「だが、フクシマにも支部ができたという噂がありますが」

「俺は知らん。本当だ」

「なるほど」

冬馬は頷いてみせた。この男なりの筋は通っており、イザナギの活動に比べればよほど真っ当であることは確かだった。ただ、かつてのことがある。垂水は若い頃から破壊活動の罪で何度も逮捕され、服役もしている。老いたからといって本性まで変わるものかどうか。

「では、心当たりをお聞かせ願いたい」

冬馬は頭を下げてみせた。

「連中とは古いつきあいでしょう？　切腹なんてイカれたことをやりそうな人間の見当はつくはずだ」

「古いつきあいだが、分裂してからも長い」

無理解な刑事に対する諦念が覗《のぞ》く。

「どんな新顔が入っているか分からんぞ。俺は、しばらく東京に行ってないしな」

「いや。切腹なんてやる奴は限られている」

冬馬は言い切った。

「いま、頭に浮かんでる名前を言ってほしい」

「そんなことより、世界に目を向けた方がいいんじゃないか」

垂水は話題をすり替えた。

「テロ組織の動きが慌ただしいのは、日本だけじゃなさそうだぞ」

「そうなんですか？」

「知らんのか。武器商人どもの勢いだって、耳に入ってるだろう、警視庁だったら」

冬馬は黙っていた。垂水の意図に乗りたくない。

「トゥルバドールが姿を消してから、ずいぶん長くなった」

だが垂水は構わず喋り続けた。

「ろくでもない奴らはすっかり安心してしまって、またぞろ悪さを始めたわけだ」

「――トゥルバドール」

その言葉には反応してしまう。いつも冬馬の心の片隅から離れない。

「垂水さんは、見たことがあるんですか？」

「ないね」

肩をすくめる。当たり前のことを訊くな、と言うように。

「実在するのかな」

独り言のような冬馬の問いに、

「さあね。情報工作かもしらん。だとしても、どこがやったのか」

垂水清玄もふだんから自問自答している様子を見せた。

「だが実際に、大国の武装解除に成功してる。どうも解《げ》せん」

冬馬は頷いた。都市伝説と片づけられないなにかが、数十年前、確かに起きた。そして世界を一変させた。

「夢みたいなことが起きたんだ。武装解除が可能だなんて、トゥルバドールが出てくる以前はだれも思ってなかった。だが、どんな手を使ったかが分からん。無責任な流言飛語ならいくらでも出てくるがな。ま、本当に、魔法使いなのかもしれんな」

「いやだな。垂水さんがそんな、心にもない戯《ざ》れ言《ごと》を」

苦言を呈した。垂水は渋みの詰まった笑顔を見せる。

「俺だろうがだれだろうが、みんな狐《きつね》につままれてるんだ」

「そうですよね」

冬馬は思わず同意する。

「世界中の軍隊をユニヴァーサル・ガードに再編成するときも、ふつうは揉《も》める。話がまとまりませんよ。軍事大国ほど、自分のところの戦力が奪われるから」

垂水は大いに頷いた。いまある世界秩序をまったく信じていない顔だ。

「大国の軍拡の張り合いはなくなった。おかげで無駄な軍事費が削減されて、社会保障に回るようになったのはいいよ。ただ、軍閥が黙っちゃいない。そんなこと分かってたはずだ。武器商人どもはまんまと地下に潜った。で、武装組織を相手に、非合法な荒稼ぎに切り替えたんだ。前より儲《もう》かってるんじゃないか？　国連は甘すぎだ」

「対処はしてるはずですが……」

「追いついてないよ。見方によっちゃ、世界はますます危険な場所になってる。そう思わないか？」

冬馬は答えない。反論したいが、無意味だと自分を制した。ここに社会批評をしに来たわけじゃない。

「警視庁はどうなんだ？　ちゃんと追いかけてるのか？」

垂水清玄は叱りつけるように言った。

「日本は、大物武器商人を出した前科があるんだからな。二度とあんな怪物を出さないように、しっかりやってるんだろうな」

「やってますよ。公安が」

冬馬は適当な反論をした。面倒くさくなっていた。古い世代のトラウマにつきあってもいいことはない。

「もはや日本から、怪物は出ません。反省が生きてるからこそ、岩見沢首相の時代に世界の軍縮をリードできたんでしょう」

「岩見沢」

垂水は声に慨嘆《がいたん》を込めた。愛憎が迸《ほとばし》る。

「まだくたばってないらしいな」

「なんですか？　くたばってほしいんですか」

「いや。どっちでも構わない」

顔は素直に、込み入った感情を映し出す。

「良くも悪くも、世界を変えた男だからな。あいつがやったことをぜんぶ否定する気はない。日本の地位を上げたって意味じゃ、評価もしてる。ただ、価値観がな」

「価値観。素晴らしいじゃないですか」

冬馬が思わず言うと、

「あいつのおかげで世界は牧場に変わった」

それが垂水の評価だった。

「世界中の人間を、おとなしい羊にしちまったからな。本物の狼《おおかみ》が出てきたら、みんな喰われちまう」

「狼？　だれですか。垂水さんの見方では」

「数え上げたら切りがないが」

垂水は顔中に皺《しわ》を走らせ、口の端を歪めた。気に食わない人間の話をするときの癖だ。

「俺は、北米警備隊のジェンキンスがとにかく気に入らん。賭けてもいい。あいつは任期中に、なにか厄介な問題を起こす」

「え？」

　北米警備隊のトム・ジェンキンス司令官は〝隻腕将軍〟の異名を持つ、全警備隊《UG》の司令官の中でも最も有名な人物だ。米軍海兵隊出身で、若い頃中東での戦闘で片腕を失った。だが最新鋭の人工アームをつけて戦場に復帰し、負傷以前よりも華々しい戦果を上げたという逸話を持つ。

「なにか確証があるんですか？」

「ない」

「なんですかそれ。単なる好き嫌いでしょう」

「ロシア警備隊のフォードロフもだ。あいつらの顔を見てると、どこが平和な時代だよと思う。陰険な冷戦時代を思い出すよ」

「垂水さん。あなた、冷戦時代には生まれてないでしょう」

「そりゃそうだが、わからんか？　見るからに好戦的な顔しとるじゃないか」

　実はそれにはまったく同感だった。だが冬馬は同調しない。

「歴史を勉強しすぎなんじゃないですか。米露といったら対立するもんだと思ってる。そんな時代は、とっくに終わったんです」

「眉唾だ」

垂水は受け入れない。頑固親父、という絶滅危惧種が目の前にいた。

「対立するとは言ってない。よからぬことをやるんじゃないか、と言ってるんだ。強い軍事力は人を狂わせる。そうだろ？」

「たしかに、万能感を得るんでしょう。普通の人間なら。でも彼らは全員、民主的な投票で選ばれている」

「民の目は確かか？」

民主主義の弱点をあげつらう。冬馬は型通りの反論をした。

「だから任期を限ってるんです。たった一年半ですよ。さすがに世界征服は無理でしょう」

「いや。無理とは限らん。そのうち、任期を守らない奴も出てくる」

「他のUGが黙っていない」

冬馬は肝心な点を指摘した。安全保障体制の原則をおさらいしているかのようだ。

「戦力均衡が原則です。たとえば、北米警備隊一つで世界制覇しようったって、無理です」

「そんなことは分かっとる」

垂水清玄の苛立ちは治まらなかった。これではなんのために来たのか分からない。

「だから、それも眉唾だと言ってるんだ」

「実は、戦力差があると？」

「その可能性はある。だがそれだけじゃない」

「……なんですか」

「談合。裏取引」

「申し合わせて、叛乱を起こすとでも？」

冬馬は笑ってみせた。内心の不安を表に出したくない。

「繰り返しますが、彼らは選挙で選ばれています。そんな野心を持ってそうな危険分子は、選ばれない」

冬馬は疲れを感じた。それを垂水も察知した。矛を収める空気になる。

「民主主義を信じすぎなんだ、世界連邦は」

垂水は捨て台詞《ぜりふ》のように言った。冬馬は思わず頷いてしまう。

「たしかにその嫌いはある」

垂水が意外そうな顔をした。冬馬は俯《うつむ》いて付け加える。

「歴史を振り返れば、独裁者は選挙で選ばれている」

「ほら見ろ。歴史の教訓は大事だ」

「一般論としては、そうですが」

自分の中の揺れを見せてしまったことを後悔した。

「このままではすまない。お前さんも感じてるんだな。警視庁、がんばれよ」

エールを送られた。冬馬は屈辱感を覚える。

「警視庁なら、世界にものが言えるんだろ。しっかり身体検査しろ。どの警備隊の司令官も、解剖するぐらいの気合いでな。公安にやらせりゃいい。好き勝手に艦隊を動かさないかどうか監視しとけ。とりわけ、日本に攻撃仕掛けようって輩《やから》を許すなよ」

国を憂う気持ちだけはいやというほど伝わってくる。微笑ましいと思うほどだった。

「さて、話題を逸らすのはそれぐらいにしてもらって」

冬馬は目いっぱい生意気に返した。

「教えてください。イザナギの危険分子を」

垂水は顔の皺を深くする。

「鈴木広夢の側近だろ、死んだのは。となると」

自分の指を何本か折る。

「やったのは、弟分の城山政《しろやままさる》だ」

「それは古い情報です。城山は、とっくに再起不能です。鈴木広夢に刃向かったんでしょうね」

「なんだ。リンチか？」

「はい。両足を折られた。もう歩けない」

「そうか。それは知らなんだ」

　垂水は額を押さえて考え込んだ。

「じゃあ、三好晃匡《みよしあきただ》だろ。あの暴れん坊」

「とぼけないでください。三好は去年死にました。自殺と言うことになってますが、身内が偽装した疑いがあります」

「おお！　そうだった。じゃあ、サキ、かな」

　垂水が目を上げなかったので、これが本命だと冬馬は知った。

「サキ。初耳ですね。だれですか？」

「女だよ。イザナギでいちばんイカれた女だ」

　女のメンバーが何人かいることは知っていたが、名前は判明していなかった。これは意味のある情報だ。

「若いんですか？」

「まあな。まだ三十前だ」

「あなたとも、仲が良かった？」

「よしてくれ。見た目はちょっと可愛らしくしてるが、相当ワルだよ。目的のためならなんでもやる」

「その女はどこに？」

「ちょっと前まで、鳥取支部を仕切ってたって噂は聞いた。鈴木の代わりに、立ち上げに関わったのかもな。まあ、俺の情報も古い。いまはどうか知らん。本名も知らん」

鳥取か……新首都の次は副首都。組織拡大に血道を上げる連中にはありそうな話だ。だが現状が分からない。冬馬は思案した。公安ならきっとリストアップしているだろう。交渉しなくてはならないか。

公安一課の課長の顔を思い浮かべた。警察内に苦手な人間は少ないが、公安課長の樋口《ひぐち》尊《たける》は例外だった。因業《いんごう》の塊のようなあの顔を思い浮かべるだけで気分が暗くなる。

「吉岡さん。あんた、出世したな」

垂水はふいにヘラヘラ笑った。

「いつから警部になったんだ」

冬馬はふっと笑い返す。

「祝いでもくれるんですか？」

「一人でふらふら歩いてると、危ないと言ってるんだよ」

以前会ったときは部下を連れていた。冬馬が単独でやってきたから察したのだろう。

「フクシマは治安がいいはずですが？」

「たしかにそうだが、新参者が多いからね。だれがだれやら分からん」

「心配してくれるんですか」

「興味があるのさ。警視庁の刑事は、どれだけ強いのか」

「どういう意味ですか」

「だって、お前さんは武器を持っていないんだろ」

そこに食いついてきた。

「ご大層な噂は俺の耳にも入ってる。〝説教師〟は武器じゃなくて、喋りで相手を落とすって言うじゃないか。偉い坊さんみたいなのが出てきたなと思ったら、あんただった。いつの間に悟りを開いたんだ？」

「からかうんだったら、仕返ししますよ」

冬馬はニヤリと笑う。相手も似たような顔で応じた。

化かし合い。いや、気の入らないスパーリングのようなものだと思った。

「とにかく、エリートの刑事は守られてる。そういう、最新技術があるんだろ？」

「さあ、どうなんでしょう」

冬馬はとぼけて見せた。

「弾丸も跳ね返すらしいじゃないか？」

「都市伝説ですね」

冬馬が言うと、垂水は呆れたように頭を振った。まったく信じていない。

「まあ、気をつけるこった。あんたには見所がある。俺なんかにゃ言われたくないだろうがね」

「ありがとうございます」

礼を言っておくことにした。嘘だとは思わない。

「垂水さんも気をつけて。危うい奴らとはつるまないように」

「ふん。もう、俺みたいなロートルに構う奴はいない。物好きなあんたぐらいだ」

2

冬馬はタクシーを拾った。選んだのは自動運転タクシーではない。昔ながらの、人間がドライバーを務めるタクシーだ。

「官庁街の方へ行ってほしいんですけど、その前に、駅の周辺を一回りしてください。久しぶりなんで、街の変わり具合を見たいんです」

運転手にそう頼んだ。

「最近ここ、発展が凄いからねえ。景色もどんどん変わるから」

老年にさしかかっている運転手は嬉しそうに言った。冬馬の指示を不審がることもない。

「景気はどうですか？」

冬馬が訊くと、おかげさまで、と愛想のいい返事が返ってくる。

「街の発展につられて、タクシー稼業も調子よくやらせていただいてます」

「商店街とか、人出が多いですもんね」

「ええ。一時はひどかったのにね。まったく、有り難い話です」

この男は仕事を楽しんでいる。そう感じて冬馬も嬉しかった。

日本だけでなく、世界の大半の国にベーシックインカムが導入されたことにより、人々が極貧に陥るリスクはほぼなくなった。最低限度の生活費は国が保障する。もちろん、濫《らん》費癖《ぴくせ》のある人間、ギャンブルや薬物依存者や、裏社会の人間に収入を握られてしまうなど例外もいるにはいるが、かつてに比べれば穏やかな世界が到来している。軍事対立がなくなると、国家財政からこうも無駄な出費が減るかという種明かしを見せられて、老年の世代ほど騙されたという被害者意識が強い。貧困に耐えてきたことが馬鹿らしく、送れるはずだった幸せな時代を奪われた同輩や、親たちの世代の無念を嚙み締めている。日本について言えば、憲法に記載された〝健康で文化的な最低限度の生活〟がようやく実現したと言えるかもしれない。自殺率の減少、出生率の増加、平均寿命の延び。世界連邦成立以前の世界よりも社会に希望が溢《あふ》れていることは数字の上にも表れていた。ちなみに、笑顔も増えたことが統計上明らかになっている。

地方活性も大きな要素だ。あてどなく福島市の中心街をドライヴするだけで活気が感じられた。商店街を抜けるタクシーのウインドウから、冬馬は実際に弾ける笑顔を数え切れないほど見ることができた。

「じゃ、そろそろ官庁街に向かいますね」

「お願いします。とりあえず、防衛庁のそばまで」

大通りを抜けると、やがて阿武隈川《あぶくまがわ》を渡る。しばらく東に進むと、切り開かれた山の斜面に新国会議事堂の偉容が見えた。

警視庁から防衛庁に出向している同期と会う約束をしていた。同期の名はウィリアム・バートンといい、ほぼアメリカ人だ。祖母は日本人だが、生まれもアメリカで、日本語を習得するのが十五歳からと遅かったにもかかわらず、日本に帰化し警視庁に入った。〝ケーシチョウ〟に憧れて日本に帰化するのはウィリアムだけではない。ウィリアムの場合、刑事になりたくて警察に入ったにもかかわらず、優れた事務能力を買われて防衛庁に出向となったのは皮肉だった。

防衛庁は、かつての防衛省から大幅に規模を縮小された。自衛隊はユニヴァーサル・ガードに吸収されたので、いまは各地の警備隊に人材を送る中継所の役割を果たしている。自衛隊時代の敷地や訓練所はそのままで、人材育成を行って隊に供給する。警察から防衛庁経由で警備隊員、いわゆるガーディアンになるケースもある。

「あ、ここで降ろしてください」

官庁街の入り口に来たところで冬馬は言った。

「それでは、よい一日を」

タクシーの運転手にそう送り出されて、官庁街に降り立った冬馬はぐるりと周囲を見渡した。全てが真新しく、研究所のような機能的な美しさと清々《すがすが》しさを感じる。

内閣府と総務省が双子のように並んでいる。さらに向こう側には財務省と復興庁。官庁の建物の間には一般企業のビルも交じっている。多くは大銀行や総合商社、大手メーカーなど、世界に冠たる企業の支社だ。

防衛庁はこの区画の外れにある。冬馬はまだ足を向けない。約束の時間よりあえて早く来た。官庁街を見て回りたかったからだ。

久しぶりにウィリアムと話せるのは楽しみだったが、いま抱えているヤマについて矢継ぎ早に訊いてくるに違いない。自分が刑事になれないストレスをそうやって解消するのが癖。こっちが捜査機密を話せないのを分かっているくせに。情報だけは早いから、切腹の件も聞いているに違いない。冬馬は笑ってはぐらかすつもりだ。まさにその件でフクシマまで来たとは決して言わない。

メインロードの一番奥に新国会議事堂が見える。この国の新しい民主主義の象徴。背後の弁天山《べんてんやま》が青空に映えている。冬馬は一度あの山に登ったことがある。上から見れば、官庁街全体が見事にデザインされていることが分かる。外国人からは人気の観光スポットになっているほどだ。

長い間、全てが集中していた東京には膨大な利権が渦巻いていた。それらとの繋がりを絶った新しい土地で、清貧な議員たちが活き活《い》きと働いていると思うと、この国の風を入れ替えたことがどれだけ人々を甦らせたかを感じる。

むろんこの土地にも新たな利権が生まれる。人や企業が増えるごとに誘惑も増える。癒着し、不公正なことをする議員も現れるだろう。その都度、時の為政者は腐敗を防ぐために知恵を絞る必要がある。自らが悪徳とならないように注意しなくてはならない。

岩見沢耕太郎の威光が続く間は、ひどい堕落は起きないだろうと冬馬は期待していた。ただし後継者は物足りない。現在の首相である内海史丈《うつみふみたけ》は線が細く、言葉に力がなかった。真面目ではあるが威厳に欠ける。傑出したリーダーとは百年に一人も出ないものなのか。

それでも応援したかった。首相官邸はここから歩いて五分ほど、阿武隈川のほとりにある。国会会期中ではないので、内海は官邸にいるだろう。

そんなことを思いながらゆっくり歩く。大作りな建物に囲まれていると自分が小さくなった気分になる。景観はニューヨークをモデルにしている気がした。都市計画者に訊かないと真意は分からないが、かつて訪れたあの都市に印象が似ている。

陽射《ひざ》しがちょうど摩天楼《まてんろう》を対角線に二分する地点に立ったとき、思わず立ち止まって見《み》惚《と》れた。瞬《まばた》きでシャッターを切る。その動作に合わせて実際に、スマートゴーグルが画像として残してくれる。

だいぶ陽が傾いた。間もなくウィリアムとの約束の時間だ。防衛庁はまだ少し先。急がなくてはならないのに、冬馬はまだうっとりしながら佇《たたず》んでいた。不思議な予感が押し寄せてくる。だれかが自分を見ている。空の上からじっと。

次の瞬間、空気を切り裂く音が聞こえ、少し遅れて冬馬の身体が揺れた。

それは初めて経験する種類の衝撃で、なにが起こったか分からずしばし突っ立ったままだった。やがて冬馬の感覚器は、狙撃されたのだと正しく知覚し、冷静に自分の損傷を検討した。痛みはどこにも走っていない。血も見えず、少し歩いてみたが身体に不具合は見当たらない。

自分は無傷だという結論に達した。ただし、弾丸が宙を裂く衝撃波が耳をつんざいたのは間違いない。金属の弾がシールドの力場《りきば》にぶつかって自分の身体を揺らした。一連の変化が起こる数瞬前に、ごく些細《ささい》な違和感を覚えた。官庁街の真新しい建物たちの上方の一角に、何かが動いたのが見えたのだ。人の動きだと感じた。思えばあれが狙撃手だ。上層階から、ビルの狭間《はざま》をのこのこ進んでくる男に照準を合わせるのは児戯だっただろう。外すはずがない。射撃の的より容易に命中させたはずだ。

冬馬の腰の後ろ側にある装置が微妙に振動している。いま受けた衝撃を計測している。そんな気がした。次回のメンテナンスのとき、アイリスは負荷のかかったシールド力場を解析して、次に活かすのかも知れない。いや、攻撃を受けたこと自体がアイリスや開発者にリアルタイムで通知されているのか？　何年何月何日何時にどんな角度で弾丸が射出され、力をどう受け止め吸収し跳ね返したか。その詳細が分析の対象になる。

　ただ、そのデータが冬馬本人に開示されるかは保証の限りではない。

　人目を感じた。国会会期中ではない今、官庁街に人通りは少ないとは言え、目撃者はいる。銃撃を感知した通行人がいるのだ。

「警察です！」

　冬馬は警察手帳を宙にかざした。デジタルコードも入っているから、一般市民でもそれをスキャンすれば本物の警察官かどうかを判断できる。公務中だと知らせることで安心させたかった。だれであれ狙撃されるのは異常事態だが、狙われた本人が落ち着いているところを見せれば場は収まると考えた。有り難いことに、通りがかった者たちは騒ぎ立てることもなく去って行った。冬馬も息をつき、平静を装って歩き出す。

　イザナギの手勢か？　刑事の動きを感知して、冬馬を尾行して狙撃したのか。だが問答無用で必殺の弾丸を撃ち込んでくるとは、唖然とするしかない。

　さっき人の動きを目撃したビルに走り寄って確かめると、雑多な事務所が集まったテナントビルだった。財政コンサルティングサービスや司法書士事務所、歯科と耳鼻科まで入っている。冬馬はビルの受付に警察手帳を見せ、適当な理由をつけてビル内に踏み入った。狙撃手はまだビル内にいる。どのルートから脱出する気だ？　エレベータの階数表示を確認するがいまは動いていない。冬馬は受付に戻り、守衛たちを総動員してすべての出口を見張ってもらった。

　それから三十分、ビル内をあてどなく探し回った。だが狙撃犯は捕捉できなかった。

「駄目か」

　冬馬はぼやいたが、初めから捕まえられない気もしていた。狙撃犯が脱出ルートを確保していないはずがない。まだビル内に潜んでいる可能性もある。入っている事務所や企業の職員だったら？　同僚に休憩しにいくと嘘を言い、狙撃してすぐにオフィスに戻ってくればいい。実行犯を特定するのは至難の業《わざ》だ。

　官庁街の監視カメラ映像を押さえることも考えた。だが、ここまで周到な犯行だ。狙撃手が死角を計算していることはもちろん、透明化技術やデータハッキングなど、あらゆる裏技を駆使している可能性がある。

　まあいい。冬馬は気持ちを切り替える。シールドが狙撃手の良からぬ企みを台無しにしてくれた。自分は無傷なのだ。こだわっても仕方ない。

　気がつけば同期との約束の時間を過ぎていた。

「すまん。今日のディナーは中止にさせてくれ」

　冬馬はウィリアムに電話して告げた。

『なんでだ？　フクシマには来てるんだろ？』

ウィリアムは失望も露わに、大声で言い立てた。だが同期を危険にさらせない。

「いま、だれかに追われてる」

『なんだそりゃ。本当か？……嘘じゃないんだな？』

「今度埋め合わせする」

どうにか納得してくれたウィリアムのいる防衛庁に背を向け、冬馬は足早に官庁街を後にした。

「試されたな」

独りごちながら。シールドの存在を承知の上で、相手はたぶんライフルで狙った。それは確信になりつつあった。機能を確かめたのだ。満足しただろうか？　刑事の楯《たて》は都市伝説ではない。使用者を実際に守ることを証明した。公務中は常に起動している。腰のデヴァイスが全身を包む力場を形成する。なぜ俺を狙った？　狙撃者は吉岡冬馬を狙ったのか。それとも、シールドを装備している者ならだれでもよかったのか。

駅に戻る道すがら、冬馬はたった数行のレポートと、スマートゴーグルに収められた映像や音声をアイリスに送るに留めた。狙撃されたことはきっとすでに伝わっている。気遣う連絡もないのは、冬馬が無事であることが分かっている証だろう。

アイリスはきっと福島県警にも連絡してくれる。それが狙撃犯確保に繋がるかも知れない。投げっぱなしにするようで申し訳なかったが、ここで福島県警を訪ねている時間が惜しかった。すぐに移動したい。

　次の目的地は副首都だ。

3

　警視総監は革張りの椅子から立ち上がった。

「サンゴール氏からの、直接の依頼か？」

　眉根を寄せ、報告に来た部下を見据える。

「事務総長に頼られては、のほほんとしてられん。腰を据えてかかろう」

「ありがとうございます」

　やってきた部下は頭を下げたが、それでは気がすまなかった。言い募る。

「彼女は安全でしょうか？　身近なスタッフに、敵が潜んでいないか心配です」

　すると立石《たていし》総監は尻込みしたように少し中腰になった。

「国連スタッフの身上調査は、さすがに私の権限を越えるが……」

「そうですか？」

　即座の切り返し。部下に挑発されたと知ったが、勢いに勝てない。

「総監は、ニューヨーク州警察や、ＦＢＩにも、ＣＩＡにも友人がいらっしゃいますね」

「友人……とは言えない人間もいる」

部下が言外に求めていることは明らかだった。オフレコの情報収集だ。なんという圧力。部下にあるまじき不敬さだ。

だが立石勇樹《ゆうき》は慣れていた。

「やってみる。サンゴール氏は同志だ。アイリス・D・神村の強い意志には。危険にさらすわけにはいかない」

それが気に入った答えだったようで、アイリスは笑顔になってくれた。立石は眩しく感じる。この参謀の存在に感謝していた。国連のトップの現状までが生々しく入ってくる。事務総長の力になれるとしたら、日本警察が直接、世界平和に貢献していると言えなくもない。

「総監。この件について、更なる調査をする許可をください。世界中の危うい胎動について。世界市民の安全を脅かす恐れがあります」

「分かった。任せる」

「人員を徴用する権限と、弾道飛行による移動許可もいただきたいのです」

「君自身が捜査するのか？」

立石は目を剝《む》いた。

「その必要があるかも知れません」

「……気をつけろよ」

様々な懸念が混ざり合い、その結果出てきたのは後ろ向きな言葉だった。

「やりすぎるな。越権行為がばれて、私が更迭《こうてつ》されたら、あとは知らんぞ」

「なんの話ですか？」

純粋な問い返しに聞こえ、立石はばつが悪くなった。気の向かないまま続ける。

「私の失脚の話だよ。もしそうなったら、悪いがあとは、なんとか頑張ってくれ。私ほど物分かりいい奴が、後釜に納まるとは限らないからな」

「立石さんは更迭などされませんよ」

涼やかな笑みが返ってきた。

「むしろ、世界中があなたを支持します」

それはお告げに聞こえた。立石を眩暈《めまい》が襲う。

目の前にいながら現実感に欠ける。アイリスはその見た目もあって、どこか作り物のような印象がある。呼吸を必要としないアンドロイドのような。

だが、ときどき現実感が消え失せるのは自分の地位も同じだった。〝ケーシソーカン〟はいまや世界から仰がれ、憧れられる存在だ。自分が就任する前からそうだった。前任者の徳があってこそだが、自分が就任してからはますますその傾向が強まっている。

目の前の部下を見据えれば、自分が人に恵まれていることは確かで、安心感をもたらしてくれる。だが最近はその感覚もよく揺らぐ。

「冬馬さんが狙撃されました」

「なに？」

アイリスという女性は、どんな恐ろしい事態も冷静に差し込んでくる。

「大丈夫なのか？」

「シールドが完璧に機能しました。傷一つ負っていません。元気に副首都に向かいました」

「しかしあいつも、不注意な……」

「狙撃犯を特定しました」

「なに……仕事が速いな」

さすがに驚いた。

「冬馬さんの足跡は常にトレースしています。彼がいたフクシマの官庁街の監視機器のデータを総合したところ、向かいのビルの上層階から狙撃する姿を捕らえました。それを〝LAW〟のデータベースで解析したら即、ビンゴです」

「で、だれが撃った？」

アイリスから犯人の名前と素性を聞いて立石はなおさら驚いた。

「厄介なことになったな」

素直に弱音を吐いた。

「どう対応したらいいか分からん」

「放っておきましょう。いつでも捕捉できますから」

突き放すような言いぐさに、立石は口を開けてしまう。

「危険じゃないか？」

「冬馬さんは、守られています」

その口調は揺るぎない。

「彼がなんのためにシールドを賜《たまわ》っているのか。それを考えれば、彼を過保護に扱うのは、かえって失礼というものです」

「それは、そうかも知れないが……開発者から、何か言われたのか？」

「いいえ。私個人の意見ですが」

立石は返す言葉を探しあぐねた。アイリスほどすっぱり思い切れない。無敵の楯は存在しない。シールドとて魔法というわけではないのだ。限界はある。

立石は危うさを感じた。アイリスも人の子だ。内心は動揺し、不安を抱いているはず。だが、信仰に似たなにかを守ろうとしている。

立石はアイリスを力づける方策を探した。そして見つけた。かろうじて。

「鳥取に一人やる。冬馬の安全弁だ」

「どなたを？」

「いちばん厄介な奴を」

「ああ。彼ですか」

「双方にとって、迷惑だろうがな。手を組めば強い」

「そうですね」

アイリスは笑みで答えてくれた。立石は正解を出した気になり、それから少し顔を赤らめた。

まるで俺は娘の機嫌を取る卑屈な父親だ。

4

リニア新幹線に飛び乗って一駅移動し、福島空港から副首都に飛んだ。すこぶる簡単だった。

新首都では、全国に通じる航空便がすっかり整備されている。副首都行きともなれば日に何便も直行便がある。鳥取空港に着陸し、ターミナルビルを出た途端、福島とは違う賑わいを感じた。我知らず顔がほころぶ。あいにくの小雨模様にもかかわらず心地いい。似合う言葉を探すなら〝自由〟と〝創意〟だ。音を奏でる人。踊る人。表現する人。それを眺める人間も多い。夜闇が降りてきても、雨が止まなくても、こんなにもいる。冬馬はその間を彷徨《さまよ》った。犯罪者を追うささくれだった心が癒やされる。

鳥取県はかつて最も人口の少ない県だったが、見事に返上した。全県で六十万人を切っていた人口はいまや八十万に迫り、この鳥取市を中心に、いまも緩やかに増え続けている。

県の中心部には文部省、科学省、芸術庁、スポーツ庁が移転。見事に〝文教科学都市〟に生まれ変わった。のみならず経済産業省、厚生省、労働省も副首都に移されたのだ。市民生活の健康と福利厚生に直結する主要省がやって来たことで、俄然《がぜん》都市としてのグレードが上がった。

財務省と経産省を切り離すことが必要だったという事情はある。政官と企業・富裕層との癒着を防ぎ、金本位の国家運営にしないための工夫だ。リモートで繫がる技術は進歩し続けているから、意思疎通、情報共有に関しては妨げにならないが、直接の密談を防ぐには好都合だった。裏でのよからぬ企みを挫《くじ》くためにも、各省の分散は役立っている。代わりに吹くのは公正で清新な風だ。

フクシマもそうだが、遷都の対象となり、新しい施設や人口流入がある都市は海外からの注目を浴びる。ゆえに都市名にカタカナやアルファベットをあてる傾向がある。若者は鳥取を〝ToTToRy〟と書くことが多いという。人気アーティストがロゴをデザインした影響で、視覚的な認知から世界中に広まっているのだ。事実、鳥取空港はかつてでは考えられないほど国際便が増やされ、世界各地から人が訪れるようになった。県内のどこかで毎日、芸術祭やスポーツイベントが開催されている。それが人々を惹きつけ、鳥取市のみならず倉吉《くらよし》市、米子《よなご》市、境港《さかいみなと》市なども活気づいている。両隣の県、島根と兵庫の日本海側まで巻き込んで盛り上がっていた。町おこしの観点から見れば、これほど劇的な変化は、江戸に都を移した徳川時代以来だと言われている。

刑事をやっていなかったらここで暮らしたい。冬馬は前からそう思っていた。街の至るところに音楽や美術や映画や文学がある。理想的な生活だ。なんの因果か刑事をやっているが、リタイアしたらすぐに移住したいぐらいだった。

それにしても、父や祖父に聞いたかつてのこの国は、なんと不自由だったか。改めて思う。人口や産業が特定の都市に集中しすぎていた。地方は過疎化し空洞化するばかりだった。旧政権はそれを固定化してしまい、改善など夢に思えた。

いざ新政権が遷都を断行するとすべてが変わった。折良くリニアが全面開通したことで全身の血管に血が行き渡るかのように国全体が賦活《ふかつ》された。やってみたらいいことばかりなのに、なぜ今世紀中盤まで遷都は行われなかったのか？

「むろん、利権さ。既得権益を持つ者は決して手放そうとしない。権力と癒着して自分たちだけに有利な社会を維持しようとする。世界中で起きてることだ」

祖父の声が今も響く。権力者と富者だけがすべてを握っていた。それが不正の温床となり、格差を広げ、怨嗟《えんさ》と無力感を生み出し国を蝕《むしば》んだ。驚くべきは多くの日本人が文句も言わずにただ耐えていたことだ。権力者はおとなしい羊のような国民の性格につけこんでいた。巧みに情報統制をし、批判者潰しに狂奔《きょうほん》していた。

それも昔のことだ。垂水清玄の言う、イザナギの鳥取支部の存在を信じてここまで来たが、反体制的な輩がこの街に身を隠していると思いたくない。ただ、自由を尊重するがあまり、怪しい芸術団体が乱立しているのも事実。アトリエ街、かつてのソーホーのような芸術村は異分子が紛れ込むには恰好だ。

鳥取県警本部で情報を提供してもらう約束は取りつけていたが、正直なところ気が向かなかった。垂水清玄のような、実際に裏社会に生息していた人間の情報の方が役に立つ。だがフクシマと違ってトットリにはそういう知り合いがいない。街が新しすぎ、変化も早すぎるので人脈作りが追いついていない。

まあ、なんとかなるさ。賑わいの中に紛れていると気楽になった。まだしばらくこの空気に溶け込んでいたい。屋台で地元名物でも喰いながらぶらぶらしよう。

そうさせてはもらえなかった。この街に似合わない姿を見つけたのだ。

気づいた瞬間に冬馬は背筋が伸びた。その男は目立った恰好をしているわけではないが、警察官なら気づく。雨除けの外套が刑事のよく羽織るものだった。だがそれ以上に、醸し出している雰囲気が特殊。同じ刑事からも警戒される、ある種の色を濃く放っている。

気がついてしまったら無視するわけにはいかない。冬馬は歩み寄った。

相手は待ち受けるように、じっと冬馬に眼差しを当ててきた。

「樋口さん。どうしてここへ？」

冬馬は先輩刑事に向かって下手に出た。すると相手は顎をしゃくる。

「知ってるか。この像」

ここはまだ空港の敷地内。入り口近くに建っている、銅製の偉丈夫を示す。冬馬は首を振った。

「すみません、勉強不足で」

「大国主命《おおくにぬしのみこと》と、因幡《いなば》の白兎《しろうさぎ》だよ。それでも日本人か？」

ニヤリとする。冬馬は改めて思った。この男の笑みは常に不吉だ。

「なるほど。歴史は好きですが、この辺の逸話はよく知りません」

「大国主命は、日本を作った神とも言われてる。実は鳥取は、イザナギみたいな連中が大好きな土地だってことだ。いまいちばん進歩的な街だという評判だが、ここが副首都に選ばれたのは、実は陰謀なんじゃないか？」

言っている間ずっとニヤついていた。この男の底意地の悪さは知っている。おかしなユーモアには乗っからない方がいい。

「考えすぎでしょう。大昔の神話に本気で肩入れするほど、イザナギの連中もおめでたくないと思いますよ。大日本帝国や、三島由紀夫だったらまだ分かりますが」

「ふん。お前にイザナギのなにが分かる」

樋口は切り捨てた。顔からひねた笑みを消し去る。

「吉岡。通信や録音を切れ。ここからはオフレコだ」

「えっ。総監から許可は？」

「つべこべ言うな。命令だ」

相手は警視正。課長だ。係長で警部の冬馬は逆らえない。

通信と録音機能をオフにすると、樋口は砕けた口調になった。

「で？ 鳥取くんだりまで、テロリストを説得しに来たのか。丸腰で」

「樋口さんは？ 丸腰じゃないんですか」

「当たり前だ。ボランティアじゃないんだ」

「シールドがあるのに、その上に武器を？」

「お前の方がイカれてるんだよ。おかしなスタンダードを持ち込むな」

樋口の姿勢ははっきりしていた。冬馬の在り方が気に食わない。最近脚光を浴びていることも気に食わないのだろう。

「俺にクレームを言いに来たんですか？」

「そうだ。身の程知らずだからな。なにが説教師だ」

「俺が自称してるわけじゃないんですが」

「お前、世界連邦にかぶれたな」

公安課長は聞く耳を持たない。

「警察より、国連の手先になりたいんだろ」

「とんでもない！　なにを言うんですか」

冬馬は憤激して見せた。

「行きがかり上、こんなやり方を続けてますけど。いつまで続くか自分でも分かりませ
ん」

「丸腰のノーガード戦法か。総監もお前のやり方を認可するとは、酔狂が過ぎる」

「大丈夫ですか？」

冬馬はしらじらしく声を潜めた。

「会話、本当に聞かれてません？」

「聞かれたっていい」

よほど腹に据えかねているようだった。

「牧師気取りも大概にしろ。イザナギの中枢メンバーにそんなやり口は通用しない」

「はい。でも、やってみないと分かりません」

「馬鹿野郎。説得が通じるような相手が、切腹なんかやるか？」

正しいのは樋口だった。どう考えても。

だが背負っているものがある。自分にしかできないやり方がある。命令違反と咎《とが》められない限りこのやり方を通したい。最後まで銃を撃たなかったら、勝ちだ。冬馬は内心でそう繰り返す。

年下の、部署違いの刑事が自分の言葉に動かされていないと感じたのか。公安課長は無表情になった。

「気を遣え、吉岡」

これを言いに来たのだと冬馬は察した。

見渡しても部下を連れている気配はない。この樋口尊も単独行動を好む。公安一課課長はそんな気楽な立場ではないはずだが、茶々は入れない。自分もいつも一人。

「これは公安案件だ」

樋口は念を押した。

「手を引けということですか？」

冬馬は一歩近づいて声を潜めた。樋口の声が大きいと感じた。周りの一般人に聞かれる。

「まだ真犯人は浮かんでいない。捜一の捜査を止めるのは、無理筋ですよ」

「命令じゃない。だから、気を遣え、と言ってる」

「そうはいきませんよ。俺はこのヤマ、凄く気になる」

冬馬はもう一歩近づいた。相手の顔の近くで強調する。

「おかしいんですよ、イザナギは。これだけ派手な事件を起こしても尻尾を掴ませない。リーダーの所在がまったく分からない。世界連邦発足後、ここまでうまくやってるテロ組織は日本で初めてだし、世界でも稀《まれ》でしょう」

「公安を批判してるのか？」

樋口はそう受け取った。忸怩《じくじ》たる本音が垣間見えた。

「違います。公安であれ捜一であれ、イザナギの中枢メンバーを捕らえられてない。これは異常だ」

「喋りすぎだぞ。吉岡」

先に大声を出したのはそっちだろう。冬馬は構わず続ける。

「だれかが連中を下支えしてる」

「言ってしまったな」

強張った笑みが返ってきた。

「相変わらず、お前は鉄砲玉だ。偉そうな説教屋だ。悪目立ちすると、狙われるぞ」

「ご親切に、ありがとうございます。もう狙われました」

冬馬はさっぱりした調子で報告した。

「昼間に、フクシマで狙撃された。かなり奇妙な暗殺未遂でしたよ」

公安課長は呆れ返った。

「拳銃か？」

「たぶんライフルです。ビルの上層階から狙われたので」

「シールドを過信してないか？　お前。ライフルなんて、下手すりゃ撃ち抜かれてたぞ」

「そうですか？　無事でしたが」

冬馬の能天気ぶりに樋口は肩を竦《すく》めた。

「レーザーやバズーカは無理なんだし。闇の武器市場じゃ、ますます危険な武器が出回ってる。シールドに頼るな」

「イタチごっこですね……受けて立ちますよ」

冬馬は不敵に応じた。

「エンジニアに言って、強化してもらいます。ミサイルでも受け止められるように」

樋口尊の顔は引《ひ》き攣《つ》っている。冬馬は訊きたくなった。

「馬鹿言いやがる」

「樋口さんのシールドは？」

公安部にもシールドは導入されている。階級はどこからか、何人規模なのかは知らないが、課長級が装備していないはずはないと思った。

「あるが、頼ってない」

樋口の答えはぶっきらぼうだった。

「そちらのエンジニアは、公安付きの？」

「そうだ」

あっさり頷いたので、冬馬は疑う。

「最新式の、高性能なんでしょうね」

「そうでもない」

互いのスペックを探り合う。愛車の自慢をし合う走り屋のようだと思い、苦笑いが浮かんだ。使っている装置は同じでも、どう強化するかは部次第。そして刑事部と公安部は永遠のライバル関係にある。

「お前こそ、いいブレーンがついてるじゃないか」

探り合いが続く。樋口も情報が欲しい。わざわざ鳥取までくるほどだ。

「アイリスのことですか？　そうですね」

冬馬は隠さない。衆知の事実だ。

「最高のブレーンです。彼女がちょくちょくメンテナンスしてくれます。安心して任せられる」

「シールドにも直接タッチしてるのか？　まったくとんでもないな」

その口調は、素直な賛嘆に聞こえた。樋口尊もアイリス・D・神村に一目置いている。前から感じていた。彼女は総監付としてあらゆる部署と関わりを持つが、公安がその限りでないことはアイリス本人に聞いて知っている。公安の閉鎖体質のせいだろう。自業自得だと冬馬は思う。

「彼女は、元気か？」

樋口の口調に冬馬は首を傾《かし》げた。

「どういう意味ですか」

「いや。意味はないが」

樋口は目を合わせない。この男の複雑さを感じて、冬馬は慎重に答えた。

「元気ですよ」

「そうか。せいぜい大事にするんだな」

「言われなくとも、彼女は大事にされています。ご存じでしょう。大勢が彼女に頼っている。立石総監も」

「公安だけは、彼女の寵《ちょう》から外れているようだが」

樋口の素直さが怖いほどだった。手の込んだ陥穽《かんせい》か？　冬馬は警戒しながら言う。

「樋口さんたちに敬意を払ってるんです。特殊な仕事だし、捜査機密も多い。口出しされたら嫌でしょう？」

「俺たちは、憎まれ役だからな」

なんだこの僻《ひが》みは。いつになく弱気じゃないか。冬馬は調子が狂うのを感じた。この男を飲みにでも誘えばいいのだろうか。

「なにしに来たんですか？　俺に指導くださるためだけじゃないでしょう、もちろん」

「言えば協力してくれるのか」

樋口はあさっての方を向いた。もはや自分に関心をなくしたように見える。

5

樋口尊は、捜査一課の係長を前にして、意気阻喪する自分を隠す気もなくした。

公安は常に悪役。悪党だけでなく大衆からも嫌われてきた。権力の犬と忌み嫌われ、正義でなく体制維持のために動く兵隊と見なされてきた。

それは事実だ。だが二十一世紀は世界が一変した世紀。世界連邦の樹立で国家主義が薄まり、国家間の対立が緩和されたことで〝国益〟という言葉も〝体制維持〟という概念も色褪《いろあ》せた。前時代的な意味合いを持つようになった。

それ自体はいいことだ。一般市民にとっては。だが公安刑事にとっては存在意義を問い直される事態だった。まったく、これほど同情されるべき存在がいるだろうか？　公安の仕事は減っていないのに悪いイメージだけが残るとは、やりきれない。

日本政府は世界連邦を主導した手前、公正で風通しの良い社会を実現したというイメージを守らなくてはならない。反体制分子を弾圧するために後ろ暗い活動をする公安は、目立ってはならない。一時は廃止すべきだという運動さえ起こった。そのたびに公安族は抵抗してきた。樋口自身、能天気な楽観論者たちには苛立ちしかない。

必ずまた暗い時代が来る。いざというとき、策謀に強い者にしかできない仕事があるのだ。いまでさえ仕事は尽きないのだから。

「いつまで陰謀史観でやってるんだ」

そんな揶揄《やゆ》は放っておく。綺麗事《きれいごと》では国を守れない。一般大衆の命を守るには後ろ暗い活動も必要。それが公安刑事の矜持《きょうじ》だ。現にイザナギがいる。極めて暴力的で、常識が通用しない相手。しかも首謀者が巧妙に姿を隠している。何か巨大な後ろ楯がなくては不可能だ。

連中とまともにやり合えるのは自分たちしかいない。イザナギが存在する限り、公安不要論は影を潜めるだろう。イザナギを追いながら、イザナギに感謝するという倒錯心理は自覚していた。だが公安の歴史を見れば、常に〝敵の影〟を喰って生きてきた。

「お前は陽の当たる道を歩いてきたから、分からないかも知れないが。裏道を歩く人間も必要なんだよ」

気づけば甘ったるいセリフを吐いていた。吉岡冬馬は反発するに違いない。自分だって汚いものを見てきたと。

「樋口さん。究極のボランティアですね。皮肉ではなく」

予想よりずっと優しい言葉が返ってきた。

その言葉を証すように、冬馬の顔にふざけた色はなかった。

この男こそ厄介なのだと樋口は再認識した。相手のガードを下げる力がある。刑事のくせに陰がない。生まれ持った輝きとしか言いようのないもの。知性と感性が豊か。明らかに刑事向きではないのだ。祖父や父親の影響で仕事を引き継いだが、本来は学者か芸術家になっていたはずの男だ。

「公安に感謝する気持ちもあります。道徳律に抵触する疑いが強いけど」

「なに？」

目の前が暗くなる。やはりこの男とは死ぬまで分かり合えない。

「武器が消え去らない理由と同じです。この世がパラダイスならいざ知らず、そうじゃないから、汚い仕事がなくならない。どうしても、罪に近い仕事をしなくちゃならないときがある。樋口さんたちは、その仕事を買って出てくれてる」

「クソ生意気な。中学生か、お前は」

できる限り皮肉な笑みを浴びせたい。だが吉岡冬馬は動じた様子を見せなかった。

「罪は等分に背負わなくてはならない。同じ刑事ですから。でも、もう少しやり方があるんじゃないか、とは正直、思いますけど」

「優等生め」

腐す言葉に深みがない。分かっていながら樋口は言うしかなかった。

「いけすかない。インチキくさいぞ、お前の説教は」

「そうですか。すみません」

素直に頭を下げる吉岡冬馬に嫌気が差した。これ以上話をしても無駄だ。

「俺は言うべきことは言った。あとはお前の判断だ」

「気を遣え、ですか」

吉岡冬馬は頭を掻いた。

「難しい宿題だなあ」

樋口はその声を背中で聞いた。足早に空港の敷地から離脱する。

Ⅲ　バウンド

1

樋口尊はたちまち雑踏に紛れて消えた。

取り残された冬馬は、夜空を仰いだ。いつの間にか雨雲が消え去り、満月に近い月が顔を出している。

冬馬は気を取り直し、鳥取県警本部には明日訪ねることにして、宿に至る道中を楽しんだ。樋口の因業深い顔を振り払いたい。屋台街で、地元の名物だという蟹汁《かにじる》やとうふちくわで腹を満たすと人心地ついた。夜を楽しむ人たちはまだ街に多い。気分はよかったが、いつまでも徘徊《はいかい》しているわけにもいかない。明日に備えて寝ておかなくては。取ってある宿は郊外のシティホテルだ。仕方なく歩き出す。だんだん賑わいも薄れてゆく。人通りが少なくなった区画で、背後に気配を感じた。

冬馬はここ数年で最悪級の戦慄を覚えた。狙撃されたときにも感じなかった肌のざわつきだ。自分の身に迫っているものが、尋常なものではないという勘は働いた。

銃が欲しい。珍しくそう思う。だが腰に手をやっても馴染みの装置があるのみ。意を決し、ゆっくり振り返った。

女がいた。細身で髪が長く、肌が白いのが夜目にも分かった。

女は二人の男を従えている。一人は長身、一人は小柄。あくまで従者だ。主人はこの女。

女の手には見たことのないものがある。それが戦慄の原因だ、と思い当たった。第一印象は奇妙な懐かしさだった。箱形の機械だ。黎明期《れいめいき》の写真機に似ているが、ひょろりと細長い管が伸びているところが旧式の掃除機にも似ている。だが日常的な家電と決定的に違う点があった。機械の部分と言わず、管の部分と言わず、光が漏れ出しているのだ。内部に光源がある。

その光を照り返して女の表情が浮かび上がった。目がつり上がっている。口の両端が上がっている。冬馬は立ち竦んだ。女の両隣の男たちが銃を構えているのは取るに足らなかった。女が手にする箱がとにかく怖い。強烈なエネルギーが閉じ込められている。

冬馬の隙を相手は逃さなかった。管を持った右手を素早く突き出してくる。

その瞬間光が強まった。冬馬は眩しさに手をかざす。箱型の内部でフラッシュが間断なく焚《た》かれているかのようだ。耳を圧する振動音が襲ってきた。それは速すぎて、空気が分子単位で震えている気がした。やがて視界が歪む。冬馬の周りに無数のレンズが生じたかのような異様な光景を正視できない。

冬馬はとっさに後ろにのけぞった。包囲してくる物理的な力を知覚したのだ。まるで見えない巨大な手――一度も経験したことのない感覚に、防衛本能が戸惑う。気づけば冬馬は身動きできなくなっていた。

「しまった」

という声は出た。呼吸もできるし、顔をしかめることも、相手が近づいてくれば唾を吐きかけることもできそうだった。第三者からすれば、冬馬がただ立ち竦んでいるように見えるだろう。だが違う。腕が上がらない。腰の辺りにくっついてしまった。肩はわずかに動くことも分かった。だが胸から下は一切動かない。見えない縄で捕縛されたように。

「ふふ。効いてるな」

女が満足げに言った。破顔したその表情から、内心は不安だったことが分かる。一歩一歩近づいてきた。

「なにが最強の楯だ。動けなければしょうがない」

勝ち誇る。垂水清玄が口にした女だという見当はついた。二人の男も肉薄してきて、巨大な手袋を塡《は》め出す。冬馬を縛る見えない力場ごと押さえると、徐々に冬馬を引っ張り、動かした。

冬馬はまったく抵抗できない。だから頭を切り替えた。悔しがっても仕方ない。身体から力を抜くことにする。突っ張っていても身体が強張るだけだ。いまは体力を使わず、身の自由を取り戻す機会をうかがう。

なによりシールド機能は生きている。実感があった。相変わらず自分の身は安全だ。力場の外側から、シールドごと捕まえられたのだ。シールドがなければ、自分の身体が輪切りにされるほどの力が加わっている。相手が使っている装置は、見栄えは良くないが相当に危険なものだ。こんな攻撃を繰り出されたのは初めてだった。

「警視庁の最新技術も無敵じゃないと証明できた。これから、地獄を見せてやる」

分かりやすい脅しが顔を襲う。女の危険さが分かった。向こう見ずなテロリストそのものだ。路地の奥から車が近づいてくるのが見えた。コンテナに車輪をつけたような頑丈な作りの車だった。イザナギ特製の装甲車か？　自分を捕らえた装置といい、お手製感満載だが、見栄えより実力。どうやら優秀なブレーンがいるようだ。

ここまでして自分を捕らえる動機が分からない。大掛かりすぎてどこか冗談のようにも感じた。とはいえ、冬馬に為す術はない。開けられた車の後部ドアから、冬馬は横倒し状態で詰め込まれた。配送される荷物のような気分だった。

緊急信号を本部に送る暇もなかった。静かに後悔する。

2

「よォ、政府のイヌ」

リュウジはあからさまに侮蔑した。

「なにがケーシチョウだ。なにが捜査一課だ」

捕らえた男を侮蔑するために、一人でやって来たのだ。サキやトミオが来る前に。抜け駆け、ということになるのだろうか。だがこれぐらい許してくれ。一対一で話してみたかった。刑事とはどんな人種なのか肌で知りたかった。

鳥取市内のアジトの一つ。廃工場のガレージに押し込まれた刑事は、面倒くさそうにこっちを見た。その顔にリュウジは痛罵《つうば》をぶつける。

「お前らは売国奴だ」

唾を吐きかけたい。だが届かないことを知っている。この刑事を守る先端技術についてはサキから教わっている。

「じゃあ、お前らはなんだ」

相手をしてやるか、という調子で刑事は言った。

「新撰組かなんかか。憂国の志士だっていうのか？」

「新撰組でもないし、皇道派の陸軍兵でもない。俺たちは、イザナギだ」

啖呵を切ってから、自分が憂さ晴らしをしているに過ぎないと気づいた。ずっと憎んできた刑事をいざ捕らえてみても、心に重しのように乗っかっているものは消えない。

サキが使った装置はなんだ。

どうやって、この男を捕らえた。

装置はいまもこのガレージの隅に設置され、妙な光を出し続けている。それは幽《かす》かな流れとなって刑事の方に流れ、いまも刑事の周りをふんわり回っている。土星の周りを囲む輪のように。奇妙に幻想的な眺めなのがまた、現実感を麻痺《まひ》させる。

サキに対する恐れが消えない。切腹粛清以降はまったく違った人間に見える。サキの背後にいる巨大なものが怖い。

目の前の刑事が権力の犬であることには変わりない。だから、罵倒の言葉は自然に湧いてきた。いまはそれをぶつけていればいい。だが自分の軸がぐらついている。なんのために闘っているのか。そもそもなにを信じていたのかも分からなくなる。

リュウジは目の前の男に憐《あわ》れみさえ感じた。以前だったら絶対にそんな念は湧かなかった。いくらこの刑事が、手も足も出ないのに毅然《きぜん》とし続けているとしても。その目がいくら真っ直ぐで、揺らぎがないとしても。

〝説教師〟という評判にも興味があった。吉岡冬馬というこの刑事が武器を持たないというのはどうやら本当らしい。権力に従順な機械というイメージとはズレがある。敵だからといって認めないわけではない。攘夷派《じょういは》にも新撰組にもそれぞれの〝義〟があり、互いの信念に忠実だったからこそ、相手には一定の敬意を払っていたはずだ。

ああだめだ、考えすぎるなとリュウジは息を整えた。この心の揺れを気取《けど》られてはならない。目の前の刑事に。

いや、とりわけサキに。

俺は監視されているも同然だ。自分の行動は上に報告されている。だから手を抜けない。息を吸い込み、大きな声を出す。

「シールドだかなんだか知らないが、いつまでも保つもんじゃない。お前は終わりだよ」

「名を名乗れ」

刑事はそう返してきた。それが礼儀だろ、と叱られた気がした。

これが説教師のやり口か？　にわかに警戒する。言いくるめられるとは思わない。だがいまの俺は少し弱っている。

まもなくここに仲間がやって来る。

仲間？　来るのがトミオだけならいい。陰気なネズミのような男で、取るに足らない。上の言うことに従うだけの意志薄弱。タダシが死に、ジロウを大怪我で欠いたいま、あんな人材でも必要なのだ。

だが一緒にサキもやって来る。

情を交わしたはずの女の心が、もうリュウジには見えない。

3

若僧は名乗らない。腰抜けだ。代わりに繰り返すのは、

「俺たちは……イザナギだ」

というひねりのない答え。そのくせ胸を張った。拳銃を握った手を振り上げながら。

虚勢。顔が引き攣っているのが見て取れた。若いな、と冬馬は思う。捕まえられたとき、女の傍らにいた男の、長身の方だ。口許《くちもと》に幼さが漂っている。視線も落ち着かない。人間形成の最中なのだ。ならば道に迷うことはある。

取り返しのつかない場所へ行く前に引き返せるなら、まだ若僧にも救いはある。だがどうだろうか。幼い心は徹底的に曲げられ、変形させられている。

「イザナギか。つまりお前は、テロリストだな」

「違う！　日本を救う、本物の日本人だ」

いままで何人の愚か者が同じ台詞を言ったのか。呆れて黙っていると、若僧は変に純粋な目で訊いてきた。

「なんで、日本人は特別なのに、他の民族と、平等を装うんだ？」

芝居がかっている。この若僧は、自分の言葉を本気で信じているのか。

「それは逆に、人類のためにならない。だから、俺たちイザナギが……」

声は途中で立ち消えた。自信をなくしたのか。ふだんお題目のように唱えている思想に倦《う》んでいるように見えた。

なんだこの若僧は？　冬馬はかける言葉を探した。

「お前は、何人殺した」

すると若僧は顔を強張らせた。なにか言い出しかけて口籠もる。

「イザナギは何人も殺してるな」

自分でも厳しいと感じる声が出た。

「気に食わない敵も、気に食わない仲間も殺した。そんな連中が、本物の日本人だっていうのか？」

返す答えがないのか。若僧は口を結んで睨むばかりだった。

「なあ。人を殺してもいい理由があるのか？」

重ねて訊くと、

「し、死んだ方がいい人間がいる！」

若僧は唐突に声を張り上げた。

「それを否定する奴は、ぎ、偽善者だ！」

「お前は平凡なテロリストだよ」

冬馬はせせら笑ってみせた。本心は少し違う。こいつらは見たこともない技術を駆使する。銃器が通用しないなら、相手を丸ごと捕獲してしまえ。だれかがそう吹き込んだのだ。そして実行した。だれがやらせた？　冬馬は密かに視線を走らせる。だがここにはこの若僧しかいない。あの油断ならない女は来ないのか？

「お前らなんか、歴史の中で、掃いて捨てるほどいた。有象無象だ」

挑発することにした。逆上させて、他の連中もここに呼ぶのだ。

「貴様……」

思い通りに若僧は逆上した。

「お前たちは殺すことしかできない。血と憎しみを振りまいて、結局自分も野垂れ死ぬだけ。人類の恥だよ」

「黙れ！」

銃口を向けてきた。撃つと思ったが、若僧は思い留まった。少し見直した。

「教科書の一ページ目を読んでいないとはな」

冬馬は声に侮蔑を込める。精神的虐待に当たるかも知れないが、ここは手加減できない。

「加害者になるとはどういうことか。簡単な公式が書いてあっただろう。お前、ちゃんと授業を受けたのか？」

「だ、黙れと言ってるんだ！」

若僧は駆け寄ってきた。銃口を冬馬の額に突きつける。だが冬馬は黙らない。

「暗唱してみろ。どの教科書の冒頭にも書いてあっただろう。あの公式だよ。言ってみろ」

「撃つぞ」

「撃てよ」

冬馬はそそのかした。身動きはできないがシールド機能は生きている。若僧も拳銃の弾など無意味ということを知ってはいる。それ以前に大事な人質だ。下っ端が独断で殺していいはずがない。

銃声がした。

さすがに目をつぶる。拳銃の音にしては大きかった。もっと凶暴な銃器のそれだ、と気づいた。更に連続で衝撃を感じたが、痛みはやってこない。シールドが弾丸を跳ね返した感触はあった。目を開け、焦点を絞る。

目の前の若僧の銃ではない。その後方にある銃口から飛んできた。

若僧がビクリと振り返る。現れたのは、自分を捕獲した女だった。手にしているのはサブマシンガン。数秒間におそらく十発ほどが発射された。だが、自分は無傷だ。

現れたもう一人は、言わずと知れた従者の片割れ。小柄な方の若僧だ。長身の若僧の単純さとは違い、その顔は暗く、執念深そうに見えた。

更にもう一人現れた。冬馬は色めき立つ。有名な手配写真とまったくの同一人物だったからだ。初めて、生身の頭首を見ることが叶《かな》った。イザナギを率い、警察から追われ続けてきた男が快活な笑みを浮かべてガレージに入ってくる。

「予想以上の技術だな」

鈴木広夢は唸ってみせた。だが唸りたいのは俺の方だと冬馬は思う。

「マシンガンでも平気だとは。バズーカならどうだ？　高射砲は？」

やってみたらいい、と冬馬は言わなかった。さすがに危険だ。

そもそも自分は、このシールドを預かっているだけ。選ばれし者だけが使用できるということは責任も伴う。もし殉職してしまったら、警察の威信を支える技術に傷がつくことになる。

「俺は特権を与えられてる」

相手を感心させる言葉遣いをする必要があった。虜囚なりの威厳を保つのだ。

「だから武器を持たない。俺は殺されない代わりに、あんたらを殺すこともしない。ただ、逮捕する義務があるだけだ」

若僧たちが、難解な詩でも聞いたような顔をした。

鈴木広夢の様子も変わらない。聞き流されたと知った。まるで虫の鳴き声かなにかのように。

「自分のザマを見てから言うんだな」

女が反応した。

「お前がサキか？」

訊いてみる。相手の反応を見て図星だと分かった。垂水清玄の情報は確かだった。

サキはぐっと口を閉じる。頭首の手前、不用意な発言はまずいと自制している。

「浅草の切腹は、お前の仕業だな」

冬馬はここぞとばかりに挑発する。サキは黙ったままだが、顔には怒りが溜まっていく。

黒い雷雲そっくりになる。

「あれが、あんたらの武士道か」

冬馬は声を大きくした。本当に知りたかった。

「無理やり切腹させて、仲間だった人間を殺すのが正義なのか」

「そうだよ。今度はお前が腹を切る番だ」

鈴木広夢が平然と嘯《うそぶ》いた。

「吉岡冬馬。捜査一課の係長のくせに、なにも知らないらしい。死んだ桝山の正体も知らないとはな」

「なに？」

考えを巡らす。やがて、相手が示唆することが浸透し始めた。

「お前に切腹はもったいない」

サキが思わず、という調子で言った。

「お前のシールドをこじ開けて、四肢をバラバラにしてやる」

「これ、超電導のロープか？」

今度は冬馬が聞き流した。気軽な調子で訊く。自分を捕まえている技術についてずっと考えていた。

「こんなやり口は初めてだ。あんたらのオリジナルか？」

「驚いてもらえて嬉しいよ」

鈴木広夢の笑みは柔和だった。えせ評論家のような風貌だ。テロリストの頭首には見えない。

「開発者はだれだ？　あんたらの背後に、だれがいる」

「大勢いる」

鈴木広夢はほくそ笑んだ。

冬馬は迷う。訊きたいことは山ほどある。鈴木広夢の人物像についてこれまで何度想像を巡らせたことか。これほど成功したテロリストはいないのだ。その思想。人心掌握術。

抱いている野望。なにもかもを知りたい。

なにより魂の形を知りたかった。罪悪感のありかは？　これだけ暴力を撒き散らし、何人もの命を奪ったことへの気の咎めは、顔に表れているか？

まったく表れていない。暗い深淵《しんえん》が、この男の魂の底にある。重犯罪者に出会うたびに覚える感覚だった。人とは違う生き物に触れる感触だ。〝罪〟という概念がない種族。どれだけ殺しても、それがただの数字でしかない生物種。

「テロリストが勝ったことは、歴史上一回もない。いますぐやめろ」

それでも言葉を投げなくてはならなかった。たとえ通じなくても、虚空に石を投げるようなものだとしても。言葉を使って闘う。それが人の道と教わってきた。

「馬鹿を言え」

案の定、冷笑が返ってきた。

「全ての国家は暴力革命から始まったのだ。全ての政権の始祖は、初めはテロリストとして扱われた。勝てば官軍なのだ。だから我々は勝つ。暴力を用いて」

「やめろ。そんな妄想は」

「妄想ではない。我々は力をつけている。対してお前ら警察は、まったく手が打てない。そもそもいままで、私をまったく捕まえられなかったではないか！」

「あんたは常に顔を変えている」

冬馬は口を挟んだ。気圧《けお》されたくない。

「たぶん声も体臭も。だから捕まえられないんだ」

「それだけで逃げられるのか？」

挑発する問いだった。この男は相手を揺さぶるのが得意。さすがだ。

「やっぱり、大物にバックアップされてるんだな。突き止めるぞ。あんたらのパトロンを」

一方的に宣言する。応えたのはサキだった。

「こっから逃げ出してからにしろよ！　転がってるだけのくせして」

頭首が頷く。

「そう。ここは完全に痕跡を絶った場所だ。どんなスパイ衛星でも見つけられないよ」

「観念しな」

サキが嘲笑《あざわら》い、若僧たちもそれを真似する。

「いや。俺にも仲間がいる」

冬馬は言い張った。

「電波を遮断しているんだろうが、必ず見つけ出してくれるぞ」

「悪いが、期待しない方がいい」

鈴木広夢は絶対の自信を見せた。

「吉岡冬馬。捕まえられたのは初めてだろう？　シールドを持つ刑事の捕獲。我々は、史上初めてのことを実現したんだ」

「お前は檻《おり》の中の犬だ。キャンキャン吠《ほ》えてろ！」

やっぱりちぐはぐだ。このメンツのバランスもちぐはぐだが、自分を捕らえたテクノロジーもそう。明らかに最先端のもので、イザナギという組織の野蛮さと釣り合わない。

「だれかに頼まれたんだな？」

確信を込めて冬馬は訊く。

「俺を捕まえろと。フクシマで俺を狙撃したのも、お前らか？」

わずかに、二人の若僧が動揺する素振りを見せたが、頭首とサキに変化はなかった。やはりこの二人は格が違う。

「なぜ、仲間を切腹させた。お前らには血も涙もないのか」

「馬鹿め。本当に知らなかったのか」

女が侮蔑たっぷりに見下してくる。

「桝山は刑事だった！　公安のスパイだ」

「本当か？」

愕然とした。公安部がイザナギにスパイを送り込んでいた？　空港で待ち構えていた公安課長の顔が浮かぶ。だとしたら樋口はなぜ明かさなかった。隠蔽に走っているのか？

桝山は後ろ暗いことに手を染めていた。あるいは、二重スパイだった。あらゆる疑いがわっと湧いてきて、冬馬は呼吸困難を覚えた。冷静になれ。こいつらの言うことを鵜呑みにするのは馬鹿だ。

「俺は知らない」

冬馬は態度を決めた。

「確証があるならともかく、適当な言いがかりなら信じない。お前らの内ゲバだと見なす」

「クソッタレが」

サキという女には、憎しみを全身で表現する才能があった。舞台女優でもやっていたのではないかと本気で疑う。サブマシンガンを手に目の前まで肉薄してきた。

「お前は生意気だ。その舌を引っこ抜いて、説教なんかできないようにしてやる」

「おいおい」

激怒する側近を鈴木広夢は面白がっている。

「弾の無駄はやめろ。何発撃っても同じだ」

手出しは諦めたようだ。冬馬は、余裕を見せることにした。

「俺はいつだって、手ぶらで危ないところへ入っていく。で、相手と雑談するんだよ。運が良かったら、相手は自分のやったことを後悔して、出頭してくれる。耳を傾けてくれさえすればだけどな」

鈴木やサキに聞かせるためではない。若僧の耳に入れたかった。

「だから、舌を引っこ抜くのはやめてくれ。俺の存在を全否定するようなもんだ。悲しすぎる」

間が空いた。妙な冗談を放っている自覚はある。それでも続けた。どうせ通じないなら言いたいことを言う。

「力尽くで逮捕するより、相手を納得させた方が危険が少ないんだ。まあ、このシールドがないと成立しないやり方だけどな。そんなことは分かってる。だけどこれは、修正国連憲章にある道徳律を実践できるかどうか。そんな勝負でもあるんだ」

「な、なにを言ってんだお前？」

長身の若僧が訊いてくる。素《す》っ頓狂《とんきょう》な表情だ。

「知るかよ。遺言だと思え」

冬馬はぶっきらぼうに返す。

「暴力に頼らないってのは、そりゃ命の危険はあるけど、チャンスでもある。罪から遠い場所にいられるからな。人生を懸ける価値がある」

「寝言はそれぐらいにしろ」

つい今し方まで機嫌良さそうだった頭首が苛立ちを見せた。

「お前の御託は価値がない。お前の身分には価値がある」

思わせぶりな鈴木広夢の言い草に、冬馬はニヤついて見せた。

「残念なお知らせだ。俺に人質の価値はない」

「はあ？」

「警視庁は取引はしない」

「人質だと？　おめでたい勘違いをする奴だな」

鈴木広夢は分かりやすく嘲笑った。冬馬は幻滅し始めていた。ありふれた俗物に見える。

抜きん出たカリスマ、という噂はなんだった？

「お前は人質などという高級なものではない。人体実験の材料だ」

「ほお」

冬馬は感心してみせた。

「科学的な探究心から捕獲したっつうのか？　やれるならやればいい」

挑発しつつ、鈴木広夢の背後に目を向けた。だれかいないか、この男の後ろに。

いま物理的にはいない。だが絶対にだれかいる。

「お前はシールドの弱点を知らない」

鈴木広夢が指摘してきた。

「現にお前は捕まった。あたしに」

サキも言った。その目を見て、冬馬は第一印象を修正した。狂気を孕《はら》んだ直情的な人間。

それがいまは、冷徹な実験科学者の眼差しに見える。冬馬は警戒のレベルを上げた。舞台女優どころじゃない。この女は多重人格者かも知れない。

「リュウジ、あれを持ってきて」

リュウジと呼ばれた長身の若僧が奥に消えた。やっと名前が分かった。

「トミオ。黙って見てないで、リュウジを手伝って」

そう叱られた小柄な若僧も、あわてて追いかけてゆく。やがて二人して、ゴテゴテした黒い装置を抱えて戻ってきた。一見してかなり物騒なものだ。形は銃だが、付属部品がやけに多く、そして発射口が巨大。

「我々の高エネルギーレーザーと、お前の防御力。どちらが上かな？」

鈴木広夢の顔が喜悦に歪んだ。

こいつらは本気だ。悟るしかなかった。そして自分はモルモット。丸焼きになって一生が終わりか。

「撃て」

さっそく照射が始まった。焦るべきだと冬馬は思った。だがどうせ動けない。

リュウジが銃身を抱えて引き金部分に指を当て、小柄なトミオが全身で、レーザー砲の後部を後ろから支えている。表情が必死だ。そして、見るからに震えている。よほど重いのか。いや、人殺しが初めてなのかも知れない。

レーザー光自体は目に見えるものではない。だが容赦なく、自分に向かって高圧のエネルギーがぶつかってくるのが冬馬には分かった。熱も感じる。生身の人間が浴びたら溶け出しているだろう。

切迫感はやってこない。もっと焦るべきだと我ながら呆れた。だが、守られている。そんな感覚は揺らがない。腰の装置がわずかに振動している。出力を上げている？　攻撃の強度に応じてシールドを強化している。そんな気がした。

「どういうことだ……まったく通用しない」

さすがに、鈴木広夢の顔が強張っている。

「仮説が間違っていたのか。警視庁のシールドは……強力なエネルギー場ではないのか？」

冬馬は黙っている。ヒントを与えたくないし、そもそも正確な解説はできない。詳細を訊くならアイリスだが、彼女でさえ理解を超えているところがあると言っていた。

「これほどの高出力だ。エネルギー値で上回れば、理論的には破れるはずだろう。なぜ効かない？」

冬馬はすっかり失望した。過大評価していたようだ。鈴木広夢はよ、く、出、会、う、悪、党。知能は高いが、情に欠けたサイコパス。この程度の犯罪者はざらにいる。

「開発者はだれだ！」

鈴木は苛立ちをぶつけてきた。

「知らない」

冬馬は答えた。

「嘘をつけ」

「嘘じゃない。知りたくないから聞いていない。自分から情報が漏れるのは嫌なんでね」

「……クソが」

女の呟《つぶや》き。冬馬は注意深く言葉を選ぶ。

「警視総監ならたぶん知ってるだろうが、知ってる人間は警視庁には、ほぼいない。それぐらいの機密事項だ」

「俺はお前を信じない」

さっきリュウジと呼ばれた若僧がいきなり宣言した。

「刑事はいちばん信用できない。国連のイヌだ」

興奮している。わなわなと肩が震えている。

「偽物の理想で、大衆を騙す詐欺師だ。いちばん罪深い」

レーザー砲をトミオに押しつけ、自ら拳銃を構えると、いきなり撃ってきた。

「吉岡冬馬。俺はお前を許さない！」

たった一発だが、覚悟と憎しみを見せたかったのだろう。飛んできた弾丸は冬馬の額のすぐ前で止まり、ふわりと落ちた。カツン、と床に音が響く。

「許さないだと？　寝言抜かすな」

初めて、口から罵りが飛び出した。見所があると思っていたのは錯覚だった。見損なった自分への怒りだった。

「先人が、どれほどの苦労をしてここまでたどり着いたか知ってるのか」

相手はギョッとしている。冬馬の怒りを予期していなかったらしい。

「その足りない頭でよく考えろ。人が死なない社会を作るために、立派な人たちが身を削っていまの社会を作り上げたんだ。血の汗を流して、命を縮めて作り上げたこの世界が偽物だと？　笑わせるな」

若僧のとなりのサキの目が完全に据わった。処刑人に見える。

「俺こそ絶対認めない。お前らは頭のない蠅《はえ》だ。ウワンウワン唸ってるだけだ。せめて、お前らの黴菌《ばいきん》を人にうつすな。俺も我慢の限界だ」

言葉を切り、息を整えた。感情に乗っ取られてしまった。褒められたことではない。だがすっきりしたのも確かだった。見切った、という思いのおかげだった。

こいつらは操られている。利用されているだけだ。

確信になった。イザナギそのものが、もっと巧妙な悪に利用されている。

背後にいるものこそが本当の脅威だ。

4

目の前で刑事の堪忍袋の緒が切れた。

自分の発砲が引き金になった。喜ぶべきだろうか。だがリュウジは自分がどんな表情をしているか分からなかった。ただ頭が熱い。

「お前らこそ日本の恥だ。滝行でもやって心を入れ替えろ、馬鹿が」

一度黙った刑事が、声を低めて更に言った。これが説教師ならとんだ看板倒れだ、感情任せに罵ってるだけだ。いや、とすぐ考え直す。なぜこんなに痛みを感じるのか。自分の方が弾丸を食らったかのように。

吉岡冬馬という男が放つ言葉が心底からの思いなのは伝わってきた。いくらシールドに自信があるとはいえ、拘束されている身だ。ここに閉じ込められたままならいずれ飢え死にする。

それでもこんな言葉を吐くということは、本音なのだ。

では――やはり俺は愚か者なのか？　間違ったものに身を捧げている？

この刑事の信念が自分を揺さぶっている。

「異民族と仲良くしよう。そう言って偽善の旗を振るのが、お前らの役目だ」

初めて頭首がまともに答えた。

リュウジは注目する。自分が付き従っている人間の真価を知るいい機会だった。イザナギを創った男だ、偉大でないはずがない。

「だれがなんと言おうと、融和はできない。土佐犬とレトリーバーを掛け合わせられるか？　狼は犬の血を拒む。これ以上、皇国の血を汚すことは許されない」

「それを天皇が言ったのか？」

刑事は呆れたように言った。

「お前らが勝手に言ってるだけだろう」

「これは理屈ではない！」

鈴木広夢は言い切った。イザナギに属する者すべてを代表するかのように。

「特別な血と伝統を守る。日本人として当たり前のことだ」

「当たり前だと？　小さい。小さすぎる」

呆れ。軽蔑。この刑事は表情豊かだ。嘘のない感情がそのまま伝わってくる。

「伝統。あんたはそう言うが、その〝伝統〟はいつ作られた？」

「皇紀元年からだ。決まっている」

「皇紀元年ね。紀元前六六〇年と言われてるな。科学的根拠はないが。では、人類がいつ発祥したか、知っているか？」

「…………」

イザナギは沈黙する。すると刑事は微《かす》かに頭を振った。それぐらいは動ける。

「ヒトとチンパンジーが分かれたのが七百万年前。ホモ・サピエンスがネアンデルタール人と分かれたのから数えても、五十万年だ。では、日本という国は？」

いまやだれもが警戒していた。〝説教師〟という異名を思い出している。

「その皇紀元年から数えたら、二八〇〇年弱。たったそれだけだ。人類の五十万年に比べれば、ほんの一瞬みたいなもんだ。日本なんて国名を使い出したのはさらに最近。八世紀頃だぞ。〝人類〟の伝統の方がよほど長いじゃないか。比べものにならん。尊重すべき伝統とは、どっちなんだ？」

「そんな屁理屈《へりくつ》は我々には通用しない」

鈴木がピシャリと返してくれてリュウジはホッとした。

「いつから成立しようと、日本は特別なのだ」

リュウジは目移りした。頭首と刑事。どちらからも目が離せない。

「だれがなんと言おうと、気高い血統を捨てるなど、もってのほかだ！」

「気高い。その根拠を教えてくれよ」

吉岡冬馬は本心から知りたがっているように見えた。

「日本が気高くないとは言わないよ。俺だって、自分の住んでる国が好きだ。大切にしたい。だからといって、他の国の人を憎んだり、おとしめたりする理由になるか？」

「高貴な血の尊さが分からない奴には、説明のしようがない。他の民族とは違う由緒正しさが、理解できないとはな。憐れだ」

「あのなあ。ぜんぜん違うよ」

その呆れ返った表情がリュウジの胸に刺さる。

「だって遺伝学的には、純血種なんてないと証明されてるからだ。どの国の人間であっても、あらゆる国の血を引いてる。尊い血だのなんだのってのは、無知の証明だよ」

「黙れ！」

ついに鈴木が怒鳴った。

「見ろ。あんたらにはまともな論理がない」

吉岡冬馬はリュウジの方を見て言った。

「信じたいものを信じてる。自分に都合のいいものだけをな。理性も知性もありゃしない。怪しい新興宗教とどこが違うんだ？」

「お前みたいに、強い者について安心している輩が、よくそんな口をきけるな」

鈴木が冷静さを取り戻し、相手を鋭く抉った。

「貴様には武士道が分からない。仕えるべき者に仕えられない。歴史のゴミだ」

「リュウジ。お前の思い込みの強さが利用されてるんだ」

刑事は鈴木でなく、自分に名指しで語りかけてきた。俺は説教師に狙われている。

「麻疹《はしか》にかかってるだけだ。目を覚ませ。若いんだから、視野を広げろ。利用されてるんだよ、お前は」

この刑事こそ自分を利用しようとしている。イザナギの中で狙い目だと思われている。

リュウジは懸命に首を振って見せた。動揺していないことを見せなくては。

「身を捧げる価値のないものに、身を捧げるな。お前は、男だろう」

男。論理的でない言葉が出てきた。俺を揺さぶるためだ。

「命を捧げるべきは、国じゃない。人だ」

銃声がした。刑事に向かって銃弾が撃ち込まれた。再び。

シールドがなければ額の真ん中を撃ち抜いていた。

撃ったのはサキだった。憎しみが弾丸の形になったかのように。

「どの時代でも、どの場所にいても、人のために働け」

なにもなかったかのように刑事は続けた。

「お前にだって、外国人の友達はいるだろう。いいやつだって何人もいるだろ？　一つの国の人のためじゃない。ぜんぶの国の人のために働け。それが男だ」

驚いたことに、リュウジは頷きそうになった。あわてて首の筋肉を固定する。

「人以上に大切なものはなにもない」

「世界連邦の絵空事を聞かされるために、お前を捕らえたんじゃない」

鈴木も遮ろうとする。だが止まらない。

「おいリュウジ。知ってるのか。『武士道』を書いた新渡戸稲造《にとべいなぞう》は、国際連盟の事務次長を務めた。大正時代だぞ？」

知らなかった。知りたい、と反射的に思うが頷かない。

「『武士道』は世界中に知ってもらうために英語で書かれた。彼自身、多くの国の人から評価されて、ジュネーヴの星とまで呼ばれたんだ。知ってたか？」

リュウジはぐっと口を結んだ。声を出すな。目を合わせるな。

「本物の武士は、日本のためだけじゃない、世界人民のために仕事をする。イザナギはどうなんだ？」

顔が紅潮しているのを感じる。それは恥か怒りか自分でも分からない。

「新渡戸はキリスト教徒になった」

鈴木広夢が単純な暴力主義者でないところを見せた。

「アメリカの白人と結婚した。国際結婚の走りだな。本物の武士が、そんな結婚をするか？」

「するよ」

刑事は笑い飛ばした。

「国籍や人種じゃない、人間本位の世界観を持ってたからだ。当時の国際結婚は、大変だっただろうな。理解されなくて。だけど本物の男は、差別もしないし偏見も持たない」

「たくさんだ。演説はそれぐらいにしろ」

頭首は刑事の言葉を完全に断ち切った。

「お前の言葉に意味はない。大事なのはお前の楯だ」

リュウジは頭首を睨んでしまった。話を止められたくない、という感情が顔に出たのが自分で分かった。あわててサキを見ると目が鋭い。恐怖が胸を刺す。

「目の前に見えているのに、手に入れられない。もどかしいな」

鈴木は刑事の腰の辺りを見つめていた。服の下に隠れてはいるが、そこにシールド発生装置があるのは調査済み。ただ、どうして頭首とサキがここまでシールドにこだわるのかはまったく分からなかった。リュウジは説明を受けていない。〝説教師〟がイザナギの天敵だという判断は分かる。構成員を転向させられるのが最大の屈辱。だが、見たこともない装置まで用意して捕らえ、高圧レーザーまで照射するとは。なぜそこまでする？

だれかに依頼されたのだ。

「シールドの電源はどうなってる」

頭首は無造作に問うた。

「そのうち、電池が切れるんじゃないのか」

「さてね。俺も知らない」

刑事はわざと無責任な答えを寄越した。

「メンテナンスは、別の人間がやってるんでね」

リュウジは痺《しび》れを覚えた。この、吉岡冬馬という男の胆力は認めるしかなかった。説教師の真骨頂か。丸め込まれる人間が多い理由が分かる。

「明日切れるかも知れない。だが、来年かも知れない」

吉岡冬馬の笑みには憎めない明るさがあった。

「そしたら笑えるな。俺はとっくに飢え死にしてるのに、シールドが生き続けたら。あんたら、ここでミイラができる過程を見られるぞ」

鈴木広夢は言葉を失ったが、すぐに気を取り直す。

「なら、時間をかけさせてもらう。全ての方策を試す」

余裕を見せた。だがそんな時間があるのか？　さすがにこの場所を突き止められてしまう。警視庁には恐ろしく有能な科学捜査官もいるという。

「しばらく放っておく。腹が減れば、考えも変わるだろう」

頭首は踵《きびす》を返した。サキも、リュウジも付き従ってガレージを出る。

最後尾のトミオが肩を揺すってついてきた。ガレージの扉を閉めようとする。

「おーい！　放っていくのか？」

吉岡冬馬が呼びかけてきた。

「口喧嘩《くちげんか》で負けるのが悔しいのか？　怖いんだろ。自分が間違ってると思うことが？」

あの刑事は厄介な病原体みたいだと思った。なぜなら無敵の防御膜を持っているから、目の前にいるのに殺せない。そうなると、向こうは好き勝手な言葉の礫《つぶて》を投げてくる。そばにいる限り、こっちはそれを耳に入れてしまう。

離れるという鈴木の判断は正解だ。余裕を見せようとしているが、あの刑事とまともに喋ってもいいことはないと悟った。配下たちの手前本音は言わないが、えらいものを捕まえてしまったと後悔しているかも知れない。

「我々は忙しい！　次の大仕事が控えてるからな！」

鈴木広夢が大声で答えを返した。頭首らしくないと思った。悔しいのか。大仕事とはなんだ？　聞かされていない。リュウジは憂鬱を感じたが、ガレージを出られたことにはホッとした。もう刑事の呪いのような言葉を聞かずに済む。

長時間放置されたら、あの男は音《ね》を上げるだろうか？

上げて欲しいのか欲しくないのか、リュウジはよく分からなかった。

Ⅳ　インテンシティ

1

「総監。冬馬さんが消息を絶ちました」

「なに？　今度は失踪か？」

「誘拐です。鳥取郊外まで、足取りは追えていますが」

「いったいあいつは、なにをやってるんだ……」

「それだけ、敵に迫っているということです」

　アイリスはそんな言い方で冬馬をかばった。立石も冷静さを取り戻す。

「手のかかる奴だ。シールドを解除してたのか？」

「いえ。機能は生きたまま捕獲されたようです」

「なんだと」

　さすがに衝撃を受ける。初めてのケースだった。

「どういうことだ。どんな敵が、どうやって捕獲した」

「新技術でしょう。いま、可能性を検討していますが」

アイリスはすでに分析を開始している。

「強力な電磁気や、超伝導場を扱う技術があれば、シールドごと使用者を運ぶのは可能です」

「……相当厄介なのが噛んでるな。冬馬は、無事で済むのか？」

「シールド内は安全です。ただし、生存できる時間は、遭難者と同じ」

「そうか。飲食を禁じられるからか」

立石は素直に感情を出した。すなわち頭をかきむしる。

「急げ。あいつを殺すな」

「もちろん、殺しません」

少しも動じていないアイリスを見て、立石は安堵《あんど》するより奇異に感じた。

「まだ、居場所は突き止めていないんだろう？」

「まもなく判明します」

「どうやって見つける」

「立石総監のおかげで、見つけられます」

「なに？」

2

冬馬は死を思わなかった。

不思議に、心の底の方が落ち着いている。イザナギの連中が自分を殺せるとは思わない。それほどにシールドのもたらす安心感は大きく、改めて盤石の防御力に舌を巻いている。

それだけではない。もっと大きなものに守られている感覚があった。これは発見だ。

これほどの危地に陥らなければ意識することはなかった。自分は、何重にも守られている。アイリスが黙って自分を見捨てるとは信じられない。必ず救い出してくれるに違いなかった。

アイリスへの信頼の強さもまた、発見だった。

テロリストに感謝すべきかも知れない。身動きできず放置されながら、薄暗いガレージに捨て置かれながら、冬馬はイザナギ一人一人の顔を思い浮かべた。

ふいにぐるる、と腹が鳴る。もっと屋台街で馬鹿食いしておけばよかったと後悔する。だが喉の渇きや空腹感にはまだ耐えられる。身動きできないことも、思ったほどではない。シールドの力場が作ってくれるわずかな隙間で身じろぎを繰り返して、身体の強張りを紛らせた。それにも飽きると眠気が来た。放置されて死に至るかも知れないのに、我ながら能天気だと笑う。

浅い微睡みの中で甦ってくるのはなぜか、アイリスと組んでいた警部補時代だ。

あの頃は充実していた。どんな事件であれほぼ容疑者を確保できた。アイリスが総監付に引き上げられる前は冬馬が独り占めにできたから、無敵の感覚に浸れた。

忘れられないヤマはいくつもある。中でも真っ先に頭に浮かぶのはやはり、東京の大使館街での連続襲撃事件だ。あれが最も派手で規模が大きかった。そして二人のコンビにとって最後の事件になった。

六本木《ろっぽんぎ》や虎ノ門《とらのもん》、広尾《ひろお》にある各国の大使館に出入りする人間がだれかれ構わず襲われ出した。集団での計画的な犯行だ。捜査を進めていくと、どうやらその集団はイザナギなどの思想的なグループとは違い、にわか作りの排他的集団で、呼びかけ合っては集まり、互いの素性も知らずに散っていく。同好会のような成り立ちを持っていた。

だが寄せ集めであろうと、各国の要人たちに実際に怪我を負わせ、時に殺害までしてしまうのだから悪質。冬馬とアイリスだけでなく、何人ものエース級の刑事が捜査に加わったが、首謀者特定には時間がかかった。なぜなら、犯行への参加を募る黒幕は自らは襲撃に加わらず、常に裏に引っ込み、参加者たちに海外から密輸入した武器を惜しみなく配っていたからだった。暴力を振るいたい者、過激な国粋主義者は喜んで配給された武器を使った。そして無差別に、大使館の周辺にいる〝日本人と見えない〟人物を襲った。実行犯を片端から検挙していったが、すぐに新たな参加者が加わってくる。事件は長期化した。今日日はアジアにルーツを持たない日本人も増えているので、誤って日本人を襲うケースも続出した。大規模な通り魔に等しかった。有能なアイリスでさえ首謀者突き止めに失敗し続けた。

「恐ろしく頭の回る人間です。捜査の攪乱《かくらん》を狙って、怪しい人物の情報を流して煙幕にしている」

首謀者はミスリードに長けていた。つまりマスコミ関係者か、大企業の広報担当者。あるいは内閣広報室のスタッフの可能性さえあるという分析結果が出たが、絞り込めないまま事態は行き着くところへ行き着いた。

シールドの力場の中で、冬馬は目を閉じたまま顔を顰《しか》める。追憶を続ければ必然的に、最もつらい場面に辿り着いてしまう。

犯行グループが、突然意趣を変えて国連大学を襲った。無謀にも内部に侵入して爆弾を炸裂《さくれつ》させせようとした。それを直前に察知したアイリスは、一刻を争う状況で一人現場に乗り込んだ。いまでは信じられないが、共に現場に臨場していた時代だ。アイリス自身が張り込みや尾行を手伝ったこともある。このときも、苦手な拳銃一丁のみで国連大学に踏み込んだのだった。

いまでも悔やんでいる。冬馬が現着したときは遅かった。爆弾の炸裂を、国連大学のすぐ外から目撃する羽目になったのだ。アイリスが無事かどうか分からず冬馬はパニックに陥った。噴き出す火の中へ飛び込む寸前だった、アイリスの生存が確認できたのは。

結論から言えば、アイリスの機転のおかげで人命は守れた。大学内の全員の避難が間に合い、学舎の一フロアが吹っ飛ぶだけで済んだのだ。

犯行グループが残していった爆弾の解除に挑んだアイリスは、危うく逃げ遅れて爆死するところだった。爆発寸前に階下に退避、ただし爆風を浴びて入院。大きな怪我は負わずに済み、翌月には公務に復帰した。不幸中の幸いだった。

だが、入院したアイリスを見舞ったときのことを冬馬は忘れられない。

まだ傷が癒えていなかったからそばには寄れず、硝子《ガラス》越しの再会で、肉声も届かずインターホンを使った。ベッドの上の儚《はかな》げな笑みを見たとき、冬馬は涙を堪えるのに必死だった。あのときの負い目がずっと残っている。いまだにアイリスからはもらうものばかりで、一生返せないのかと絶望的な気分になる。

『辞令が出ました。残念ながら、コンビは解消です』

ベッドの上のアイリスは受話器越しに冬馬に告げた。

『私は、総監付になりました』

「総監付？」

『立石総監を補佐する役回りです。現場で捜査する刑事ではなく』

「そうか」

冬馬は力なく頷くしかなかった。捜査現場からの卒業。妥当だと思った。大殊勲に対する功労賞であり、アイリスの身体をいたわった措置でもあった。前例のない〝総監付〟という役割をアイリスに与えたのも、立石らしい。

そしてそれは、相棒としての失格も意味した。吉岡冬馬は相方の危機になにもできなかった。あの日に限って別行動を選んだ自分を呪った。すべては後の祭りだ。以後、冬馬はだれともコンビを組んでいない。

降格や左遷を覚悟し、悄然《しょうぜん》とする冬馬を見かねたのだろうか。アイリスは普通とは違う励まし方をした。自らの身体の痛みは、顔や声に微塵《みじん》も見せずに。

「冬馬さん。安心してください。新技術の保持者に、あなたはなります」

「は？　新技術？」

「はい。吉岡冬馬警部」

「え……警部？」

昇進と、シールド付与を知ったのがあのとき。

なぜ入院中のアイリスが先に知らされたのか。立石総監のえこひいきに違いなかった。

冬馬はアイリスと同じタイミングで昇進し、係長という役職まで与えられた。部下を持てるということは、捜査上のバックアップが厚くなるということ。アイリスという専属のパートナーを失っても、埋め合わせにあまりあるという配慮か。

アイリス自身は言わなかったが、彼女が警視になったことを後で知った。飛び級だ。それでも冬馬はアイリスに頼ることをやめられなかった。彼女以上に優秀な人間はいない。どうしてもピンポイントの調査を頼んだり、最新の科学的知見をもらってしまう。そのことは立石総監も知っているが黙認してくれていた。冬馬も現場に呼び出すわけではないし、過度な負担がかからないように気をつけてはいた。そもそも幼い頃から互いを知っている。住む場所が離れて疎遠になった時期もあったが、何の因果か、社会に出ると互いに警視庁に所属した。一度はコンビまで組んだからすぐ呼吸も合わせられる。頼ってしまうのも仕方ないだろ。冬馬は自分にそう言い訳している。

それにしても、あの事件はいま思い返しても、アイリスの洞察力と行動力がなかったらバッドエンドは避けられなかった。彼女が国連大学で命を懸けて爆弾解除に挑んでいる間、冬馬は首謀者に迫っていた。国粋主義者の日本人、という容疑者像を覆したのもアイリスだった。まったく新たな絞り込みを行った結果、アメリカ出身の白人を冬馬は追い詰めた。アール・マイルズという名のその男はグローバル企業の現役広報担当でありながら、日本人を装い、外国人排斥を大義名分にして、集まってきた連中を利用して暴力を撒き散らした。大量殺傷に喜びを覚えるサイコパスだったのだ。冬馬がマイルズを捕らえられたのがせめてもの慰めだった。アイリスの精緻《せいち》なプロファイリングのおかげだ。

思えば、病院に見舞いに行ってから会っていない。直接顔を見ていない。電話やEメールで話すから会っている気にはなっている。だが、このまま死んだら後悔するな、と冬馬はぼんやり思った。ここで飢え死にはごめんだ。この世の果てにあるようなガレージの暗闇の中では。

過ぎ去ってから分かる。アイリスとのコンビ時代は刑事人生のクライマックスだった。あの頃、冬馬はまだ説教師などと揶揄されてはいなかった。独立してからだ。アイリスに依存できなくなったことが新たな自分を創った。

冬馬が世間に知れるようになったきっかけの事件がある。人気俳優が、恋人でもある女優を人質にしてテレビ局の楽屋に立て籠もった事件だ。冬馬は一昼夜、俳優と会話し続けた。朝方には俳優が自ら扉を開けて出てきて、冬馬の目の前に両手を差し出したのだった。まさに映画のワンシーンのように。

冬馬自身は、運がよかっただけという自己評価だった。説得するほかに方策もなかったし、向こうも聞く耳を持っていた。なにより俳優は、立て籠もる理由を人に聞いて欲しかったのだ。

いちばん誇りに思う〝無血逮捕〟の事例はそれではない。世の人は知らないが、東京港湾地区の連続殺人犯を完落ちさせたヤマだった。

若い男性ばかりを狙った猟奇殺人。殺害方法が多岐にわたっており、電流や化学薬品、プラスチックや金属製の奇妙な器具をふんだんに駆使する。結果、遺体の損壊がひどすぎてＤＮＡを採取しなくては被害者が判明しないケースさえあった。

実行犯は工学や医学の知識が豊富であることは間違いなく、冬馬は都内の研究所や学校から容疑者を絞り込んでいった。目星がついたとき、冬馬が選んだのは次の犯行を待つのではなく、絞り込んだ三人の男性容疑者と徹底的に話すことだった。冬馬は身分を隠さず、飾らずにぶつかった。

一人目の、生化学研究所の室長は空振りだった。性的嗜好《しこう》は合致したが、人を殺す人間ではないと冬馬は判断した。すぐに二人目の容疑者のところへ向かった。有名大学の研究室に属するその大学院生が、深い孤独感と歪んだ欲望に取り憑かれた人格であることを知って熱心に話を聞いた。粘り腰の冬馬に呆れ果て、大学院生は逆上して二百万ボルトの電流が通るスティックを突きつけてきた。

だが冬馬は退かなかった。根気よく話を続け、ついに犯行に及んだことを自白させた。その場で逮捕、長く湾岸地区を恐怖に陥れた暗い季節を終わらせることができた。

冬馬に自信があったわけではない。どれだけ話をしても、相手の理解を得るのは無理だとさえ思っていた。なにせ相手は、同性ばかりを損壊したいという特殊な欲望の持ち主で、ＩＱも高かった。言い訳もうまい。しらを切り通すこともできたはずだ。

だが冬馬は自分の直感を信じて言葉を投げ続けた。シールドを付与されたことでマインドセットが変わった。殺される恐れがないと、退かずに説得が行える。銃も持たず、ただただ説得しようとしてくる刑事。そんな存在がいてもいい。犯罪者たちも意表を突かれ、理解できず啞然とし、結果として冬馬に興味を持つ。気づけば対話している。そして最後には、自ら告白している。まさに説教師を前に懺悔《ざんげ》するかのように。

アイリスという最高のパートナーをボスに譲った代わりに、物言わぬ楯を賜った。自分に限らないと思っていた。順次、同僚の刑事たちに与えられるものだと。ところが、どうも違う。付与される者は限定されている。

それに気づいて、冬馬は自分からシールドのことを口にするのはやめた。目に見えるものではないから、あえて訊かれなければ説明する必要もない。攻撃を受けたときだけ発動するので、ふだんはあることも意識しない。日常生活にも特段の支障はない。

なぜ自分に与えられたのか。いつかは、知ることができるだろうか。立石総監は説明してくれるか。分からなかった。

冬馬は闇の中で、意識がほどけて漂い出すのを感じた。空腹と渇きが薄れてゆく。

3

気づけば冬馬は雪原にいた。

覚醒と夢の狭間にいる自覚はある。脈絡のないヴィジョンを楽しむ気持ちの余裕もあった。最後に雪山を訪れたのは十年以上前。なぜいま、こんなイメージが浮かぶのだろう。しかもただの雪山ではない、巨大な氷塊がいくつも転がっている。

これは違う、と冬馬は気づいた。山に降った雪ではない。見渡す限りの大地に雪が敷き詰められている。熱が宿らない大地——永久凍土という言葉が思い浮かんだ。温暖化に蝕まれたこの星では限られた光景だ。シベリアか？　それとも南極か。どちらも訪れたことはないのに。

雪原に足跡があるのさえはっきり見えた。だれかが歩き去った。白い地平線の果てまで。足跡には、幾つか種類があるようにも見える。数人のパーティーだろうか。

いつか見た映画かも知れない。ただのフラッシュバックか。ところが、こんな映画を見た記憶はまったくない。

そこから暗転した。冬馬は眠りの穴に引きずり込まれた。

次に意識に薄明が差したとき、浮かんできた光景はまったく違うものだった。

巨大な装置が威圧するように聳《そび》えている。装置が落とす影の中に冬馬は立ち尽くした。学生時代に、東北地方に作られた科学重点施設でスーパーコンピュータや粒子加速器を見学したことがあった。いま見えている装置はそれらに似ていたが、違うところも多い。まず、人がいない。東北の施設では大勢が立ち働いていたのに。

　老人が一人、小さな背中を見せている。コンソールに向かってなにか作業している。その手は素早くて強い。白髪とは釣り合わないほどエネルギッシュだ。だが淋《さび》しさも感じた。なんと孤独な作業なのか。小さな双肩に重いものが載っている。自分にしかできない、とその背中は語っていた。

　俺はその人を知っている。懐かしい背中だ。だれだったろう。思い出せないまま、その光景もやがて遠ざかり、闇に溶けた。

　おかしい。苦々しく口元が綻《ほころ》ぶ。ふだん見ないものばかり見る。これは走馬燈《そうまとう》現象？　死ぬ前兆だ。ならば、もっと見たい光景があるのに。意味不明の光景ではなく振り返りたい時代があるのに、選べない。

　諦めの境地に達したところで、自然に目が開いた。

　なにか来る。

　微睡みの中のヴィジョンとは違う。現実の、物理的な何かだ。地面の震動。腹に響く音。その気配は圧倒的で、戦場を想起させた。寝てる場合じゃない。来《きた》る事態に備えないと。だが相変わらず身体は見えない力に縛られ、自分の意志では転がることさえできない。

　予感は正しかった。物凄い音とともにガレージの扉が破られた。それからは怒濤《どとう》だった。冬馬はしばし、轟音《ごうおん》や物々しい気配、足音、怒号にひたすら耐えた。

　気づけば腕が自由に動く。冬馬は両手で床を押し、身を起こした。固まってしまい、ギリギリと悲鳴を上げる関節を触ってほぐす。

ガレージの中は見渡す限りの機動隊員だった。大げさに感じるほどだ。十人以上いる。冬馬一人を救出するにはあまりに大掛かりで、真っ先に感じたのは申し訳なさだった。察しのいい隊員の一人が、冬馬を拘束する装置を操作してくれているのが見えた。工学に詳しい隊員が電源を落としてくれたのだ。助かった、となおさら実感する。

冬馬は数時間ぶりに、自分の足で立つことができた。無事であることを隊員たちに見せる必要がある。目が合うと頷いてくれた。冬馬は感謝を伝えたくて、何人かと握手した。

イザナギの面々を案じる余裕さえ出てくる。この建物内にテロリストが何人いたかは分からないが、警察は装備と人数で完全に圧倒した。水も漏らさぬ態勢でここを襲ったのだ。

気の利く隊員が持ってきてくれた水で喉を潤したあと、冬馬はまだ血の通わない両足を引きずって、自分が囚《とら》われていた場所を見て回った。肩甲骨から下がぜんぶ痺れている。これほど長く拘束された経験はない。しかも見えない力場によって。あとで精密検査を受けるべきだろうか。どんな後遺症が出るか分からない。

一通り見て回り、冬馬は拍子抜けした。取り押さえられているのは下っ端の若僧が一人だった。あのリュウジやトミオではない。もっと若い、十代の男だ。おそらくただの留守番。ほとんどのメンバーは、敵襲を察知していち早く逃走したらしい。

機動隊出動服に身を固めた男が声をかけてきた。

「副首都警察本部、機動隊隊長の須永《すなが》です」

和名だが、ゴーグルを取った顔は褐色。引き締まった顔と強い眼光が頼もしい。アフリカ系は警察に増えている。身体能力に秀でているから、機動隊の隊長に収まるのも頷ける。適材適所だ。

「助けていただいて、感謝します」

冬馬は頭を下げた。

「どうやって、俺の居場所を突き止めたんですか？」

「さあ」

須永は首を傾げた。

「私どもは、命令通り動いただけです。詳細は指揮官に訊いていただければ」

「指揮官とは？　話せますか？」

「はい。外にいらっしゃいます」

須永は歩き出した。牡鹿《おじか》のように力強い歩みについていくのに苦労したが、鼠径《そけい》部や膝をさすりながら冬馬はどうにか後を追った。眩しい光が目に刺さり、すでに朝が来ていることを知って激しい失調感に襲われる。

建物のすぐ外にエアモービル型のパトカーが駐まっていた。警察内でも台数が限られた最新式だ。冬馬が近づいていくと、運転席のウインドウが滑らかに開いた。

「アイリス」

冬馬は呆然《ぼうぜん》と言った。

「君が指揮官か！　わざわざ、東京から？」

「手を焼かせますね。冬馬さん」

端整な顔が笑みを作っている。青いレンズのスマートゴーグルをかけ、耳には見たことのない装置が塡まっている。ただのインカムではなさそうだ。最新装置をも自らを引き立たせるアクセサリーに変える。これほど可憐《かれん》な指揮官がいるかと冬馬は思った。三十代には見えず、警察勤めにも見えない。

「助かったよ！」

久しぶりに会えた嬉しさに、強張った身体も一瞬でほぐれる。胸の奥深くが静かに感動していた。アイリスの顔を肉眼で見られた。二度と会えないかも知れないと思ったのに、すぐに会えるとは。しかも俺を救ってくれた。

「こちらこそ、助かりました」

アイリスはにこやかだった。記憶の中にあるどの顔よりも柔和な表情に見えて、会わない間に円熟味を増したのだと感じた。その間、自分も成長できただろうか。自信がない。

「緊急信号のおかげで追尾が可能でした」

「え？　俺は、送っていないが」

「しかし、届きました」

アイリスは疑問に感じていない。冬馬は違和感を覚えたが、それより大きな違和感を優先する。

「総監から、俺の救出作戦の指揮権を賜ったわけか？」

それ以外にあり得ない。

「はい。総監曰《いわ》く、吉岡冬馬のヘマなら、君がカバーするしかないだろう、と」

立石の言葉はあらゆる意味で正しい。特殊な立ち位置にいるアイリスは、総監の威光を背に全国どこへでも出張り、どの県警の警察官でも徴用できる。

「俺は、シールドより強い楯に守られてるな」

声はつい浮かれた調子になった。

「賛歌を歌おうか。アイリス賛歌を」

「は？　大丈夫ですか」

青いレンズの奥の目が鋭くなる。

「おかしな薬でも打たれたのでは？」

「いいや。シールドが絶好調だった。妙な装置を使われて、シールドごと拘束されたんだが、それでも連中は俺の身体には指一本触《さわ》れなかった」

「なるほど」

「改めて、凄いな。これは」

腰に手を当てながら言う。

「しまいには、連中はごついレーザー砲を出してきた。さすがに肝を冷やしたよ。ところが、シールドはびくともしなかった」

「それを聞けてよかったです」

アイリスは感に堪えない様子だった。考えている。その明晰《めいせき》な頭脳で分析している。ふいにゴーグルを外した。思考に集中したいようだ。

「俺には、なにが起きたか分からなかった。シールドが、勝手に進化したような」

冬馬は冬馬で、自分の感触を言葉に置き換える努力をする。

「まるで……シールドには、ハイパーモードみたいなものがあるのか？」

「なんのことでしょう？」

「いや。もしかして、君が遠隔操作してくれたんじゃないのか？」

冬馬はアイリスの裸眼を見つめた。久しぶりに覗き込む瞳には、懐かしい星が瞬《またた》いていた。

「遠隔操作はしていません」

アイリスは美しい瞳を何度もまばたかせる。冬馬の告げる事実に興味津々だった。

「どんな状態になったんですか。ハイパーモード？」

「ああ。なんというか、危機に応じて……というより、俺の気持ちに反応して……いや、分からない。とにかく、パワーアップした気がした。意志を感じた。大げさに言えば」

アイリスはわずかに冷静さを崩した。頬の赤みに興奮が見える。冬馬は妙に嬉しかった。

「俺は、把握してなくて大丈夫か？　このまま、シールド任せで無茶をやってもいいのかな」

「開発者に訊かなくては、全ての機能を知ることはできません」

アイリスはそんな言い方で、自らの権限の在り処を伝えてきた。

「君も訊けないのか？」

その問いには無言だった。嘘をつきたくないとき、アイリスは黙る。そこから冬馬は察しなくてはならなかった。

「分かったら教えてほしい」

やんわりと頼むだけにした。

「能天気にシールドに頼るのが申し訳ないだけなんだ。俺が知る必要がないなら、詮索はしない。これからも有り難く、シールドと共に歩むことにする」

「開発者は、冬馬さんの姿勢を評価しています」

「えっ。本当か？」

「ええ。私個人の感触ですが」

気遣いが嬉しい。冬馬の刑事としての在り方を、彼女が肯定してくれるなら百人力だ。

「開発者は、冬馬さんに注目しているのかも知れません。シールドの発生装置《ジェネレーター》が、使用者の行動をトレースしているのは間違いない。使用者にふさわしいかどうかも、査定している可能性がある」

「怖っ。だけど、そんな気がしてたよ」

冬馬はあっけらかんとしてみせた。

「責任があるからなあ。俺なりに考えて行動してるつもりでは、あるけどね」

「冬馬さんは武器携帯をやめた。刑事の中では初めてです。そのあとで、追随者が出ていますが」

「俺が頼んだわけじゃないんだけどな」

捜査一課にもう一人。他にも鳥取県警や、北海道警にも真似をする刑事が出たという噂は聞いている。直接報告を受けたわけではないから、それがだれかは知らない。全員がシールド使用者であることを願う。当然そうだとは思うが、冬馬には確かめようがない。

複雑な思いだった。まったく個人的な思いから始めたことで、許諾は得ているものの、立石総監はいまだに冬馬のやり方に懐疑的だ。会うたびに武器携帯の有無を確かめてくる。申し訳ない思いはあるが、自分なりにシールド保持の意味を考えた結果だ。

同じように武器を捨てた、全国の刑事たち。先駆者として、俺にも責任があるのだろう。

もし彼らが命を落としたら責任を取れるのか？

　だが刑事の自主性は尊重されている。各県が選抜した優秀な刑事たちの意志と選択には立ち入れない。彼ら自身が決めたことだ。

　互いの信念がまったく同じとは限らない。だが冬馬は、静かな仲間意識を感じていた。

「冬馬さん。今回は、イザナギのメンバーを説得できなかったようですね」

「ああ」

　冬馬は分かりやすく頭を掻く。

「トライはしたが、まったく通用しなかった。修行不足だ」

「でも私は説教師を応援していますよ。ますます本領を発揮することを疑っていません」

「それは、プレッシャーだな?!　やめてくれ。荷が重い！」

　冬馬は遭難者のように両手を振った。

「君まで説教師なんて言うのはやめてくれ。せいぜい、交渉人、とかさ。頼むよ」

「分かりました。〝交渉人・吉岡冬馬〟というデジタルポスターでも作って拡散しましょうか」

「おい。いい加減にしろ、俺をネタにイジるのは」

　笑い合う。冬馬は小躍りしたいほど嬉しかった。幼なじみ時代がフラッシュバックする。子供同士の頃は他愛ないやり取りで大笑いした。アイリスもいまと違っておてんばだった。

思えばずいぶん遠くまで来た。血腥《ちなまぐさ》い場所で会うことも珍しくなくなった。

「連中が使ったテクノロジーも気になります」

アイリスは感傷とは無縁のようだった。

「シールドごと、刑事を捕らえる技術はいままで報告されていません」

際立つ冷静さ。冬馬も強いて自分を切り替えた。

「そうだよな。不名誉な記録を作っちまったな」

「それが、シールドの緊急回路を発動させた可能性もありますね」

「……ほう」

「主《あるじ》を守るために最善の行動を選択した。緊急信号もその結果、という可能性もあります」

「だとしたらすごいな。まるで生きた相棒だ」

冬馬は冗談めかして言ったが、不思議な感動も心の底にたゆたっている。

「総監なら知っているよな。シールドの極意を」

やっぱり知りたい。使用者としてわきまえておきたい。

「そうですね。おそらく」

アイリスはなぜかにっこり笑った。冬馬は単純に見惚れる。

「でも、開発者の心理までは、どうでしょう」

「なぜここまで完璧に護《まも》ってくれるのか、訊いてみたい」

「訊いてみたらどうですか」

その答えは意外だった。冬馬は少し迷い、言った。

「アイリス。君も知っていると思っていた」

微かに首を振りながら言う。

「すべては知りません。私は一兵卒ですから」

「そういう謙遜は、だれも信じないよ。いちばん総監と会ってるのが君だ」

「その総監がお呼びです。出頭して説明しろと」

「出頭して？　お目玉を食らうのか。嫌だな」

冬馬は劣等生のように落ち込んで見せた。

「だから君が迎えに来てくれたのか。申し訳ない」

冬馬はエアモービルの後部座席に乗り込もうとした。

アイリスは掌《てのひら》をこちらに向けた。明確な止まれ、の合図。

「この車には乗せられません」

「なんだって？」

ドアに伸ばした手が、お預けを食らったように宙で止まる。

「私はこれから行くところがありまして。すみませんが、須永隊長の車に乗ってください」

振り返ると、その須永は一切の邪魔を入れず、遠巻きに二人を見守っていた。

「私はここで失礼します」

「おい！　どこへ？」

「総監への詳細な報告をお願いしますね。それをレポート化して、あとで私の方にも。イザナギ壊滅のチャンスを逃す気ですか？」

冬馬は表情を引き締めた。

「分かってる。鈴木広夢は、お飾りだ。イザナギはだれかに利用されてる」

アイリスが閉めかけたウインドウを止めた。

「だれに？」

「それはこれから突き止める」

「そのために何が必要ですか？」

「……次にテロが起こる場所。それを知るのが最優先だな」

「いつ起こりますか？」

「すぐだ。あいつらはそれをほのめかしてた。だが、場所が分からない」

「突き止めましょう。また連絡します」

エアモービルがわずかに地上から浮いた。音もさせず去る。

見送った冬馬は、一度溜息《ためいき》をついてから須永隊長の車に向かった。

4
「おい。礼を言うのを忘れてないか」

だが冬馬は須永隊長の車に到達できなかった。背後から声がかかったからだ。振り返って首を傾げる。

「……樋口さん？」

公安課長がそこにいた。

冬馬は、はたと察する。

「あなたが通報してくれた？」

「俺以外にだれがいる」

樋口尊は傲然と肩をそびやかす。

この男の執念深さを考えれば、空港前で多少嫌味《いやみ》を言ったぐらいで終わらせるはずもなかった。冬馬に尾行をつけていたのだ。背後に気をつけていたつもりだが、公安の追尾技術はいまさら強調するまでもない。

自分の行動は公安に捕捉されていた。おかげで助かるとは。だが。

「俺が拉致された瞬間も、見てたんですか？」

「いったんお前を見失ったから、場所を突き止めるのに苦労したぞ」

その場で助けられなかった。ということは、部下かドローンかGPSに追わせていたのだろう。

「足取りが消えた場所から、イザナギのアジトを絞り込むのに苦労した」

「ありがとうございます。見つけてくれて」

先んじて礼を言う。恩を売られることは予想できた。

「お前は俺に貸しができた」

「はい。そのようですね」

素直に認める。アイリスは気づかなかったのだろうか？　冬馬の危機を知らせたのが公安課長だったと。樋口は通報者を特定されたくなかったのか。だから自動緊急信号を装った。

だが樋口がこのタイミングで現れたのが引っかかる。アイリスが去るのを待っていたかのようだ。

「では、言うことを聞け」

「さっそくですか？」

「ああ。俺と来い。見せたいものがある」

「ちょっと待ってください」

冬馬は、自分を救ってくれた機動隊長のところへ行った。

「この恩はきっと返す。ありがとう」

須永には気持ちを込めて言うしかできなかった。

「とんでもありません。任務を果たしただけです」

精悍《せいかん》な男は敬礼の姿勢を取ってくれた。

「ご無事でなによりでした」

優しい言葉までくれる。冬馬も真似をし、背中を向けた。須永も察している。いきなり割り込んできて問答無用で連れ去るような傲慢な刑事は、本庁の公安しかあり得ないと。樋口は須永に自己紹介する素振りさえ見せなかった。もう身元は明かしているのかも知れないが、印象がいいわけもない。

樋口の車は、なんとガソリン車だった。いまや貴重だ。刑事が環境破壊の片棒を担ぐのかと文句を言いたくなるが、相手は命の恩人。黙って乗り込み、すぐに訊いた。

「樋口さん。イザナギの連中はどこへ？」

「いまに分かる」

樋口は不機嫌に返すだけだった。

「どういう意味ですか？　これから行くところに、あいつらがいる？」

樋口は黙り込み、乱暴な運転を開始した。

「どこにいるんですか？」

重ねて何度も訊くが、虫の居所が悪いようだ。

「遠隔で追っかけてるんですか？　俺にやったみたいに」

少し間を空けてから、また訊く。すると樋口はようやく言った。

「しくじった」

「しくじった？」

「連中に巻かれた。幽霊タクシーだ」

「幽霊タクシー？」

「新手の裏稼業だ。痕跡を消せる」

そう言われれば、耳にしたことはある。妨害電波や透明化技術など、あらゆるテクノロジーを組み合わせて存在を隠すプロ。犯罪者たちからの需要が絶えないから失業の心配はない。

「お前を運んだ装甲車みたいなやつ。あれがそうだ」

「ああ、そうだったんですか」

冬馬は納得がいった。あの車の外観自体が擬態である可能性もある。主要メンバーがいつまでたっても捕まらないのは、できる手を尽くしているからだ。連中はあらゆる監視や追尾をかいくぐって活動してきた。公安さえも手玉に取ってきたのだ。

「幽霊タクシー自体が、イザナギの資金源の一つかもな。まったく、こんなに厄介な組織は前例がない。まだ尻尾を摑めないとは、まさに幽霊だ」

冬馬に異論はなかった。こちらも手を尽くさなければ壊滅させられない。

「で？　俺たちは、どこへ向かってるんですか？」

樋口のガソリン車の外を見る。郊外の景色は少しずつ変化し、ふいに大きな水面が目に入った。

「日本海ですか」

「違う。湖だ」

冬馬は自分の端末のマップで確認した。この車は湖山池《こやまいけ》という湖の畔《ほとり》を走っている。この先に何があるというのか。

「イザナギの、鳥取支部だ」

冬馬は思わず身を乗り出す。

「アジトの場所が分かったんですか！」

「ああ」

「あいつらを確保した？」

「来れば分かる」

樋口はあとは、なにを訊いてもだんまりを決め込んだ。

着けば分かることだ。冬馬もおとなしく口をつぐみ、懐かしいガソリン車のエンジン音に耳を澄ました。やがて樋口は、小さな商店街の交差点のそばに車を停《と》めた。降りて目指したのは、真新しい洒落《しゃれ》たビルだ。いくつか入っている会社名もカタカナやアルファベット。発展を続ける副首都を当て込んでやって来た企業たちのテナントビルだろう。だが、寒々しい風を鼻先に感じた。刑事につきまとう宿命的な臭気を。

殺人現場が近い。冬馬が口にする前に、樋口尊はビルの階段を上り出した。冬馬も追う。二階の入り口の扉から、すでに血塗られていた。中を覗きたくない、という怯《ひる》んだ気持ちをねじ伏せて、冬馬は樋口に続いて扉をくぐった。

殺人現場に慣れた冬馬をして、目を逸らさせる惨状だった。

四方の壁すべてに血が飛び散っている。その下には人間の身体が転がっている。その数、五つ。どれも無秩序な状態で絶命している。おそらくサブマシンガンで乱射された。だが身体に刃物が突き立っている者もいる。念が入りすぎだ。

「まもなく鳥取県警が着く」

樋口が能面の表情で言った。この男は感情のスイッチを切れる。公安ではこんなメンタルコントロールも叩《たた》き込《こ》まれるのか。俺には無理だと冬馬は思った。切腹に続いてこれだ。テロ組織のメンバーがボロ屑《くず》のようにされるのを見るために刑事になったんじゃない。

旗がある。浅草の切腹の現場にも突き立っていたイザナギを示す旗がいくつも壁に掛かっている。

「県警が来る前に、調べたいものを調べろ。お前のために通報を遅らせた」

「……そんな」

急に言われても困る。冬馬は息を整え、落ち着こうとした。

「こいつらは、本当に、イザナギの構成員ですか」

「見れば分かるだろ」

樋口の言う通りだった。顎をしゃくった先。いちばん奥の壁際に、あぐらの姿勢のまま事切れている男。腹が裂けているのが分かった。まただ。

「仲間割れか……腹を割ったあいつは、ここの責任者かな」

「だろうな。奴らは鬼畜生だ」

切腹マニア、と言おうとして冬馬は思い留まった。病みすぎている。

「鳥取支部ごと、潰したってことですか。頭首の鈴木広夢が？」

「そうだ。信じられるか？」

ふいに噴き出した。樋口の怒りが新鮮に映った。この男にして我を失っている。

「お前を捕まえて、いろいろ実験してた一方で、平気な顔で仲間を皆殺しだ。ゾッとしろ」

冬馬の呆然とした顔が気に食わなかったのか、樋口は厳しい声を浴びせてきた。

「シールドがなけりゃ、お前もこうなってた。肉塊だ」

「なんでここまでするんだろう？」

冬馬は心底不思議に思う。イザナギの暴力性は度を越している。一体なにが連中をここまでの狂気に駆り立てるのか。浮かぶのはあの激しい女だ。サキ。

鈴木広夢も冷酷な男だ。だが、ここまでやるのはあの女という気がしてならなかった。腹を割らせないと気が済まない。なにが狙いだ？　ただの嗜虐趣味か、それとも他の意味があるのか。

「……どうして、支部ごと潰すんだ」

冬馬の呟きに、樋口の返答は明快だった。

「おそらく、鈴木広夢に逆らった」

冬馬はハッとする。

「次のテロに関係がある？」

「たぶんそうだ。実際は皆殺しってわけじゃない。出入りしてた人間は、ここに転がってる奴らだけじゃない。もっと大勢いた。言うことを聞く奴は連れて行ったんだろう。だがこいつらは、頭首の命令に異を唱えた。従わなかったんじゃないか」

「だから、粛清……だけど、アジトごと潰すことはないでしょう」

「戻ってくる気がないんだろ」

「鳥取を捨てた、ってことですか？」

そこで閃くものがあった。血の気が引く。

「大規模なテロだな」

樋口は冬馬の予感を言葉にした。

「だから、ついてくる奴らを選抜した。忠誠心のない奴らは始末した。なにかでかいことを企んでる」

冬馬は思わず樋口の肩を摑んで訊いた。

「いまどこですか。あいつらは」

「分からん。また幽霊になった」

樋口は苦々しく吐き捨てた。違法な移動手段を呪う。

「消えるのがいちばんうまいテロリストだ。これも、史上初めてだな」

「しかし、なんとかしないと……」

「おい、鈴木と一緒にいた中枢メンバーを教えろ。奴らと喋ったんだろ」

「はい。名前は、サキ、リュウジ、トミオです。ぜんぶ二十代だと思う」

冬馬は思案し、

「サキが気になります。東京の切腹の主犯は、あの女です。ここも、もしかすると」

「ああ。名前と顔は知ってる」

「どういう素性ですか？」

「それはほとんど分かってない」

樋口は公安のプライドを押し殺して告白した。

「まだ、イザナギに属して数年なのに幹部級だ。よほど鈴木広夢のお気に入りのようだが」

そこで思い出す。確かめておかなくては。

「切腹させられた桝山は、公安刑事だった。奴らはそう言ってましたが、本当ですか？」

樋口は冬馬の目を見て、無言で頷く。そこには複数の感情が絡まっていた。

「だから、サキの情報も入ってたんですね。だけど、そのサキに殺された」

「あいつは可哀想《かわいそう》だった」

樋口は言葉少ない。桝山に対する感情は、ひとかたならぬものがありそうだった。冬馬は迷いながら訊く。

「どうして俺に言ってくれなかったんですか？　刑事部と情報共有してくれてたら、こっちもフォローできたかも知れないのに」

「知ってる人間が多いほど情報が漏れる。桝山の潜入は、俺と部長しか知らなかった」

公安部長の仁戸田正治《にとだまさはる》の顔を思い浮かべる。縁側でくつろぐ老人のような穏やかな顔つき。だが、目の奥に凄みを感じる人だ。

公安の論理も分かる。長期の潜入捜査は徹底した情報管理こそ命。桝山は命を賭してイザナギに身をやつしていたのだろう。そう考えれば、樋口の無念さも身に沁《し》みてくる。

「桝山さんは、だいぶ鈴木広夢に食い込んでいたんでしょう」

それでも、繋ぐ言葉は非難めいてしまう。

「居場所も知ってた。早めに押さえればよかったのに」

「ガサを入れようとした段階で、鈴木が桝山を遠ざけたんだ」

すんでのところで正体がばれたということ。なおさら無念だろう。

「桝山の本名は、西島だった」

ぼつりと言った。せめてもの手向《たむ》けだという気がして、冬馬は舌鋒《ぜっぽう》を収めた。樋口から離れて無残な現場を見て回る。義務感だけだ。何度か意識的に瞬きをして写真を撮る。後で役に立つかどうかは皆目分からない。

ふと冬馬は立ち止まった。見慣れないものを見つけたのだ。瞬きして写真に収める。それはミニチュア模型だった。何かの遺跡を模した土産物だろうか。ピラミッドに似ているが、もっと平らで、城の土台の部分にも似ている。三角と四角の幾何学模様が組み合わさってエキゾチックな雰囲気を醸し出している。中東かアフリカにありそうな見た目だ。和物にこだわるイザナギの事務所には似合わなかった。しかも、切腹した男の目の前にちょこんと置いてある。悪意を感じた。

「なんだこれは。胸くそ悪い」

冬馬が見ているものに気づいて、樋口もやって来ると悪態をついた。

「あの女じゃないかな……」

確信のないまま呟く。だが、冬馬が感じた、サキという女の多面性。あの女はただ暴力的なのではない。その裏側に、秘めた意図を感じる。役柄を演じる。それがあの女の天性だとしたら、状況に応じて最もふさわしい人格を纏《まと》える。だが、こんな奇妙なメッセージを残す人格とはどんなものだ？

複数のサイレンが近づいてくる。鳥取県警が大挙してやってくる。

5

秘書官からまとめて届けられたEメールや電子データに目を通し終えると、ソフィア・サンゴールは溜息をついた。

豪勢すぎるデスク。ネームプレートには〝Secretary-General〟と記されている。

国連事務総長。その権威が、かつてよりずっと高まった現代に於いても呼び名は変わらない。変える案は出たが、あえて変えていない。必要以上の権威を与えると世界皇帝のように振る舞い出さないとも限らない。あくまで「事務」総長に留めるという知恵だ。

ソフィアは気さくで庶民的なセクレタリー・ジェネラルであることを心懸けていた。気軽に「SG」と呼んでくれて構わないし、必要以上に敬わないで欲しい。そう公言した。

今日も事務総長室に籠もって事務処理を続けてきた。来週のアフリカ遠征に向けて準備を急いでいる。事前に知っておかなければならない情報を対策チームがまとめてくれた。その中には、そのまま事務総長に渡すことを憚られるようなものもあった。秘書官のクララ・マッケンジーの表情で察した。

「大丈夫。すべてを見せて」

すると秘書は、渋々応じた。そこには果たして脅迫状があった。内容は、ふだん届く粗雑で抽象的な脅しではない。具体性に溢れ、なにより署名がある。〝オトノミー〟。これから訪れる予定の、コンゴ紛争の当事者の一つだ。意味はフランス語の〝自治〟。

当地に至れば、貴殿の命はないものと思え

堂々たる予告。武装集団が自分の殺害を明言している。

これを受け、自分は退くべきか。それとも？

ソフィアは事務総長室の壁を見上げる。

歴代の事務総長のうち、ソフィアが特に尊敬している二人の肖像が掲げられている。

一人は第二代総長、ダグ・ハマーショルド。

もう一人は第七代総長。コフィー・アナンだった。

まずアナンを見つめる。柔和な顔だ。ソフィアは尊敬して止まなかった。ガーナ出身で、初めてのアフリカ系事務総長という意味でも親近感を覚える。いま、彼の名言を思い出さずにはいられなかった。

「事務総長のSGはスケープゴートのSGだ」

期待される割には実権がなく、勇気を奮って国や組織と対立しても、各方面から攻撃されるばかりで味方が少ない。大国に目をつけられると恐ろしく厄介だ。いざというとき守ってくれる者がいない。

不偏不党。厳正中立。英語で言うインパーシャリティを守るのが事務総長の品格だ。だがそれは、仲裁役、調停者としては重宝されるが、都合の悪いときには見捨てられ、弾圧されることも意味している。

義を貫く国は貴重だ。勢い、現在の国連の生みの親とも言える日本を頼ることになる。いったい何度助けを求めたことだろう？　正式に政府に申し入れをすることもあれば、個人的な関係を頼ることもある。

最も通信の回数が多いのはアイリス・D・神村だ。警視庁の警視総監付の科学捜査官をソフィアは無二の親友と感じている。ただ彼女は有能すぎるが故、年々忙しくなっている。あまり頻繁に連絡するのも気が引けた。

彼女ならなんとアドバイスしてくれるだろう。想像してみる。

SGたるもの、脅迫に屈するな。全世界が見ている。

そう言ってほしいのか。それとも、命の危険があるなら乗り込むのはよせ。理解は得られる。そう言ってくれるだろうか。

目の前の肖像画にも問いかけた。私はセネガル人。アフリカ出身だ。アフリカで生じている大問題には自ら立ち会うべき。紛争当事者の間に立ち、平和の道筋をつけなくてはならない。そう思い詰めていた。だから、代理に安全保障委員会のメンバーや、ユニヴァーサル・ガードのアフリカ地域担当であるアフリカ警備隊を差し向けるのではなく、自らが飛び立つ準備を進めていた。

ソフィアはアナンの隣の肖像画に目を移す。

そこにいるスウェーデン人の深い眼差しに見入った。

脳裏を過ぎるのは、百四十年ほど前のエピソードだ。第二代事務総長ダグ・ハマーショルドは奇《く》しくも同じ地、コンゴで起きた動乱を調停するために現地に飛んだ。会談の地であるザンビアに向かった航空機が墜落。そこで殉職した。

墜落原因は現在も不明のまま。暗殺されたという噂はいまだに消えない。

国連憲章の精神に基づいた〝グッドオフィシス〟と呼ばれる中立かつ独立した調停努力を、彼は任期中に体現し続けた。〝予防外交〟をモットーとし、紛争の予防を目指すことが国連事務総長のグッドオフィシスの真髄だと考えていた。

第二次中東戦争への対処。困難なレバノン情勢や、カンボジアとタイの国境紛争でも彼は予防外交を実践した。平和維持部隊《ＰＫＦ》の前身、国連緊急部隊ＵＮＥＦを発足させたのも彼だ。

彼は生きた国連憲章だった。自分の利益で動かず、常に公正で、大国のエゴに屈しなかった。それが災いし、彼の存在を邪魔に思った権力者が飛行機事故を仕組んだという陰謀論には説得力がある。そうソフィアも思う。

ノーベル委員会は一九六一年度のノーベル平和賞を、殉職したハマーショルドに授与した。彼は名実ともに国連のレジェンドになった。現在に至る基礎を作り上げ、国連に身を捧げた始祖とも呼べる存在だ。

ソフィアは何度、憧憬の眼差しで見上げたことだろう。ここまで身を捧げられる仕事なのだ。ハマーショルドが生涯独身だったことも自分と重なる。使命感が嵩《こう》ずればプライベートに割く時間は消える。重すぎる責任を負うと、自分個人のことで思い悩む余地がない。ハマーショルドに限らず、清廉有徳の士ほど大国のバッシングに遭い、ときには命を脅かされる。果たして自分に、彼と同じ覚悟はあるか。たとえ同じ末路を辿ろうとも、自分の仕事を全うできるのか？

試されている。

殺害予告は毎週のように届くが、一般人がＥメールや封書で届ける脅迫に危険なものはないと分かっている。真の脅威は常にひっそりと迫ってくる。気がついたときには手遅れ。だが、遠征時には警護の者も多く就いてくれる。各国政府も安全面で大いに配慮してくれる。だから怯んではならない。脅しに屈するな。ここ、国連ビルの三十八階に職を得ただれもが、必ず通ってきた道なのだ。

そして問題はアフリカに留まらない。アメリカでもヨーロッパでも日本でも、不穏な動きは報告されている。これは偶然ではない。近現代史を学んできたソフィアにとっては明らかだった。時代は必ず揺り戻し現象を起こす。世界連邦はその防波堤となるために組織されたのに、無力なのか。人類は一足飛びには進歩できない。まだ試練が山積みなのだろうか。

偉大な先達たちよ、力を貸してください。ソフィアは手を組み合わせて祈った。

そこに水を差すように電子音が鳴る。秘書官からの呼び出し音だ。スピーカーをオンにすると硬い声が聞こえてきた。

『事務総長。ＦＢＩのエージェントが、受付に来ています』

「えっ？　予定にはないでしょう？」

『急用だそうです。どうしますか?』

予告もせずに訪れる。まるで犯罪の容疑者に対する行動ではないか。通信で済むことなら電話してくれればいい。それが直接訪れるとは。

「FBI」

と思わず呟く。FBIと国連とはかねてから因縁がある。いい予感はまったくしない。

「分かりました。会います。下の会議室にしましょう」

事務総長室まで呼び入れるのは避けた。偉ぶりたくないし、懐に入られたくもない。下層階の、国連総会のときに使用される個別の会議室に下りてゆく。事務総長専用のエレベータで直行すると、クララが会議室のドアを開けて待っていてくれた。中を覗くと、細身の男が立ったままソフィアを待っていた。目が合うと会釈してくる。

「FBI特別捜査官のフランクリン・チャンです。さっそくですが、国連内の立ち入り捜査を許可されたい」

不躾だ。相手のスタンスが分かった。ソフィアも気を引き締める。

「立ち入り捜査。なぜ?」

「国連職員の中に、我が国にとって不利益となる活動をしている者がいる」

「不利益? 具体的には……」

「まあ、スパイ活動です」

予想された事態だった。アメリカ政府は定期的に国連に疑惑の念を向けてくる。特に国力が下がり、敵を探しているときによく起こる。お家芸と言ってもいい。それこそハマーショルドの時代にもあった。当時は赤狩りの時代で、国連職員にも共産党シンパがおり、ソ連に情報を流しているのではないかと疑った。激しい猜疑心《さいぎしん》が嵩じ、国連本部内にFBIの事務所を無理やり設置したほどだ。いまから思えば信じられない暴挙だが、当時はアメリカがそれほど力を持っていたということ。初代事務総長の時代に設置されたそれを、第二代総長のハマーショルドは自分の任期のうちに撤廃させた。理性と良識の勝利だった。以後、国連はいかなる政府からの直接的な蹂躙《じゅうりん》も許していない。

アメリカ政府は国連バッシングの常連国だ。協力負担金の滞納、人事への口出し、事務総長候補者のごり押し。本部ビルのホスト国だからといって、国連は大家に住居を貸してもらっている間借り人ではない。事務総長は全世界の人々に平等に奉仕するためにいる。歴代事務総長は大国、とりわけアメリカと渡り合ってきた。その苦労がいま、ソフィアにも身に沁みて分かる。

〝世界連邦革命〟が起きて初めて、国際連合はようやく、独立不羈の地位を確立したと言えるかも知れない。対して、世界一の軍事力を失ったアメリカの発言力は相対的に落ちている。これは健全な効果と言えた。リスペクトは武力の大きさから得られるべきではない。自国第一主義でなく〝公益〟に繋がる行動をとっているかどうかで判断すべき。そうした国連憲章の精神が世界の隅々にまで行き渡るのは、いいことだ。

だが、アメリカ・アズ・ナンバーワンを捨てられない者たちが国内で新たに支持を得、盛り返しているのも事実。野蛮なカウボーイ像はなかなか死に絶えない。

この若い捜査官は、そんな歴史を知っているだろうか。容貌からも名前からも中国系と知れる。何代前にアメリカの市民権を得たのだろう。

「我が国連本部内に、スパイがいる。その情報は確かですか?」

「確かです。ぜひ捜査に協力いただきたい」

FBIのエージェントは表情一つ変えずに言った。

「では、我々の監察部が動きます」

ソフィアはきっぱり言い切った。

「国連は内部捜査の機関を設けています。アメリカ政府の捜査機関による、国連職員への直接の事情聴取は、認められません」

フランクリン・チャンは拒絶されても表情を変えなかった。予期していたのだろう。

「あなた方の内部監察能力が不足しているからこそ、スパイの存在を放置してしまったのではないですか?」

淡々とした問い。そこに感情は感じられない。怒りも不満も見えない。かえって不気味だった。

「そう言われても、スパイの存在自体を、我々は感知していない」

ソフィアも理性的な対応に努めた。

「私たちは、どの部署も懸命に仕事に取り組んでいます。あなたが、情報源を明かせない、具体的な証拠も提示できないというなら、私たちもこのように対応するしかありません」

「そうですか。ご協力いただけないと？」

「国連本部の敷地は不可侵です。国連とアメリカ政府が定めた特権および免除に関する条約、に明記されています」

「承知しています」

フランクリン・チャン捜査官はどこまでも感情を見せなかった。

「事務総長の同意がなければ、我々は立ち入りを許されない。だからこうしてお願いしているのです」

「同意はできません。ただし、真剣な内部調査を約束します。今日は、お引き取りください」

「そうですか」

チャンは一歩下がった。そして、ほんのわずかに眼差しをきつくする。

「我々が、このまま引き下がるとは思わないでいただきたい。駐国連大使から、改めて正式に申し入れをさせていただくことになると思います」

ＦＢＩでなく、アメリカ政府の正式な窓口から申し入れられれば、ソフィアの方も断るのは難しくなる。他国も動向に注目するだろう。だがもし、それを見て他国も追随してきたら？　根拠不明のクレームを次々に投げかけてきたら？　国連の威信をどうやって守り切る。

本当にスパイ活動に勤《いそ》しんでいる者がいないとは言い切れないのだ。監察部には改めて調査を強化するように指示を出すが、成果を上げられるかどうかは心許《こころもと》ない。

「では失礼します。近々、またお目にかかります」

そう言い捨ててＦＢＩ捜査官は去った。その後ろ姿にソフィアは問いかけたくなる。あなたは骨の髄までアメリカ人なの？　と。かつてアメリカは崇高な理想を掲げていた。あらゆる人種の融合、平等を目指した。そう信じて、世界中からこの地を訪れる人々が大勢いた。

だが建国以来、二十二世紀を目前にしても国内の人種差別は温存されたまま。世界中から集めた金融資本をもてあそび、強大な軍事力に酔った。果ては、世界中に兵器と戦争を輸出するという大罪を犯しながら没落していった。そんな故郷に誇りを持てるのか？

ソフィアの脳裏に甦るのは、若い頃に味わった差別だった。ソフィアはアメリカにもヨーロッパにもアジアにも住んだことがある。留学生、国際協力機関の現地職員、そして国連職員として。どの土地にも差別はあった。生粋《きっすい》のセネガル人であるソフィアは、黒檀《こくたん》のような肌を美しく感じ誇りにしている。だが無知で狭量な人間ほど身も蓋もない差別をしてくる。土地によっては泥やインクを投げつけられ、汚れたものとして扱われた。人類はかつてアフリカから発《た》ち、そのときは全員が同じ色をしていた。同じ言葉を喋っていた。それを知らないのだろう。いま地上のどこに住んでいようと、紛れもなく同じ種。生物学的に揺るぎない事実なのに。

だが、不当な目に遭えばこそ、虐げられた人々の身になって考えることができる。世界中の不幸や苦難を見つけ出しては、解決策を探すのが自分の仕事だと思えば、また新たな力が湧いてくる。

フランクリン・チャン。あなたは差別されたことはないの？　反差別のために努力を続けている国連に圧力をかける。どうして、そんな政府の手先となれるの？

問いは届かない。チャンの姿はすでに国連内になかった。

（国連の）存在意義は人類を天国に導くことではなく、地獄に落ちることから救うことだ。

ダグ・ハマーショルド

ある晩キュリー夫人が新渡戸邸を辞そうとしたとき、夕立が降ってきた。

「ニトベさん、国際連盟の力で雨降りを止めることは出来ませんか。戦争を止める位なら夕立位は造作もなさそうなものだ」

「国際連盟は馬鹿者を相手として血の雨を止めるだけはしますが、空の雨を止めるのは科学者の力を待たねばなりません」

「本当にそうだ、戦争をするほど愚かなことはない」

キュリー夫人と新渡戸稲造の会話

V　アップライジング

1

異変を知らせる最初の投稿がＳＮＳに上がったのは、二〇九九年十月二十七日の午前中のことだった。

それは初め、フェイクニュースとして取り扱われた。あり得ない。報に接したほとんどの人間がそう感じた。だがメディアの人間はそれで済ませるわけにいかない。ファクトチェックをし、事実でないなら誤報だとしっかり宣告する必要がある。

ところが、それが起きたとされるフクシマの地元の者たちがパニックに陥ってゆく様子が、すべてのＳＮＳにおいてタイムラインを追うごとに増え、たちまち無視できない数に膨らんだ。

二十一世紀末、簡単に起動するカメラつき電話を持っていない人間はいない。生々しい映像データがたちまち積み重なり、捏造《ねつぞう》された映像がこんなに短時間で製造され拡散されるのは不可能、と認識した人々は、真実を受け入れるしかなくなった。

それは銃撃音から始まった。

目撃者が銃器の所持者たちを撮影して拡散した。少し遅れて、地元県警も速報を流した。

福島市渡利弁天山《わたりべんてんやま》の官庁街で銃撃の報あり。付近の方は念のために避難してください。

という穏当な警告から始まり、やがて武装集団が徘徊しているという過激な報告に変わった。当局が渋々、「首相官邸と新国会議事堂に武装勢力が突入」と発表したのは一時間近く後のことだった。どれだけ確実な情報であっても、信じたくなかったのかも知れない。

事態が進行している間、吉岡冬馬と樋口尊は鳥取県警に事態の引き継ぎをあらかた終えていた。無残に潰されたイザナギ鳥取支部があるビルの外へ出て、樋口のガソリン車にもたれかかりながら湖を眺めた。昨夜とは打って変わり、よく晴れた空を映す湖山池の湖面は美しく輝いている。だが、さっきまで目の当たりにしていた地獄のような情景を中和することはできない。

やって来た県警の人員の中には若い警察官も多かった。吐き気を抑える者も、卒倒寸前の者もいた。穏やかなこの土地で血腥い事件は多くない。初めて惨死体を目にする者も多かったに違いない。そして、直に言われたわけではないが、彼らの目には東京からやって来た自分たちが疫病神のように見えている。

冬馬は樋口に目をやった。疫病の化身のような男がそこにいる。その顔がいまだに青ざめていることに、冬馬は妙な親近感を覚えた。ふと訊く。

「樋口さん。この車、ご自分のですか？　まさか、鳥取県警の車両じゃないですよね」

だとしたらとんだ財政難か、署長が酔狂な人物なのだろう。

「レンタカーだ」

樋口は一言だけ返してきた。

「最近はガソリンスタンドも少ないですよ。ガソリンが切れたら、どうするんですか」

「乗り捨てるだけだ。タクシーでもなんでも呼べばいい」

樋口はただ無思慮にガソリン車を選んだのではないのかも知れない。電子機器が組み込まれていない、レトロな車で移動することで追尾を避けたかったのではないか。実は考え抜かれた行動だとしたらこの男を見直す必要がある。

だが、懐から煙草《たばこ》を取り出し、ライターで火をつけて吸い出したとき、単に懐古趣味なのかもしれないと脱力する。電子煙草でも内服系の煙草でもない、昔のハードボイルド映画でよく見る紙巻き煙草だった。

そのあとは言葉もない。ところが、短い平穏は瞬く間に霧散した。東北の新首都で進行する変事が彼らの端末に届いた瞬間に、冬馬も樋口も確信したのだった。

「イザナギだ」

顔を見合わせた。まったく同じ敗北感が刻まれている。

「フクシマだったか。完全に、裏を掻かれた」

樋口が臍《ほぞ》を嚙んだ。

「俺たちは……止められなかった」

冬馬は責任を口にする。

「鳥取の虐殺は、清算でもあり、目くらましでもあった」

樋口は目の前の事態にフォーカスする。

「連中は、せっかく捕らえたお前も放置して、新首都に移っていった。で、本丸を落としにかかった。準備が整ったんだ」

樋口の分析を聞いても、冬馬はどこか鈍かった。振り回されたという悔しさが湧いてこない。この虚しさはなんだろう。

占拠型のテロは終結が見えているからだ。結局は投降するしかない。いくらテロ組織が人数と武器をかき集めたところで、警察との戦力差は圧倒的。人質を楯にしたとしてもいずれは限界が来る。人質が大臣や高官であっても、要求が通るはずもない。あえて言うなら、代わりの利かない人間はいないのだ。首相でさえ。

たとえば、この占拠ショーによってフクシマが首都として機能しなくなったとする。それすら想定内だ。なんのために国家機能を分散したのか。副首都の鳥取や旧首都の東京が代替機能を果たすだけ。

「逆に、イザナギを終わらせるいい機会だぞ」

　樋口は苦み走った笑みを見せた。

「とはいえ、日本の威信は傷つきましたね」

　自らの言葉で気づかされた。世界の模範というイメージが壊された。それがテロリストたちの目的でもあるに違いなかった。日本は言われるほど安全でなく、不満分子も多い。そんなメッセージが世界に発信されてしまった。なおさら責任を感じる。以前からイザナギを追い、しかし壊滅させるには程遠かった警視庁公安部と刑事部に非がある。決死のリカバリーに臨まなくてはならない。そのためには即座の制圧が必要。

「立石総監は、全警察官を投入する勢いでやってくれるはず。俺たちも加わりましょう」

「おう。東京から大移動が始まったぞ。グエンさんが黙っちゃいない」

　自らの端末を確かめながら、樋口が興奮したように言った。公安独自の情報網だ。さすがに速い。冬馬も思わず声を弾ませる。

「そうですか！　特殊部隊を全投入ですね」

　警視庁警備部部長、グエン恵以子《けいこ》は最も人望のある警察官僚だ。祖母がベトナム人で、今世紀初頭に外国人技能実習生として来日したという。コンビニで働きながら日本の大学に入学、日本人と結婚して日本に骨を埋《うず》めた。孫の恵以子はその祖母を誇りに思い、あえて祖母の旧姓であるベトナム姓を名乗っている。その気骨も含めて冬馬は敬服していた。

「あの人は黙っていない。日本のメンツを守るっていう意味も分かってる。直ちに制圧作戦を立案して、実行するさ」

樋口の言う通りだ。自分も力になりたい。作戦部隊に加わりたいくらいだと冬馬は思った。おそらく自分が、直近にイザナギに接触した警察官。実際に言葉を交わしたのだ。自分が得た経験は有用だ。

「フクシマに臨場しましょう。便を押さえないと」

「お前と一緒に行くほど仲良しじゃない」

憎たらしい答えが返ってきた。

「俺はまだ、ここでちょっとやることがあるしな。俺たちが行っても戦力になるわけじゃない。お前は、特殊部隊の訓練を受けたことがあるのか？　ないだろ。戦闘のプロたちにとっちゃ、お前も俺も足手まといだ」

耳に痛い事実だった。いざ戦闘となったら最前線には立てない。

「にしても、前線は苦労するぞ。イザナギの連中は、厄介な武器を手に入れてるんだろ？準備万端で迎え撃ってくる。無事では済まない」

警察では対抗できないと言いたいのか。なぜここで士気を下げるようなことを言う。

「高圧レーザーとか、シールドごと捕らえる技術も持ってるわけだ。奴らは死ぬ気で準備してきたんだ。相当抵抗する」

「その情報を、現地に伝えたいんです」

冬馬の熱意を樋口は黙殺した。

「鳥取も畳んで、本気で戦える奴だけを束ねてフクシマに乗り込んだ。命懸けで官邸や国会を占領したんだ。制圧は簡単じゃない」

「茂木さんがいる」

冬馬は思わず言っていた。

「ちょうど東アジア警備隊の巡回ルートが日本です。すぐ駆けつけられる」

樋口の顔に一瞬光が閃くが、すぐに影に覆われる。その気持ちが分かる。

「そこまで本気にならないとテロを抑えられない。だとしたら、恥だ」

同感だったが冬馬は頷かない。我ながら弱い声が出た。

「武力蜂起じゃしょうがないでしょう」

「警察だけで治安を守れないとしたら、恥だ」

樋口は自虐の刃を振り回した。冬馬が憎しみを覚えるほどだった。

「警察だけでもやれます。グエンさんならやってくれる」

冬馬は前言撤回した。警備部の戦闘力に希望を託す。

「まあな。それにしても、グエンさんには負担をかけちまうな。申し訳ない」

冬馬はいささか樋口を見直した。叛逆を未然に防ぐのが仕事なのに失敗した。担当課長として責め苛《さいな》まれる思いは強い。

「時間が惜しい。俺は、空港に行きます」

「好きにしろ」

樋口が突き放したので、冬馬は虐殺現場から離脱した。自動運転のタクシーを拾い、湖の畔から空港を目指す。ともかく現地に向かうことでしかこの無力感は克服できない。自分も何者かに狙撃されたあの官庁街が、いまはイザナギの支配下にある。新首都の輝かしい建物群が汚い手に落ちた。許せない。

最短の福島便は何時だ。よもや現地の空港は、閉鎖されていないだろうな？　不安になった。確かめるために端末にアクセスしたところでコールが入る。アイリスからだ。

「あっ。お疲れ」

間抜けな挨拶をしてしまう。すると訝《いぶか》しむような声が聞こえた。

『なにをしてるんですか。まだ鳥取ですか？』

「あ、ああ」

『鳥取からも警察のチャーター便が出ます。それに乗ってください』

「チャーター便？」

『今回の緊急事態に必要な人員が、フクシマに集結します』

「そ、そうか！」

本物の緊急事態だ。日本警察の総力を結集するのだ。

「助かった。そっちは大丈夫か？　総監の様子は？」

『泰然としていらっしゃいます。死傷者が出たことと、首相が人質になったこと以外は、そう問題ではないと』

「そうなのか」

初めて詳しいテロの実態を知った。もっと知りたい。

「死んだのはだれだ？」

『官邸で警護に当たっていた、警護課の警部補です。官邸の入り口で、武装勢力の侵入を阻止しようとして』

イザナギは容赦なく撃って中に突入したのだろう。怒りが全身に漲《みなぎ》る。

「首相が人質になったか。怪我はしてない？」

『怪我の情報は入っていません』

無傷だとしても、大変な事態だ。立石総監は本当に落ち着けているのか。

「イザナギの連中は、相当準備して、人員も絞って決行したようだ。奴らは、鳥取支部の反対分子を粛清してから現地入りしてる」

『そのようですね。先ほど報告が入りました』

「ひどいもんだったよ。また切腹も出た。現場はいま、公安の樋口さんが仕切ってる」

『樋口さんと、話したんですね』

「ああ。君は、樋口さんの動きを、どれだけ知ってたんだ?」

樋口について訊きたいことが山ほどあると気づく。冬馬が捕らわれていた場所を通報したのが樋口だとアイリスは知らなかったのか。そもそも、浅草で切腹させられた桝山が公安刑事だということは? 警視総監のそばにいるアイリスが、いくらトップシークレットとはいえ知らないのは不自然に思える。

『彼は、密命を帯びて動いています。彼の任務は私も把握していません』

先んじて蓋をされたような気がした。冬馬はそれ以上訊けなくなる。

『チャーター便は、まだ席に少し余裕があるようです。空港のL3カウンターでエントリーしてください』

「了解」

空港に着いた冬馬は、アイリスに教わった通りにチャーター便にエントリーした。カウンターに並ぶ全員が警察官のようだった。冬馬は何人かに話しかけてみる。鳥取県警のみならず、島根、岡山、広島の県警本部からもやって来ている。やはり機動隊や、特殊部隊所属の若い男が多い。

いざ搭乗となると、冬馬も顔を知っている本部長クラスの警察官僚も乗り込んできた。

話しかけるのは控えた。階級差がありすぎる。何の用で最前線に赴くのだろう。警備部畑で修羅場を知っている人間か。それとも人質の関係者かも知れない。

チャーター便の中に樋口の姿は見えなかった。公安刑事は群れない。習性だ。たとえ遠回りになっても、〝表〟の警察官と大っぴらに行動を共にしようとはしない。独自のルートで新首都を目指していることを冬馬は疑わない。

「どこの部隊？」

席が後ろになった特殊部隊員に、冬馬は自分の所属を告げてから話しかけた。

「岡山県警、ＳＩＴ所属、早川《はやかわ》威音《いおん》です」

特に若い。まだ二十歳だった。顔にはあどけなさが残っている。だが、警視庁の警部と知っても萎縮することなく喋ってくれた。

「警部はなぜ、鳥取に？」

「イザナギの捜査だ」

正直に告げると、早川は驚きに目を見開いた。

「警部、教えてください。フクシマを占拠したイザナギは、どの程度危険なんですか？戦闘力は？」

意気込んで伝えようとしたが、いまいち正確な答えを返せないことに気づく。人数はそう多くないはず。だが、どんな装備で乗り込んでいるのか。樋口の指摘通り、イザナギは謎のパトロンからいろんなものを仕入れている。

「最新鋭の武器を用意してるのは確かだ。相当危険だと思って当たってくれ」

変な期待も、油断も与えたくない。弟というより息子に近い年齢の署員を見ると、無事で任務を乗り切ってくれとしか思わない。未婚の自分に息子などいないが、早川というこの若者が傷つけば自分が傷を負ったような気分になるだろう。

そうしているうちにジェットエンジンが唸りを上げた。警察族を詰め込んだ大型航空機は一度日本海上空に漂い出ると、一路北へと進路を取った。

2

「日本でクーデターが発生しました」

秘書官の報告にソフィア・サンゴールは耳を疑った。

だが、速報を携えて、実際に事務総長室まできたクララ・マッケンジーは真剣そのものだった。秀麗な細面が強張り、ふだんのバランスを欠いている。FBIの不意打ちのような訪問から時間が経っていない。変事の連続には冷静沈着なクララも動揺を隠せなかった。

「死傷者は？　プライムミニスター・ウツミは無事なの？」

「まだ分かりません。情報が錯綜《さくそう》しています」

ソフィアはたまらず、日本政府の国連窓口に電話した。クララには国際報道機関のニュース速報をチェックさせる。だがどこにもまだ確かな情報はない。混乱が続いている。

「なんてこと。よりによって日本で」

太平洋の向こう側で、野蛮な暴力が近代社会を脅かしている。しかも、世界がいまに至る道を切り拓いたあの日本だ。これは人類への挑戦。良識の冒瀆《ぼうとく》だ。

ソフィアはアイリス・D・神村にもメッセージを送った。日本政府に送ったものと同様の内容も添える。


事務総長権限で緊急事態指令を発し、ユニヴァーサル・ガードを差し向けることも可能です。いつでも要請をください。


予想通り、即座の返事はない。当然だ。ケーシチョウのリーダーの補佐を務める彼女は対応に追われているに違いなかった。ソフィアはクララに言う。

「ガードを動かす事態になるかもしれない。命令書を起案して、実行する準備を始めておいて」

「了解しました」

クララは秘書官室に戻った。ソフィアは、コマンダーと直接話すことにする。日本での危機担当はもちろん東アジア警備隊。コマンダーは日本人の茂木一士だ。剛毅《ごうき》な武人。清廉の士として日本国民から慕われている。彼もこの事態に落ち着いてはいられないだろう。国際コールにすぐ応じてくれた。

「茂木さん。サンゴールです。速報はご存じですね？」

『ああ、ミス・サンゴール。正直驚いている。私が日本に来るタイミングで、こんなクーデターが起きるとは。なめられたものだ』

「態勢を整えておいていただけますか？」

『もちろん。出動準備はいつでもできています。私が出ずとも、日本警察が解決するだろうとは思っているが』

「ええ。彼らは優秀ですものね。それでも、準備はお願いします」

『分かっている』

にわかに声が威厳を帯びた。

『主力部隊を、福島県内に待機させておく許可をいただきたい。陸上部隊を県南に。海上部隊を、仙台湾に展開しておきたい』

「了解です。国連憲章修正第百十五条に基づき、正式な命令書を発行します。第九十九条に基づいて、安全保障理事会も招集するつもりです」

『有り難い』

茂木の声はあくまで落ち着いている。さすが警備隊の司令官は頼もしい。非常事態に動じない懐の深さは、関わる全員を落ち着かせてくれる。

『我々は、国連の付託のみを受けて動く。緊急時にはあなたの命令に従う。事後的に、各国の了承を得ることは、事務総長。あなたに任せておけば懸念はないですな』

「ありがとうございます。しっかりバックアップさせていただきます」

『時に、他のガードの動きは？　西アジアや、オセアニア警備隊からは？』

「まだなにも」

ソフィアは言葉に詰まった。たしかに、東アジア警備隊だけにフォーカスしてもいられない。中国と中東地域を管轄する西アジア警備隊も、オーストラリアを中心にオセアニア全域をカバーするオセアニア警備隊も、日本の動向に注目し警戒心を高めているだろう。連絡を取っておかなくては。

『北米警備隊からも、何か言ってはこない？』

「いまはありません。東アジア警備隊の責務を尊重して、静観しているのでしょう」

『なるほど』

茂木が他の部隊を気にするとは思わなかった。想像力不足を反省する。これが隊を預かるコマンダーの心理だ。隣接する別の警備隊の動向を知っておく。常にバランスを意識し、間違っても警戒感を抱かせないように行動する。指揮官の鑑だ。

『一応、警戒しておいてもらえますか』

だが茂木の言葉はソフィアの予想を超えていた。

『日本でのクーデターなど、かつてなかった事態です。この機に乗じて、他地域のガードが、思わぬ動きを見せないように』

「まさか」

茂木の警告は衝撃だった。ソフィアに真っ先に訪れた感情は「信じたくない」だった。被害妄想を疑うほどだ。

「茂木さん。コマンダー全員が厳正な選挙によって選ばれています。よもや、おかしな行動を取るとは思われません」

『だが、我々ガーディアンは、万が一の事態に備えるのが仕事なのです』

茂木は明快だった。ソフィアを安心させようとする。

『互いにリスペクトはしています。ただ、互いの緊張状態の維持が仕事の一つなのでね。警戒するのは、単なる習性です』

茂木は笑い、冗談めかすことを忘れない。

『我々同士が闘うことはあり得ません。ただ、私がもし、日本国内の武装勢力の鎮圧に手間取ったら、世界各地のテロリストたちも活気づく恐れがある。他のガードの仕事も増やしてしまうことになります。すべてのガードが同時に忙しくなったら危険です。万が一の事態を、想定していてくれることを望みます』

「了解しました」

茂木の忠告をソフィアは有り難く受け取った。武力の頂点に立ち、指揮権を持つ者同士にしか分からない感覚は最大限尊重したい。その広い視野から学ぶべきことは多い。

「全コマンダーと連絡を密に取ることを約束します」

ソフィアは声を強めた。茂木を安心させたい。目の前の脅威に集中して欲しい。コマンダーたちのバックアップは、事務総長の最も重要な仕事と言ってもよかった。茂木は自分を原点に立ち返らせてくれた。

「茂木さん。他の地域のケアは任せてください。どうか安心して、日本での事態の収拾に集中してください」

『ありがとう。これからも、連絡を密に』

「もちろんです」

3

福島空港にチャーター便が着陸したときには陽が傾いていた。

冬馬は焦りを感じた。夜になると事態が停滞する恐れがある。クーデターが二日に跨《また》がるのは嬉しくない。こんな不名誉な事態は一分でも早く解消したい。だが自分は、この航空機に詰め込まれている警察官とは違う。特殊急襲ミッションの訓練は受けていない。実際にクーデターの鎮圧にあたることができないのがなおさらもどかしい。

現着したらすぐ配置につけるよう、鳥取の時点でアサルトスーツを身につけている者も多かった。冬馬の後ろに座った早川もそうだ。アサルトスーツは見るからに最新素材で作られていて、一昔前とは比べものにならないほど強度が上がっている。攻撃のための銃器も複数携えて作戦に当たるから、部隊のだれに聞いても「自分の身は自分で守れる」と答えるに違いなかった。自分のような戦闘の素人が心配するのはおこがましい。

だが冬馬は、気さくに話をしてくれた岡山県警の若者にシールド機能を譲りたい。彼にそんなものは不要だし、冬馬も他人に譲渡する権限がない。考え違いをしてはいけない。だが、特殊部隊全員をシールドで守って欲しいと願わずにはいられない。すでに警備部警護課の刑事が殉職したのだ。これ以上の死は受け入れられない。

フクシマに降り立ったはいいが、自分がどうするべきか迷った。一度アイリスにEメールを入れる。電話はしない。余裕があるとき返信をくれればいい。そう思ったのだが、すぐにコールが来た。ところが表示名を見て口が開く。

『冬馬。作戦本部入りしろ』

繋ぐや否や、直々の命令が耳に飛び込んできた。

「総監――ご冗談を」

『冗談を言うほど暇じゃない。十分で来い』

警視総監は人使いが荒い。作戦本部の場所すら告げなかった。だが見当をつけて冬馬は大慌てで駆けつけた。二十五分かかってしまった。

息せき切って福島県警本部の奥まった場所にある会議室に入ると、殺気だった空気に身が引き締まる。奥の席に立石勇樹がいた。横にアイリスの姿が見えないのは意外だった。総監はなぜ参謀を伴っていない。東京に残してきたのだろうか？

立石総監とともに東京からやって来ているのは刑事部、公安部、警備部の部長たちだ。滅多にないお歴々の勢揃いに心がざわつく。

警視庁本部は東京に存置されている。ただし、時代を経て様変わりし、従来の警察組織を超越した。東京のみの犯罪を追うのでない。全国の警察組織の上に立ち、全ての犯罪に目を光らせる存在に変わった。時代の変化に応じてのことだ。

かつてその役割を果たしていた〝警察庁〟はいまだ存在しているものの、以前よりも単純な管理部門に落ち着いた。巷《ちまた》の人間は警察庁長官の名前は知らなくても、警視総監の顔と名前は知っている。日本を代表し、世界の治安に関わる人間だからだ。〝ケーシチョウ〟は国際語となり、警察組織の手本として仰がれ、世界中から協力依頼が引きも切らない。

アジアでは特に、警視総監は東アジア警備隊のコマンダーと並んで日本の顔だ。〝ソーカン〟も国際語になった。それだけに下手は打てない。世界中が見ている。立石総監にかかるプレッシャーたるや、想像するだけで同情してしまう。

「現状を説明します!」

グエン恵以子警備部長の横に座り、大画面の端末を操作している男が叫んだ。警備部の理事官だろうか。それにしては顔が若い。きちんとスーツを着こなし、アカデミックな雰囲気を放っていることから科学捜査官だと見当をつけた。どことなく見覚えがある。アジア系とアフリカ系の血を引いているようだ。

彼は会議室に備わっている大スクリーンに鮮明なCG映像を転送して説明を始めた。警察幹部たちが硬い顔で見守るが、立石は堂々としたものだった。風格がある。茂木を見ても思うが、本当のリーダーは佇まいに静謐《せいひつ》さがある。俗世の喧噪《けんそう》や猥雑《わいざつ》さをいくら浴びてもビクともしない威厳の持ち主だ。

「官庁街の監視カメラ映像と、地元警察の接近観察による報告を総合すると、新国会議事堂、首相官邸に雪崩《なだ》れ込んだ者たちの数はそれぞれ三十人、十五人ほどです。全員が武装しています。イザナギのメンバーで構成されていることは間違いなさそうです。映像での照合で一致しました。頭首の鈴木広夢も含まれています」

これは冬馬には意外だった。ここまで公から見事に姿を消していたあの男が、顔をさらして自ら乗り込んできた。相当な覚悟の決行ということ。イザナギの最後の仕事と思い切ったのだろうか。

示威行為だ。カリスマに祭り上げられたいんだ、と冬馬は叫びたくなった。実際に接したばかりの冬馬は、あの男のトリックスターぶりに幻滅したばかりだ。

「人数は、さして問題ではない。最たる問題は人質です」

警備部長のグエン恵以子が言い切った。細い身体つきながら、顔に走る皺と眼光の強さは、冬馬の目からは武人そのものに映った。自らも機動隊出動服を身に纏っている。部下と共にありたいという思いが溢れ出していた。

「当然、内海首相の命を守ることが最重要課題だ」

立石総監が首肯する。

「他の閣僚や議員、官僚ももちろん守る」

「はい。幸い今日は、新国会議事堂内で大規模な集会はなく、法務委員会のみが行われていました。そこには法務大臣、総務大臣と、与野党の議員が十一名。それ以外は官僚です。人質の数は計、二十六名と思われます」

「首相官邸の方は？」

「総理と、首相補佐官、秘書官、守衛二人、計五名が人質になっていると思われます」

「警備部警護課から出向していた、警備担当の警部補、柳沼太成《やぎぬまたいせい》が殉職した。ご苦労だった」

立石は痛みから逃げなかった。しっかり殉職者の名前を告げて心に刻ませる。全員が起立の姿勢で黙禱《もくとう》した。

おそらく、襲撃に果敢に立ち向かったのだろう。イザナギの方も警護のプロが邪魔だった。だから問答無用に排除して官邸を無力化した。

「首相官邸内の映像は？　見られないのか」

グエンの向かい側にいる刑事部長、安見謙彰《やすみけんしょう》が問いを発した。

冬馬はそばに行かない。顔を合わせるのは一ヶ月ぶりだった。直属の上司でありながら、冬馬は刑事部の中でも特に独立して動いているために本庁に寄りつかない。〝説教師〟が成果を出し続けているために安見部長も文句を言えなかった。だが怒りを溜めこんでいるに違いない。

冬馬は思う。上司と部下の関係になったその日から折り合いが悪かった。互いを避けるようにして今日まで来た。いきなり連携を取れと言われても無理だ。

「武装組織がラインをカットしたようで、内部の映像は見られません。詳細は不明です」

グエン警備部長はよく現状を把握している。対して安見刑事部長は、おそらく遅れて到着したのだろう。そのわりには横柄な気がしてならない。眉間《みけん》の皺がいやに深かった。

「では、イザナギ頭首の鈴木広夢が、新国会議事堂と首相官邸のどっちにいるかも分からないわけか」

「普通に考えれば、首相官邸の方です。交渉相手がいるのはそちらですから」

グエンは安見を無礼と感じないのか、丁寧に答えた。冬馬は申し訳ない気分になる。

「確かにな。ただ、人数は新国会議事堂の方にかけている。予断は許さない」

立石総監が指摘した。その通りだと冬馬は思う。連中の思考回路は異次元に存在している。

「イザナギが声明を出しました！」

グエン部長を補佐する男が叫んだ。

「ＳＮＳか？」

「はい。拡散が始まっています」

「読み上げろ」

「日本は世界連邦を離脱せよ。我々日本人は、独立を宣言する」

「……それだけか？」

「要求は無し？」

拍子抜けしたような空気が生まれた。だが、だれもがすぐに首を振る。

「まずは宣言。自分たちの美学を見せたいんだろう」

「これを主張するために、わざわざ官邸と議事堂を占拠したんだとしたら、とんだ〝楯の会〟だ」

安見が三島由紀夫を引き合いに出して腐した。テロリストを見下す気持ちは分かるが、安見がやると妙に腹立たしい。

「要求はすぐ、追って出ます」

冬馬は思わず口を挟む。安見が目を向けてきた。見知らぬ人間でも見るような目つきだった。そして呟く。

「こんなことをして、世論を味方につけようなんて思うのが甘い」

「新しい声明、出ました！」

すかさず報告が入る。やはり順次出す形だ。全員が固唾《かたず》を呑む。

「国際連合と事務総長は、日本人の敵であり、世界中の愛国者の敵だ。処刑に値する」

今度は、人民融和のシンボルに狙いを定めてきた。世界中のテロ組織を刺激する気だ。賛同する者は彼女を暗殺しろ、という扇動。冬馬は拳を握って震えた。あれほど今の時代を任せるにふさわしい女性はいない。それを〝処刑〟だと？

一刻も早くイザナギを壊滅させたい。

だが、敵の繰り出す手は厚かった。

「イザナギのアカウントと思われるページから、占拠の模様がリアルタイムで発信されています！」

科学捜査官が言い、急いで回線を切り替えた。自分が発見した映像を作戦本部内のスクリーンに映し出す。

どよめきが起こった。拘束された人質たちが床に座らされている。撮影位置が絶妙で、人質の顔が分かるか分からないかぐらいの距離なのがもどかしい。だがじっと見入ると首相らしき顔を見分けられた。うなだれてはいるが、内海史丈に間違いない。欲しかった内部の映像がテロリスト自身の手で、連中に都合のよい切り取りで世界中に届けられている。屈辱が身に沁みた瞬間、画面に割り込んできた顔がある。真っ黒な布で覆われていた。

「目覚めよ、人民。騙されるのは今日までだ」

覆面の口の辺りが、虫が這《は》うように動いている。

「世界連邦などという虚妄は捨てろ。国連と、その背後にいる日本政府が、巧妙に全世界を謀《たばか》っただけだ。この支配を我々イザナギが終わらせる」

くぐもった声が世界市民に届けられている。無念だ。この声には聞き覚えがない。音声を加工しているようだ。

「いますぐ黙らせましょう」

安見謙彰が声を上げた。

「好きなように情報を発信させたら、影響力が怖い」

「待て。人質の無事が最優先だ」

立石総監が苦渋の顔で言った。

「まずは接触、そして交渉だ。実力行使はあくまで最後の手段だ」

警察官の血管を流れる血について、総監は改めて口に出した。この場にいる全員にそれを思い知らせる。だが、長引けば長引くほど注目が集まり、危険なメッセージがウイルスのように世界に広がる。パンデミックを起こしたくない。

「焦るな、安見。いまは、待ちだ」

「そうです。まずは交渉のチャンネルを確保しないと」

立石の決断をグエン恵以子も支持した。

「チャンネル、確保できればいいですが。奴らは接触を拒否するかも知れない」

安見謙彰の台詞に冬馬は恥ずかしくなった。悲観論を撒き散らしているように聞こえる。

「国民投票を準備しろ。世界連邦からの離脱、是か非か」

その間にも、占拠映像の中では不埒《ふらち》な台詞が流れ続けていた。

「我々は、目的を達成するまでは絶対に人質を解放しない」

それを最後に、映像はふっつりと途絶えた。

4

「あの勝手な宣言が出たきり、連中からはなんの発信もない」

安見謙彰刑事部長がぼやいた。

「新しい動きもない。いったいなんだ？　我々の声はちゃんと届いているのか？」

「届いています」

宮里《みやざと》ベンジャミン。通称ベンが律儀に答えた。

グエン警備部長の横で、入ってくる情報を的確に差配していた科学捜査官の名だ。アイリスの部下だと冬馬はようやく思い出したのだった。短い時間だが、かつて一度会ったことがあった。総監付になったアイリスが自分の補佐として抜擢《ばってき》した若者だ。まだ二十代半ばだが気が利き、余計なことを言わず、なによりアイリスへの忠誠心が不動。それは、アイリスへの接し方を見ただけで分かった。アイリスは自分の代わりにこの若者をここに寄越した。

「しかし、反応がなさすぎるね……」

変に呑気《のんき》な口ぶりで言ったのは、公安部長の仁戸田正治だった。いままではここ、作戦本部の窓際に陣取り、あまり発言しなかった。どんな緊迫した場面でもマイペースな人柄だが、今日もまだ焦った顔を見ていない。

仁戸田は七十歳を越えているが、特別雇用でいまだに公安部長の座にいる。周りから請われてのことだった。古いイメージが残っているので公安のトップになりたがる者が少なく、いざ就いたところで昔ほどの実権は持たない。旨みのないポストなのだ。

すべてを承知で仁戸田は公安部長を引き受けている。本人におかしな野心などなく、危険人物でもない。冬馬はそう判断していた。むしろ彼の経験の厚みに興味があった。最も激しい時代の波にもまれ、警視庁がくぐり抜けてきた嵐を見届けてきた男だ。

「さっき、連絡が来たようですけど。樋口さんですか？」

冬馬は仁戸田に訊いてみた。いま仁戸田の横にはだれもいない。最側近の樋口尊がいないのはなぜか。

「ああ。うん。彼だったね」

仁戸田は愛想のいい笑みで答えてくれた。

「なにか、有益な情報を摑んだんですか？」

「ああ。うん。そうじゃなかった」

答えがシンプルすぎて、冬馬も二の句が継げなくなった。ごまかされた気がする。

「人質との交換条件も示されないままだ。内紛でも起きてるんじゃないのか？」

また安見刑事部長がぼやき、

「その気配はありません」

宮里ベンジャミンが律儀に報告した。グエン警備部長も頷く。彼女の忍従の表情が冬馬には痛い。無言の圧をかけるように、冬馬は安見をじっと見た。この部屋のストレスを高めないでくれ。だが安見はあえて冬馬を見返さない。苛立った声で続けた。

「連中は、なにを待ってるんだ？」

「落ち着け。我慢比べだ」

立石総監が諫《いさ》めた。

「俺たちより、総理たちのほうがよっぽどつらい」

冬馬は恥ずかしさを覚えた。だが立石は無神経な安見を許容している。安見の能力と経験に一目置いているのだ。

「承知しております」

安見もさすがに畏まった。彼は彼で、事態を変えたい、役に立ちたいと思っていることに疑いはない。だから冬馬はなにも言えない。

別室の、通信指令本部に所属する経験豊富な刑事と技官たちが、イザナギの返答引き出しを試みては失敗している状況だった。それがうまくいかない限り打開はできない。

メディアの報道番組が作戦本部のスクリーンに映っている。だれの気遣いか、音量は小さく絞られている。それでも喧噪は伝わってきた。警察への非難が主調音であることはすぐ分かる。テロ組織を放置しておいた報いだ、なぜ潰しておけなかったのか。こんな大それた犯行を未然に防げなかったとは情けない。世界に恥をさらした。ふだんは勢いのない、政府や警察への批判勢力がそんな調子で活気づいている。

市民の期待を裏切った。それは真実だと冬馬は思う。その責めは、自分を含めた刑事たちが負うべきだ。可能ならカメラとマイクの前に出て謝りたかった。いささか名が売れている自分が矢面に立つことで、警視総監や部長たちを守れるなら本望だ。いざとなれば出て行ってやる。そう思い詰めるが、どう身悶《みもだ》えしても事態は動かない。気がつけば深夜帯に入っていた。作戦本部の面々も交代で仮眠を取ることになった。

冬馬の番が来ると、別室で気絶したように眠り、九十分で飛び起きて作戦本部に戻った。だが事態は一ミリも動いていなかった。空が白み、太陽が眩しく新首都を照らしても変化は訪れない。

やがて、国の中枢が占拠され、首相が人質となってからまる二十四時間が経過した。

「無為無策では、国民も不安に思います。先方に球を投げましょう」

グエン恵以子警備部長が決意の表情で進言した。

「案を聞こう」

立石も待ち構えていたように正面から応じる。

「人質となった皆さんの健康状態が心配です。医師を派遣して、診察してもらう許可を得ます」

「医師」

安見謙彰が敏感に反応する。

「本物か？　警察官か？」

「本物の医師を派遣したいと思います。疑いを誘いたくない」

グエンの決断は明確で、冬馬はさすがだと思った。だが安見は簡単には納得しない。

「警護の者をつけず？」

「はい。先方はきっと、入れるなら医師一人と言うはずです」

「人数が増えるほど、向こうのリスクが高まりますからね」

冬馬は思わず口を挟んだ。

「まあ、こちらの申し出は聞かない。門前払いの可能性がいちばん高いですが」

「いや、さっそく打診しよう。本当に必要なことだ」

警視総監は即決した。

「いまのところ一切交渉に応じないが、医師に診察させることについては、交渉云々《うんぬん》じゃない。人道的に妥当な提案だ。連中だって、医師を拒絶したと知られれば、民意を味方につけられない」

「医師の選定は？」

安見がグエンに問うた。

「警察病院に、適任者がいます」

すでに当たりをつけていたようだ。

「すでにフクシマに呼んであります。加納優子《かのうゆうこ》医師です」

「女性か……」

「彼女は海外生活が長く、紛争地帯での医療にも従事していました。修羅場には慣れています」

「聞いたことがある」

窓際の仁戸田翁が笑顔を見せた。

「根性が入った人だ。武装勢力に襲われた経験もあったよな？」

「おっしゃる通りです」

グエンは理解者を得て力づけられる。

「中東の紛争地域で拘束されましたが、彼女の態度に感銘を受けた武装勢力が丁重に扱い、結局解放したということもありました」

「イザナギも、女医さんなら受け入れるかもしれんよ」

相変わらずの、縁側で茶飲み話でもするような調子に、冬馬は妙に癒やされた。立石もふんぎりがついたように頷く。

「よし。東アジア警備隊が福島に入る前に、できることはやっておこう。医師の派遣を打診しろ」

立石の判断はもっともだった。国連事務総長のソフィア・サンゴールから政府に連絡が入り、正式に東アジア警備隊に出動要請をかけたことが分かった。そののち、茂木本人から立石に連絡が入り、こう激励してくれたという。

「日本警察の解決能力を信じている。我々の出動は無駄に終わると思うが、テロリストに圧をかける意味では、いいんじゃないか。我々の存在も大いに利用してくれ」

茂木らしい心遣いだった。冬馬は直接声を聞いたわけではないが、口調まで脳内で再現できる。

「イザナギのアカウントから、返信がありました」

そしてまもなく事態が動いた。宮里ベンジャミンの報告に場が引き締まる。

「医師の入場を許可する。一名のみ。ただし、新国会議事堂のみだと」

「首相官邸は？」

「全員元気だと主張しています。丁重に扱っている、これが証拠だと」

そしてモニタに写真が映った。

内海首相を真ん中に、秘書と補佐官、守衛までが映っている。

生存しているとされている人間は全員映り込んでいた。表情は強張っているが、元気ではある様子だ。撮影時刻も刻まれていて、データ偽装でなければほんの十分前に撮ったもの。

「向こうの言い分を丸呑みするわけじゃないが、少なくとも、新国会議事堂の方に医師を受け入れるというのは朗報だ。加納医師に、自らも人質になる可能性については、ちゃんと伝えてあるな？」

「もちろんです。それを承知で、志願してくれています」

市井《しせい》の英雄だ。会う機会があれば目いっぱい慰労したい。自分の不甲斐なさを詫びたいと冬馬は思う。

「では、頼む。グエン」

「了解しました。加納医師にレクチャーをし、送り出してきます」

グエン警備部長は言い残し、自らの戦場に赴く。見送る刑事部、公安部の長の表情には、自分への不甲斐なさが滲《にじ》んでいる気がした。仁戸田翁が頭を下げ、しばらく上げない。それを見てなにを思ったか、

「総監。少し中座します」

安見が断り、冬馬に向かって顎をしゃくった。別室で喋ろうという合図だ。作戦本部から離れた小さな会議室に入ると、

「吉岡。ちゃんと報告しに来い」

と予想通りの小言をぶつけてきた。

「データは届けています」

冬馬は木で鼻を括った答えを返す。自分でも可愛げがないと思った。

「お前の口から聞きたいんだよ。イザナギの連中の実態を」

「実態もなにも、理屈の通じない粗暴な連中です」

「シールドに頼りすぎだ。あっさり拉致されるなんて、自覚が足りないぞ。危ないところだった」

「おっしゃる通りです」

そこは素直に受け止める。頭を下げた。

「ご心配をおかけして申し訳ありません」

「神村にも、頼りすぎだろう。彼女はもうお前のパートナーじゃない。警察全体を見てるんだから。あんまり世話をかけるな」

正論すぎてぐうの音も出ない。頭が上がらなくなった。

すると少し溜飲《りゅういん》を下げたのか、安見は相好を崩して訊いてきた。

「イザナギには、お前の説教も通じなかったか」

「俺は説教師じゃありません。人が勝手に呼んでいるだけで」

思わず突《つ》っ慳貪《けんどん》になってしまう。

「でも、話してみて分かりました。連中は本気でイカれています。話が通じない。若い奴をのぞいて」

「ほう。だれか、説教が通じた相手がいたか」

「いや……ただ、もう一度チャンスは欲しい。そう思います」

「お前にまたチャンスが回ってくるかな。俺たちは、こんな大事《おおごと》になる前に奴らを押さえられなかった。公安に遠慮しすぎたな」

安見の言い訳には一理あった。冬馬以外の刑事は〝イザナギ案件〟に積極的ではなかった。公安のショバを荒らしたくないという捜一の刑事たち、そんな男たちの尻を叩けなかった安見。後悔しているようだ。

冬馬は責めない。安見に「他の刑事の尻を叩いてくれ」と頼まなかったからだ。

結局は各々の反省に落ち着く。繰り言を言うしかないのが情けなかった。

「加納医師の報告に、期待をかけよう」

安見は珍しく前向きなことを言った。

「きっと無事に戻る。彼女が得た情報をもとに、突破口を見つける」

冬馬は大きく頷いた。

5

警察車両が官庁街の真ん中に切り込んでいく映像がモニタに映っている。

望遠で捉えた、摩天楼の間を進む小ぶりのワゴンはなおさら頼りなく見えた。乗っているのは運転手役の警察官と、加納優子医師のみ。

最悪の事態を想定する。イザナギは、やって来た車両に向けて発砲する。

あるいは、医師を中に引き入れた瞬間に暴力行為に走る。

その瞬間を思い描くといたたまれない。だが冬馬の杞憂《きゆう》だった。全てはつつがなく進行した。自動で開いた正門から滑り入る車両。正面扉前で停まり、相手側からの指示通り医師だけが降りて、車両は即座に離脱する。

新国会議事堂の鋼鉄製の正面扉が開いた。人の姿は見えない。

加納医師の足取りには迷いがなかった。姿勢の良さに意志の強さが表れている。扉の向こうに歩み入ると、観音開きの扉がしずしずと閉じられた。

中でボディチェックを受けているのだろう。録音録画はもちろん禁じられ、通信機器さえ持ち込ませない約束だ。最低限の医療器具だけを携えて、医師は職務を果たすために蛇《だ》蝎《かつ》の巣に吸い込まれた。

その様子を見つめながら冬馬は、無念さ、感動、怒り、いろんな感情に襲われて震えるばかりだった。

冬馬の、いや警察官全員の願いは、一時間後に叶えられた。

イザナギから連絡があり、迎えの車を寄越せという。

「医師を解放する気だ！」

安見が思わず声を上げた。不安が解消して嬉しいのだ。

「官庁街から離脱したら、すぐここへ呼べ。直接話を聞く」

立石総監が命じ、やがて実現した。加納医師が作戦本部に入室した瞬間に、警視総監以下全警察官が起立して腰を折った。命を懸けてくれた市民に対する心からの感謝だった。

「恐縮です」

頭を下げ返した加納医師の表情には少しも浮ついたところがない。冬馬は人としての風格を感じた。

「人質の様子は、どうでしたか？」

グエン警備部長がさっそく確認する。

「健康状態は悪くありません。負傷者はいませんでした」

落ち着いた声音で医師は報告してくれた。

「向こうで対応したのは？　だれでしたか？」

冬馬は思わず早口で訊く。

「若い男でした」

加納は、この中では下っ端の刑事にも丁寧に答えてくれた。

「リュウジですか？」

「名前は分かりません。名乗らなかったので」

「背が百八十五センチぐらいで、坊主頭の男じゃなかったですか？」

それ以外の特徴を口で言い表すのが難しい。

「背はそれぐらいでしたが、覆面をしていましたから……」

「そうですか。分かりました。顔は見られなかったんですね。その男の他に、だれかと接触しましたか？」

立石もグエンも仁戸田も、冬馬の独走を見守ってくれている。安見だけが渋面だった。

「他の人も覆面をしたり、別の部屋にいました。私は、その若い男にボディチェックされ、人質になっている人たちが入れられている部屋に行きました。ほぼ、その部屋しか見ていません」

ということは、どの部屋にだれが潜んでいるか。武器の多さや仕様も分からない。イザナギ側としては隠して当然だ。できる限り情報を与えたくない。

「では、その男とは、何か話をしましたか」

グエン恵以子が質問を引き継いだ。加納は頷く。

「あんたのことは知ってる。そう言われました」

「あなたが加納さんだということは、事前に知らせてありましたから」

グエンが言うと、加納は微笑んだ。

「あんたの経歴には敬意を払う。いまの日本をどう思う？　と訊かれました。他の人間に訊かれない場所で、小声で」

やはりリュウジだと冬馬は感じる。あの若僧は不安定だった。冬馬に話しかけてきたときも感情の起伏が激しかった。

「他には何か？」

「世界連邦をどう思う？　それに、政府の言うことを聞くのが嫌じゃないのか？　とも」

「思想調査みたいだな」

安見が口を挟み、

「連中は思想犯ですからね。仲間は多い方がいい。常に賛同者を探してるんです」

冬馬は自分なりの感触を口にした。利口ぶった言いぐさになってしまったが、本質は外していないつもりだ。

「私は、曖昧なことしか答えませんでした」

加納医師はあくまで控えめで、無駄口を叩かなかった。

「向こうは物足りなそうでしたが、終始丁寧でした。会話はそれだけです。全員が無事で、丁重に扱っていることを知らせてくれと頼まれました。そのあと、迎えを呼んでくれたんです」

ほっ、という息が生まれた。拍子抜け。期待外れ。そんなニュアンスだったが、

「一つ、気になるものを目撃しました」

という証言で再び緊迫する。グエンが代表して訊いた。

「なんですか？」

「なんというか……兵器、だと思います」

「兵器？」

医師が口にするにはふさわしくない単語。だが、紛争地での経験が豊富だということに思い当たる。彼女の証言には並ならぬ価値がある。

「はい。それも、人型の」

「人型兵器ですか？」

グエン警備部長の声が鋭くなる。グエンは加納に、内部を注意深く観察するよう頼んでいたに違いない。その甲斐はあった。

「正面玄関近くの広間にいました。壁際にあって、静かだったので、初めはオブジェかと思ったのですが……突然動きだして」

「襲われたんですか？」

「大丈夫でした。案内役の男が、声を発したら止まりました。誤作動というか、私を敵と認識したようです」

「自律型だな」

安見が指摘する。

「襲撃の際、一緒に持ち込んだんだろう」

立石総監も頷く。宮里ベンジャミンの方を見た。それに応じるように端末に向かうベン。

直後に、室内のモニタの映像が切り替わった。冬馬には見慣れた顔が映し出される。

『警護課の柳沼さんを攻撃したのは、そのヒューマノイドである可能性があります』

フラッシュインしてきたのはアイリス・D・神村だった。

『官庁街の監視カメラを分析しているところですが、明らかに人間ではないものが映っています。加納さん、そのヒューマノイドには、頭部がなかった。違いますか？』

「その通りです」

加納優子はモニタのアイリスに向かって力を込めて頷いた。

『しかも、両腕が通常の人間の比率よりも大きい。ゴリラに似た体型ではありませんでしたか？』

「そうでした。色も真っ黒で、ゴリラを連想しました」

アイリスの映像分析の正しさが証明された。それを受けた部下、ベンの動きもめざましい。監視カメラが捉えた映像をズームアップして見せてくれた。テロリストたちに交じって走っているので一見、違和感はない。だが言われた通り頭部がなかった。冬馬は目を凝らす。頭を下げているだけのようにも見えるが、初めからないわけか。

『生物ではないので、司令塔としての頭部は、必ずしも必要ではない。むしろ弱点になってしまうので省略した。そういうタイプです』

「そうか。完全に、戦闘に特化した代物だな」

立石が呆れたように頭を振り、

「アイリス。性能は？　予測がつく？」

グエンが訊いた。返ってくる答えは明確だった。

『この手の兵器は、人間よりはるかに正確な射撃を行えます。事前に、侵入する建物の中で最も手強《てごわ》い者を狙うようにプログラムしておいて、ロボットを先遣隊にして突入させてターゲットを排除する。後ろから来る人間は安全に、無傷で侵入できます』

「うむ。そういう作戦を使ったか」

アイリスの分析は立石を納得させ、冬馬の憤激に火を点《つ》けた。命を張らずにロボットを使った。どこまで卑怯《ひきょう》なのか。

「しかし、連中はどこで調達したんだ？　そんな規格外のものを」

安見が当然の疑問を口にした。アイリスの返答はこうだった。

『このタイプは、兵器産業の最新ニュースにも登場しません。極秘裏に開発されたものが、なぜかイザナギに加わっています』

「闇が深いな」

冬馬が思わず言い、グエンが頷いた。そしてアイリスに訊く。

「性能の分析は、どの程度できる？」

『映像をもとに、〝ＬＡＷ〟を使って推定しました』

警視庁が誇るＡＩがフル稼働している。

『ヒューマノイドとして非常に精巧なので、一見集団の中では紛れますが、身体能力もＯＳも戦闘仕様になっている。両腕は、人間と同等かそれ以上に器用で、どんな武器も使いこなせます。このロボット一体で、三十人分の戦闘力に相当すると考えられます』

本部内に呆れたような溜息が漏れた。

『身体中にカメラとセンサーがついているようです。胸と腹だけでなく、腕にも足にも背中にも。どのアングルからでも敵を認識して攻撃するようにプログラムされているのでしょう。頭部がないということは、弱点が分かりづらい。厚い装甲のどこかに自律型ＡＩが内蔵され、おそらく分散させています。つまり、戦闘不能に陥らせるには、徹底的に破壊する必要がある』

「はてさて、厄介だな」

縁側のぼやき。仁戸田公安部長だった。

「操縦者も、いるのかな?」

『基本は自律型でしょう』

アイリスの答えは速かった。

『戦場で瞬時に敵を判断して攻撃するためには、自律型の方が有利ですから。ただ、遠隔操作ももちろん可能でしょう』

「どうやって敵と味方を決めているんだ?」

安見が訊いた。

『突入時の設定は警察官の制服、守衛の制服を狙うようにしておけばいい。基本的に、敵は警察官ですから。武器を向けてきた相手にももちろん反撃する設定でしょう。今後、我々の強行突入に備えるなら、機動隊のユニフォームや、アサルトスーツを敵と認定するようにプログラムして待ち構えている』

「そうか。意外に大雑把《おおざっぱ》だな」

『顔単位でも登録できます。警察官だと判明している者の顔は、すでに登録されている可能性もある』

「アイリス。弱点はある?」

グエン恵以子が訊く。当然だった。突入の主力となる特殊部隊の責任者だ。

『もちろんパワーもありますが、それ以上に厄介なのが器用さです』

それがアイリスの見解だった。

『総合的に、優秀な戦闘力になることが重視されている。肉弾戦に強いのはもちろん、火器の扱いにおける器用さと正確さがハイレベルです。弱点は……分析を続けます』

「厄介だ。力任せに来られるより、巧みに銃を撃たれた方がダメージはでかい」

安見が警告を発し、

「闇のマーケットを仕切るだれかが、イザナギに提供したようですな」

仁戸田が公安部長らしい見解を寄越した。

「連中を支援する何者かがいる。それは、拘束されたときに俺も感じました」

冬馬は急いで口を挟む。

「連中は、イザナギ内の反対分子をぜんぶ粛清してから、今回の襲撃に臨みました。たぶん、パトロンあっての暴挙です。中核メンバーだけで勝負に出た。準備万端整えて」

アイリスが送ってきた人型兵器の画像を冬馬は指差した。

「こんなもの、戦争にしか使わないはずなのに。裏にいるのは相当ろくでもない勢力です」

「そうだ。もう、この世には必要のない兵器だ」

立石総監が怒りに声を震わせる。

「死に絶えたテクノロジーの命脈を、裏で保って、形にしては送り込んでくる。そういう連中が、世界中のテロリストを支援してる」

『戦闘を拡大したいのでしょう』

アイリスが同意した。

『開発者からすれば、もっと活躍させたい。闇市場の拡大を狙っています。テロリストに提供し、暴れてもらうことが最上の宣伝になります』

指摘通りだと全員が感じている。だが、最も激しい同意を見せたのは女性医師だった。

「世界各地で、武装組織を見てきました」

穏やかな口調ながら、深い怒りが籠もっていた。

「彼らは、スポンサーがいて初めて活動できる。豊富な銃器を提供されて初めて、大それたことをやる誘惑に駆られるんです。だから、彼らをそそのかす武器商人こそ、悪魔です」

実感に満ちた言葉が重い。冬馬は両拳を握って受け止めた。真の敵は目先の暴力より、それを操る巨悪。

「問題は、我々警察が対抗できるかどうかです」

安見が釘を刺した。ドライなようで的を射ていると冬馬は感じる。

「神村。分析してみて、どうだ？　警察の装備と戦力で対抗できるのか？」

『この人型兵器、破壊が難しいのは確かです』

アイリスの返答も地に足が着いている。

『警察の火器は、多くが対人用です。兵器相手には、分《ぶ》が悪い』

「そうね。拳銃やライフルでは……」

グエンもヒロイックな根性論には走らない。部下の命を重んじるが故だ。

「特殊部隊の火力は、サブマシンガンがマックスです。バズーカやロケットランチャーの破壊力がないと、厳しい。放水機やネットランチャーで対抗できる相手でもない」

「ううむ」

仁戸田も悔しそうにした。

「だが、たった一台だぞ？」

安見が苦々しく言った。

『いえ。新国会議事堂に侵入した一機と、首相官邸側の一機。計二機あるとなると、相当厄介です』

アイリスの指摘が、作戦本部内の空気を決めた。

やがて全員が、裁可を仰ぐように警視総監を見る。

「——ユニヴァーサル・ガードを頼ることにする」

立石勇樹は、勇気ある一言を口にした。警察官の誇りに関わる決断だった。

「致し方ない。むやみに殉職者を出せない」

それは、己をも説得する言葉だった。痛いほど分かる。冬馬は強く頷く。

総監のせいではない。敵が悪すぎる。

「掴んだ情報はすべて、茂木さんに伝える。鎮圧の方策は茂木さん次第だが、我々としては東アジア警備隊に、できる限りの協力をする」

警察としては苦渋の選択。だが、人命を重んじ、無用な被害を回避するためには他の選択肢がない。実態を知ればだれもが納得するはずだが、巷間《こうかん》の人々はどうか。不安だった。

「くそっ」

安見謙彰の粗暴な反応がそれを象徴していた。

「たった二台のロボットのせいで、指揮権を譲るか……忌々しい」

警察の威信が低下することが許せないのだ。冬馬にとっては、クーデター計画を事前に察知できなかったことがなによりの悔恨だった。自分はそれができる立場にいた。この場で最も責められるべきは、自分だ。

宮里ベンジャミンが機敏に、立石総監とモニタ内のアイリスを交互に見ていた。どんな指示も見過ごすまいとしている。それは自我を殺し、アイデンティティを上官に預けた忠実な兵士に見えて、冬馬は羨ましかった。俺も兵士になって感情を捨てたい。

「ユニヴァーサル・ガードが入県しました！」

そのベンが声を上げた。

「来たか、茂木さん」

感慨深い声音に、立石の安堵と無念が詰まっている。

ついにアジアの治安を守る最強の部隊が、福島県内に入った。

「回線を繋いでくれ。茂木さんに状況を説明する」

6

『了解した。警察の皆さんの着実な情報収集に感謝申し上げる』

茂木一士は、立石やアイリスやグエンの説明を神妙に聞き終えると、モニタの中で頭を下げた。自分に指揮権が移ることをよく理解した司令官の振る舞いだった。

『加納医師にも、感謝の念を伝えて欲しい。おかげで状況が把握できた。慎んで、指揮権をお預かりする』

すでに作戦本部を去った医師にまで敬意を払った。

大権の委譲が行われた瞬間だった。冬馬は生まれて初めて体験した。警察が、他の何かに治安の責任を譲る瞬間を。

初めて知る警察の限界。だが、代わって指揮を執るのもやはり、昔から知る親しい人間だ。冬馬は己に強いる。気持ちを切り替えて茂木をサポートしよう。その圧倒的な力に委ねる。この国の未来を。

「内海首相は囚われの身のため、いまは芦田《あしだ》副首相が責任者です。手続きをお願いします」

立石勇樹警視総監は、福島県庁に入っている芦田杏市《きょういち》副首相兼厚生大臣と回線を繋ぎ、東アジア警備隊陸戦主力部隊を率いて福島県に入ったばかりの茂木一士と三者で、粛々と手続きを行った。

『東アジア警備隊、陸戦主力部隊、海上主力部隊、共に臨戦態勢に就きます。以後、治安維持活動は茂木司令官の責任において行われます』

茂木を隣で補佐する副司令官、浦晋之助《うらしんのすけ》が画面の中で宣言し、手続きは終わった。三者が深く礼をし合い、通信を終える。

治安維持活動。それは紛れもなく戦闘行為を含む。ついに武力行使が現実のものとなる。事態は完全に異なるフェーズに移行した。以後は戒厳令下と同じ。事態の収束まで、近年の日本が経験したことのない非常時となる。確実に歴史の教科書に刻まれる事件がリアルタイムで進行する。

冬馬は以前、茂木本人に質問したこともあるし、公開されている資料にも目を通した。

ユニヴァーサル・ガード一隊に与えられている戦力は、人員数にして二十五万から三十万。予備役兵士が十万。地域によって数は少し違うが、二千台前後の戦車と、二百機前後の戦闘機、三百隻ほどの艦艇を所有する。そのうちの主力部隊が福島圏内に配置されたというから、全部隊の六～七割の戦力が集結したことになる。

充分すぎる。

五十人にも満たないテロリスト集団には過剰とも思える規模だが、万人警備隊の存在意義の一つは、圧倒的な火力で叛乱分子の戦意を奪うことだ。

今回のケースは、テロリスト側も人型兵器を保持しているし、他にも未知の武器を隠している可能性が高い。冬馬も自分の身で味わっている。だからこの選択しかあり得ない。

茂木さんに任せて正解だ、と自分に何度も言い聞かせた。

「東アジア警備隊《EAG》の主力艦隊が、仙台沖に展開完了した様子です」

東アジア警備隊の公式発表と、海上保安庁、報道機関の現地取材を同時にモニタリングしている宮里ベンジャミンが告げた。万人警備隊はついに、海からも福島市内を睨んだ。海上に展開する艦艇はまず百隻を下らない。壮観な眺めだろう。太平洋戦争以来の光景だ。

冬馬の現実感が揺らぐ。これは戦争なのか？

だが茂木は戦闘行為をできる限り避けるはずだ。ユニヴァーサル・ガードとは無血で武力蜂起を鎮圧することこそ極意。それが世界的なコンセンサスであり、茂木も当然それを目指す。冗談めかして、大きな仕事をしたいと言っていた男だ。またとない機会が来た。もしだれも死なさずに事を収めたら、茂木一士は歴史に残る名指揮官になる。

「全警察官、待機せよ。以後は茂木司令官の要請に応じて、ガードのバックアップに回る」

それを最後に警視総監は沈黙した。引き下がり、東アジア警備隊の挙動を見守る。余計な動きで邪魔をしないよう配慮する。

全ての警察官の無念と、相反する安堵と期待の中で、やがてフクシマの光景が目覚ましく変わっていった。福島県警の作戦本部のスクリーンに群衆が映し出された。

茂木一士司令官が示威行動を選択したことが分かった。自らが率いる陸戦主力部隊を福島市街のど真ん中に入れたのだ。県警の交通課が事前に総出で道を空けてルートを確保するという行動はあったものの、部隊の進軍を予告したわけでもないのに噂は即座に広まった。新首都・フクシマの住民たちは、大通りに繰り出して万人警備隊の到着に歓喜の声を上げた。だれが号令をかけたわけでもなく、沿道に出て拍手と歓声で迎えた。紙吹雪を用意する者もいた。日本国旗を振る者もいて冬馬は目を瞠《みは》った。近年まったく見ない光景だった。警察官が抱く感想はそれぞれだろう。冬馬は唇を嚙んだ。こんな日が来て欲しくなかった。

東アジア警備隊が行進する大通りは、その名も平和通り。歴史の皮肉に冬馬は眩暈を抑えられない。装甲車、戦車が東北自動車道、福島西道路を使ってここまで来た。平和通りを東進し、やがて阿武隈川に突き当たると南下、松齢橋《しょうれいばし》を渡る。その間も群衆の熱狂は続く。これは誰も予想しなかった事態だ。時代が突如何百年も戻ったかのようだった。

　弁天山を切り開いて建てられた官庁のビル群に、紛れもない軍隊が分け入ってゆく。新国会議事堂の、窓が多く風通しのよいデザインがいまや切ない。透明性の高い政治を祈念して作られたものが暴力によってねじ伏せられた。ならず者たちの巣になってしまった。奪還に向かう茂木の隊列は、難攻不落の城攻めを行う戦国兵士の大群を連想させた。

「福島市全体には、約五万人の兵士が入っています。その中の、一万人弱の精鋭部隊が官庁街に向けて行進しています」

　ベンが淡々と説明してくれた。だが作戦本部内のだれ一人として反応を見せない。陽光を反射して光り輝く新国会議事堂の窓に、物騒なシルエットが無数に映り込んでいる。冬馬は得も言われぬ悲しみを感じた。軍用ヘリコプターやドローンがいくつも旋回しているのだ。東アジア警備隊は空にも部隊を展開していた。まさに戦場の光景だ。

　フクシマが新首都と定められたのは、政治の失敗により放射能汚染をもたらした土地に対する贖罪《しょくざい》の意味がある。外圧に負けて原子力政策に舵《かじ》を切った父祖たちに対する駄目出しでもある。原子力ムラと呼ばれる特権階級が権力者たちと富を分けあって私腹を肥やした。そのくせ安全対策は怠った。ツケを払ったのは民衆だった。

新政権はすべてを刷新する決断をした。放射線との闘いを続ける前線に、為政者自らが臨むことが民に対する責任を表す。そんな信念と共に遷都は断行された。

そんな新首都を汚すものを許せるはずがなかった。鈴木広夢を殴りつけたい。ここまでの暴力衝動を覚えたことはなかった。スクリーンから目を逸らす。ここまで傷つくのは自分でも意外だった。〝軍隊〟が街中を進むのをもう見たくない。たとえそれが正義の味方だとしても。観衆が熱狂しているのが、民衆を守るためだと知っているからだとしても。それは軍事パレードを思わせる。歴史を伝える映像や映画の中で、独裁者や強権的な政府が幾度となく繰り返してきたこと。畏怖の念を生じさせ、民を酔わせ、〝力〟そのものに従属してゆく心理をかき立てる。

軍事力には禁断の魅力がある。せっかく戦争が遠い時代になったのに、免疫が弱くなっている民をまた麻痺させるのか？　神経質すぎるだろうか。武器アレルギーは確かに激しいと自分でも思う。

冬馬はふいに耳まで塞ぎたくなった。世界各地の意地悪な連中が、このザマを笑っている気がする。新たな世界をリードする模範生を気取っておいて、足許がお留守になっていた間抜け国家。なにがサムライの国だ、武士道なんてまやかしだ。いざとなれば腰砕けじゃないか。もちろん幻聴だが、冬馬の胸を縦横に切り裂いた。

いや、切り替えろ。この際茂木に頼るのは仕方ない。司令官を選ぶ選挙で、東アジア全体から圧倒的に支持された人物なのだ。専守防衛の精神が染み渡っている。できうる限りの非暴力的戦略で人民も、国のイメージをも守ってくれる。

直接茂木に連絡する欲望はむろん、完全に断っている。いまや治安の全責任を負う人間に電話などできない。その代わりだれかと話したい。ここにいない仲間と。できるならアイリスと。最悪、樋口でも構わない。

ふいに願いが叶った。冬馬の端末にコールが入ったのだ。作戦本部の回線にフラッシュインしてこないということは、個人的な話があるということ。冬馬は作戦本部から廊下に出てコールに応じた。

「アイリス！　いまどこだ」

『移動中です。詳しくは言えませんが』

「てっきり総監と一緒にフクシマ入りしたと思ってたが」

『いいえ。ベンがそばにいれば、総監は大丈夫です』

「鳥取ではありがとう。いまもそっちってことはないんだろう？　フクシマ入りしてる？」

『ですから、言えません』

「密命を帯びてるんだな。可能なら俺もジョインさせてくれ」

『それは無理です』

「分かったよ」

強烈に知りたかった。いまアイリスがなんのために動いているのか。だが互いの持ち場を守らなくてはならない。

「俺は、作戦本部で地団駄踏んでる。とろ火で焼かれてるみたいだ。茂木さんの名采配を信じて歯を食いしばってる」

アイリスは感想を言わない。冬馬は思わず口走ってしまう。

「まったく、指揮権を失った警察なんてのは、哀れなもんだ」

『外堀から攻めるのを忘れていませんか？　捜査を禁じられたわけじゃないでしょう』

アイリスの指摘は痛烈だった。

『冬馬さんも、自分にできることを探してください』

「……君の言う通りだ」

『冬馬さん。備えましょう。私たちの出番は来ます』

さすがアイリスだ。忙しい中わざわざ個別の連絡をくれたのも、自分の尻を叩くため。感謝しかない。

「そうだな。出番に備えておくよ。君みたいに」

そこで激しいアラートが鳴った。緊急速報だ。

「な……」

表示された文字を見て冬馬は目を疑った。

――EAGの先遣隊、官邸と新国会議事堂に突入した模様

7

「なんだと?!」

叫んでしまう。速い。速すぎる。

これが茂木一士の必勝の戦略か。

冬馬はアイリスとの回線は繋いだまま、作戦本部に戻ろうとした。だが廊下をふさぐ影に気づく。

「おい、俺たちは完全に用無しだな」

「樋口さん！」

ようやく現れた。はぐれ狼のような公安第一課課長だ。おそらく福島に入ってからも暗躍を続けていたのだろうが、警察はバックアップに回ることが決まってしまった。観念して作戦本部にやってきたのか。

「茂木さんは迷いがない。さすがだな」

ユニヴァーサル・ガードに対してシャッポを脱いでみせた。さしもの樋口も諦めの境地のようだ。冬馬は頷けなかった。そっとアイリスとの通信を切る。向こうも察してくれるだろう。

「でも、こんなに速く突入に踏み切るとは……思ってなかったです」

「EAGの突入部隊は、旧自衛隊の第一空挺団と旧米軍海兵隊の混成チームだ。地上で最強の部隊と言ってもいい」

実情をよく知っている。さすが公安警察の屋台骨だ。

「だとしても、人質が危険じゃありませんか?」

冬馬は胸のつかえがまったく取れない。

「まずは、交渉するものだと思っていました」

「いや。即座に突入する方が被害が小さいという判断は、妥当だ」

否定できなかった。冬馬も耳にしたことがある。東アジア警備隊に限らず、世界中のユニヴァーサル・ガードが得意とする戦法。精鋭を集めた突入部隊が一気に武装勢力の拠点に乗り込み、五秒を目安に制圧してしまう作戦は統計上、人質の生存率八十パーセントを超す。だからこそ許される電撃作戦だが、無残な失敗も報告されている。最悪の想定も必要なのだ。予想を超える抵抗に遭った場合は地獄絵図になる。

茂木を非難したくはないが、冬馬は強行突入は避け、無血開城を目指して欲しかった。

「イザナギが、強力な破壊兵器を用意していたとしてもたかが知れてる。もう勝負ありだ」

手放しの賞賛ぶりだった。血の気を厭《いと》わない樋口らしい。共に作戦本部に入ると、全員が固唾を呑んでスクリーンに見入っていた。メディアによる遠巻きの映像にはなんの変化も見いだせない。福島県警の偵察隊の映像も似たようなものだった。突入の報は間違いだったのではないかと思うほどだ。

「……ずいぶん静かですね」

冬馬は一気に不安になった。

「本当に突入したのか？」

ずっと映像を見守っていたはずの安見謙彰も疑っていた。冬馬は違和感に刺される。スクリーンには突入の瞬間は映らなかったのか？

仁戸田正治が、自分の部下の姿を見つけて表情を変える。だが樋口は軽く会釈しただけで映像に見入った。所属上長に挨拶する気はないのか。

「突入は確認されています」

科学捜査官の宮里ベンジャミンが明言した。彼は相変わらず、疲れ知らずでインカムに耳を傾け、飛び込んでくる電話や電子通信や映像を的確に捌《さば》いている。師匠のアイリスの教育が行き届いている。

　だが彼がいくらスイッチングを頑張っても、届くのは静止画のような光景ばかりだった。望遠カメラが捉える、首相官邸と新国会議事堂の映像にはなんの変化もない。安見が焦燥を露わにする。

「どうなってる？　中は」

「ドローンの映像をよこせ。上からなら見える」

　立石総監の指示に従ってベンがスイッチングした。だが、上空からの映像もまったく同じ。

「……なにかがおかしい」

　冬馬は予感に突き動かされるまま言った。

　火柱は上がっていない。銃声もしない。

　正確な情報が摑めないまま、時間だけが無為に過ぎてゆく。

「これは、よくない兆候だ」

　確信を得たように樋口尊が言った。

「どういう意味ですか？」

　冬馬の問いに答えたのは、グエン警備部長だった。

「イザナギは、ガードの突入を知っていた」

　恐ろしいことを言われたのは分かった。安見も仁戸田も血相を変えたからだ。

立石を見ると、大きく首を傾けてこめかみを押さえている。泰然とした佇まいが崩れている。

「……茂木さん本人が、内部に突入したかどうか分析しろ」

「え？」

冬馬は耳を疑う。そんなことは思いもしていなかったからだ。

「総監。司令官が、突入部隊に加わっていたと言うんですか？　まさか」

冬馬は掠《かす》れた声を投げたが、立石は目も向けてこない。

「あっ。茂木さんが自分で、イザナギと交渉するためですか？」

「だとしたら、まだいいが」

樋口の物言いのおかげで、冬馬の胸にどす黒い疑念がぶちまけられる。

「樋口さん。それはおかしい。考えすぎだ」

この場の空気を変えたい。全員の頭に去来している疑いを消したい。

「そうか？　状況を見ろ」

「しかし……」

「なぜこんなに静かか？　突入される側とする側が、申し合わせていた」

「馬鹿な！」

絶対にあり得ない。

「テロリストとユニヴァーサル・ガードは、真逆の存在ですよ！　正気ですか？」

「総監。最悪の事態を想定すべきです」

そう忠言に及んだのはグエン恵以子だった。おかげで作戦本部の趨勢は決定した。

立石勇樹の顔はいつしか汗だくだ。冬馬は棒立ちになる。ボスに近寄れない。

『私もグエン警備部長を支持します』

外からの連絡が止めを刺した。スクリーンに映ったのはアイリスだ。冷徹な顔がいつにもまして厳しい。

『どの想定にも当てはまらない事態が起きている。ということは、あり得ない可能性について検討する段階だということです』

非の打ち所のない論理性が憎い。理性ではアイリスが正しいと分かっている。だが感情が受けつけない。冬馬はだれにも断らずに作戦室を出た。この場にいることに耐えられない。このままクビになっても構わない。端末を取り出すと指が勝手に、避けていた番号を選んで表示させた。

もはやどうしようもない。本人に否定してもらうしか。茂木がテロリストと結ぶわけがない、ましてや叛乱を主導するはずもない！　平和を守る闘士なのだ。世界人民に選ばれたのだ。

茂木はおそらく部下に裏切られた。そうだ、そうに違いない！　と名案に小躍りしそうになる。いまごろ人質の一員に加えられているか、あるいは……最悪の想定だが、殺害された可能性もある。いずれにしても、確かめなくては。

だからボタンを押した。コールしてしまってから、電話するのは危険だ、いやまず繋がらない。心が宙返りした。それでも冬馬はコールを中断しない。絶望がなせる業だった。

数秒後、繋がった。

『冬馬君か』

声が聞こえた。信じられない。

「茂木さん！　無事ですか？」

相手の声の調子に希望をかけた。ふだんと変わらない。だが冬馬は次の瞬間に震えた。戦闘指揮中のコマンダーがふだん通りの方がおかしい。そもそも電話に出るはずがない。

『悪く思うな。冬馬君』

その声は優雅だった。

絶望は滑らかな刃のように冬馬の胸を真一文字に断った。

Ⅵ　リベリオン

1

納得しろ。冷酷な声が命じてくる。
電話の向こう側にいるのは叛乱の首謀者だ。
冬馬には到底できなかった。
「駄目です。茂木さん、それだけは、絶対に駄目だ」
非難とも、唸りともつかない声が喉から絞り出る。
『冬馬君』
それを哀れに思ったか、相手の声は酷《ひど》く優しかった。
『私は、結局のところ、古い男なんだよ』
告白が冬馬の胸を打ち砕く。
『世界連邦に忠誠を誓うことはできない。俺は、日本のために生きたいんだ』
「茂木さん。正気ですか」

冬馬の声は老人のようにしわがれた。

「まさか、賢明なあなたが……」

『俺は、俺だ。自分を曲げることはできん』

その静かな声で、納得した。茂木はいままで自分を偽っていた。

「あなたは間違ってる」

気づくと声を張り上げていた。

「時間を逆流させることはできない。国家が国家と対立する時代は終わったんだ」

『いや。俺は耐えられない』

茂木一士は誤解の余地を潰した。

『冬馬君。俺がコマンダーになったのは、ガードを自分の思い通りに動かすためだ。時間を逆流させることは、できるよ』

「な、なにを言って……」

『それをできる人間に出会った』

「す、鈴木広夢ですか？　あいつに何ができるんですか！」

反射神経が叫びになる。相手の意志を潰したい。

「あいつは、ただのクズだ。人を殺すしかできないサイコだ」

『鈴木じゃない』

あくまで静かな声に、冬馬は凍りついた。

茂木の穏やかさの向こうに隠れている真実。それはなんだ。

「鈴木じゃなければ、だれですか。教えてください」

ほとんど命令のつもりで訊いたが、声は返ってこなかった。

「どうやって部下を掌握したんですか？」

冬馬はにわかに焦る。いつまでこうして話していられるか分からない。

「あなたの部隊、大半は若者でしょう。いまさら、古くさい国家主義に感染するとは思えない」

『アイデンティティに悩む若人たちを、知らないのか？』

茂木は答えてくれた。友情の残滓《ざんし》だ、と感じた。わずかに残った最後の滴《しずく》。

『冬馬君。私から情報を引き出そうとしても無駄だぞ。私は観念的なことしか話さない。戯言《たわごと》、と呼ぶなら呼んでいい』

茂木には揺らぎがない。なんということだ。

これは本物の叛逆だ。

『綺麗事にはうんざりなんだ。どこもかしこも、多様性を認め合おう、国境はない、偏見は駄目だ、云々かんぬん。馬鹿を言え』

奈落に落ちてゆく自分が見えた。冬馬は目を閉じる。

『私は日本人だ。日本人としてしか生きたくない』

落下の感覚は収まらない。時空が歪んでいる気がする。

『国家と軍事力を切り離すなんて、とんでもない時代になった……だれが、見も知らぬ異民族のために闘いたいものか！　みな、自分に嘘をつかされている』

「本当に、俺は、あなたを見損なっていたのか」

怒りだけが頼りだった。抱いてきた敬意を投げ捨てる。

「武力で威嚇したからって、心から従うと思いますか？　そんな時代じゃない。世界中のだれもが人権意識に目覚めた。それは国家から保障されるものじゃない。すべての人間が、生まれながらに持っているものです」

「そんな幻想を信じているから、〝説教師〟なんかやれているんだな』

茂木は冬馬の異名も知っている。内心は、子供の頃から知る青年の思想信条に眉を顰《ひそ》めていたのだろう。

『君の父親も同じだった。そっくり継承したな。おかげで世界連邦に魂を抜かれた』

「魂を抜かれた？　違います。どんな魂ですか？　日本にこだわる魂ですか？」

俺は心の底から怒っている。冬馬は他人事《ひとごと》のように思った。

「親父は関係ない。世界連邦も関係ありません。人類がどこへ行くべきか考えたら、国家にこだわるのは間違いだってだけです。少なくとも、だれかを憎む理由になるくらいなら、ない方がいいんだ」

『冬馬君。私は悲しい』

茂木は〝説教〟を頭から拒絶した。痛みを感じたが、冬馬はあえて振り切る。

「あなたのやり方でみんなの心を集められるはずがない。必ず挫折する」

『我々の賛同者は少なくない』

茂木は折れない。覚悟が定まっている。

『冬馬君。君から見える世界と、私から見える世界はずいぶん違うようだな。どっちが正しいか、いずれ分かる』

「呆れました。あなたは妄想家だ」

『もう、話すだけ無駄だ。冬馬君』

にわかに落ち着かない様子になる。

『君らの本拠地も押さえる。私が日本を取り戻す』

声が途切れた。

呆然としながら、なぜか片足を引きずりながら、冬馬は来たところへ引き返した。これは俺の傷じゃない、みんなの痛みだ。分かち合いたい。寸分の狂いもなく同期したい。作戦本部の面々が見えた瞬間、冬馬は言い放つ。できる限りの声量で。

「茂木さんが叛乱の首謀者です」

全員が冬馬を振り返る。冬馬が手にしている端末を見て、立石は鋭く訊いた。

「茂木さんと話したのか？」

冬馬は黙って頷いた。

だれもなにも言わない。事態は確定した。改めて襲いくる絶望と闘っている。

アイリスも無言だった。画面の中の顔がほのかに悲しみを湛《たた》えている。

「一発逆転を狙うなら、いましかない」

どうして躊躇《ためら》わず言えたのか。まるで迷いがなかった。

「茂木さんを倒す」

『冬馬さん？　本気ですか』

アイリスが意思を確認してきたが、すぐ視線が逸れる。何かに反応した。

まったく同時に動いたのが宮里ベンジャミンだ。上司と部下が同じ情報を仕入れたようだ。

「と──東京の警視庁本部に、ＥＡＧと見られる部隊が突入しました」

ベンの声が作戦本部の士気をどん底にたたき落とす。

「馬鹿な」

絶望の叫びが響く。ここにいるほとんどが、ふだんは警視庁本部にいる。本拠地を盗られた。

やがて映像も来た。東京のテレビ局が驚くほどの至近距離で撮影している。多くの国民が見慣れた、三角柱の偉容から煙が上がっている。戦闘があった。そして押し入られた。警察と軍隊では闘いにならない。警視庁の主要幹部が留守にし、手薄になっている隙に奪取されてしまった。

「……別働隊か」

立石の悟りは正しい。茂木が率いる主力部隊以外は、旧首都や副首都に駐留しているのだ。

すべてが計画されている。

この場にいる警察幹部も、刑事も、全員が立石を見た。

日本警察の象徴が軍隊に蹂躙された。主がそれをじっと見ている。城を盗まれた城主のように。

茂木の計略は、政治の拠点と、治安の拠点を同時に押さえること。反撃しようにも無理だ。海からも空からも狙われている。こんなにも短時間で陥落するのか。日本ジャックだ。

冬馬のこめかみを伝う汗は自分の命が危険にさらされたときよりも冷たい。旧世紀の亡霊が蘇った——絶命したはずのミイラが突然立ち上がったかのように。

世界市民を守るための部隊が、国を簒奪《さんだつ》する盗賊にすり替わった。

誇りが恐怖に。信頼が裏切りに変わった。

冬馬はふいに思い当たる。この作戦本部がある福島県警も狙われている。福島市内に溢れている戦車や装甲車、歩兵たちは、福島県警と県庁を守るように展開している。それが喉元に突きつけられる切っ先に変わったのだ。それぞれの建物には警視総監と副首相がいる。鮫《さめ》の海に浮かぶ筏《いかだ》より頼りなかった。官庁街を占拠した茂木は、フクシマのどこであろうと、気に食わない動きを見つけたら即座に軍事力を行使できる。海上の艦隊からも正確無比な誘導ミサイルを放てる。あるいは空母から戦闘機やドローンを飛ばして爆弾を落とせる。

いまや新首都は、そして旧首都東京は、圧倒的な軍事力の支配下にある。

作戦本部の警察幹部たちは立ち尽くすばかりだった。本物の軍事力がひとたび牙を剥けば警察などおもちゃの兵隊以下。そう痛感して色を失っていた。

「鳥取県警も、占拠こそされていませんが、数十台の戦車に取り囲まれました」

とどめを刺すように、さらなる凶報が入った。

「省庁も砲台に狙われています」

「鳥取は脆弱《ぜいじゃく》だ。抵抗力がない」

安見謙彰に言われるまでもなかった。純粋な文教都市であり、軍事力の侵攻は想定の外にあった。そんな都市でさえ、強大な鋼の手で押さえ込もうとする非情さ。心が凍りつく。

――闘志を絶やすな。冬馬は己に命令した。

そうしている間にも、冷たい汗が顎から床に滴り落ちる。

2

「EAG、我々の連絡に応じません」

秘書官のクララは五分前も、十分前も同じ文言を繰り返した。このまま未来永劫《みらいえいごう》同じ言葉を繰り返すと信じそうになる。

ソフィアは事務総長室でずっと立つか歩いていた。座って落ち着く気にならない。尻にも頭にも火がついたように熱い。ガバナンスを失った。東アジア警備隊は手綱を失った野良オオカミだ。民主主義を食い荒らそうとしている。

緊急出動の必要上、一時的な独立性はあるものの、ユニヴァーサル・ガードの統帥権はただ一つ国際連合だけが有している。その常識をただのお題目にする事例が発生してしまった。司令官が国連の長の連絡に応じない。指揮下を離脱したということ。つまり、もはや国連の部隊ではない。

三十万兵規模の軍隊がテロ組織に堕してしまった。

こんなにも簡単に？　指揮系統が覆され、あっさりと暴走を許してしまうのか？

世界連邦という幻想が崩れる。

国連の権威が傷つき、事務総長の威厳が地に堕《お》ちる。

それは全て自分の責任に帰する。気づけば椅子に埋もれていた。一度そうなるともう、重力に逆らえない。

辞任が頭をよぎったが、いまそれをすればただの職務放棄だ。打てる手を打たなくては。

緊急事態にこそ原則に戻る。手順に従えばいいのだ。すでに待機要請はしてある。

クララに言い、必要と思われる人物の優先順位を上から潰していく。

そして直電し呼びかける。

「コマンダー・ウォーカー。現状は伝わっていますか？」

3

作戦本部の室内は、いまや全員の体温で灼熱《しゃくねつ》だった。空調をどれだけ駆使しても温度が下がらない。悪夢然として景色が歪んでいる。冬馬の目からは現実感が失われていた。

だれも事態を動かせない。無力感の塊。そう感じていた。

『冬馬さん。さっき言ったことは本気ですね？』

だが例外がいた。

「え？」

と間抜けに返してしまう。数秒前の自分の言動ですら定かではない。

『叛乱を鎮圧する。早期に茂木司令官の身柄を拘束する。その意志に、変わりはありませんね？』

「あ、いや……」

そんな大それたことをだれが言った。自分か。信じられない。

『それしかない。私もそう思います』

直後に、意外な名前が呼ばれた。

『樋口課長。あなたも同じ考えですね？』

名指しされて、樋口は珍しく動揺を見せた。アイリスに対して警戒心がある。

「樋口は、はらわたが煮えくりかえってるよ」

答えたのは樋口の上司だった。

「公安の、日の当たらない栄光も、仕事を果たせなかった恥辱も、ぜんぶ自分事として抱え込んでる男だ。大逆転を、考えていないはずがない」

仁戸田正治の台詞は素直に呑み込めた。まるで実の息子をいたわるような調子に、冬馬は場違いにも、微笑ましさを覚えた。

『存じています。樋口さんのことですから、作戦案もすでにお持ちのはず』

「そうなんだな？　樋口」

立石総監が問《と》い質《ただ》したが樋口は答えない。曖昧に、引き攣ったように笑うだけだった。

冬馬からは、自信があるようには到底見えなかった。

「現在、日本の安全を守れるのは我々、警察のみだ」

だが立石勇樹は言い切った。その雄々しい姿は警視総監そのものだった。

「警視庁の威信を懸けて、二十四時間以内に叛乱を鎮圧する。みんな、力を貸してもらえるか？」

「もちろんです」

全員がその言葉を待っていたのが分かった。真っ先にグエン警備部長が張りのある声で応じる。他の面々も口々に賛意を示した。冬馬はグエンの顔に見入る。決死の鎮圧作戦が成立するとしたら、彼女が統括する特殊部隊員が主力となることは間違いない。

『面白くなってきましたね』

遠隔から届いた、アイリスの声も強靭《きょうじん》だった。

冬馬は思わず瞬きを繰り返す。幼なじみは確かに言った。面白い、と。

4

「芦田副首相から認可を取りつけた」

立石勇樹が宣言した。宮里ベンジャミンやアイリスに指示し、福島県庁に繋いで必要なやりとりを終えたのだ。

「我々は再び、日本の治安の責任を負う正式な組織となった」

おかげで現場の意識も完全に切り替わる。具体的な作戦立案に移れた。

「狙うのは茂木さん個人。軍事組織は、司令官さえ押さえれば無力化できます」

グエン恵以子は言い切った。

「我が警備部、クーデター対策のスペシャルチームの分析です」

「軍事組織を相手にする場合も、シミュレーションしていましたか。さすがだ」

仁戸田公安部長が評価し、

「しかし、相手がまさか、万人警備隊になるとは思いもしなかったでしょうが」

と安見刑事部長が余計なことを言う。

「いまや、首相官邸と新国会議事堂は難攻不落に見える。どうやって茂木さんに食らいつくんだ？」

だが、安見の混ぜっ返しは機能していると冬馬は思った。こうやって穴を見つけ出しては埋めていく。おかげで作戦は磨かれる。それは、多くの警察官の命を救うことと同義だ。

「警視庁本部も心配です」

冬馬が口を挟むと、ベンが気を利かせて現状を説明してくれた。

「桜田門《さくらだもん》周辺は落ち着いています。総監の統制が利いています」

彼の言う通りのようだった。幸か不幸か、警視庁内の署員たちはＥＡＧの別働隊の侵入をほぼ無抵抗に許した。本庁に残っていた副総監が抵抗を命じなかったようだ。結果的に被害を最小限に抑えた。おかげで死者も出ていない。

「留守番の連中、情けない体《てい》たらくだけどな。襲撃をまったく予期していないとは。まあ結果的に、おとなしくしてくれてて正解だが」

安見流のねぎらいだと冬馬は理解した。仲間が死ななかったことを喜んでいる。

「警視庁が、これほど占拠しやすいという恥はさらしましたが」

「所轄署には厳命しておいた。本部に近づくな。ガードを放っておけ。衝突を避けろと」

立石は正しい。屈辱感から無闇な反撃をする警察官が出ないよう戒めたのだ。最も必要な命令を即座に出して徹底させたのはさすがだ。都内での戦闘行為を厳に慎ませ、一般市民が巻き込まれることを回避する。するとベンが言葉を重ねた。

「ＥＡＧの別働隊の方も、野蛮な行為には及んでいません。粛々と占拠を遂行しています。茂木司令官の命令を待っている状態のようです」

「東京は当面、放っておくしかないね」

仁戸田公安部長が縁側から出て、箒《ほうき》で庭を掃き始めた。冬馬はそんな印象を持った。

「いまのところ、無差別攻撃の様子はない。我々警察に対する脅しもない。いつでもミサイルを撃ち込むという警告もない。つまり茂木さんは、世論を気にしている」

やはり仁戸田翁はよく分かっていると思った。立石も大いに頷く。

「無闇な暴力は振るいたくない。彼なりの筋を通して、自分たちが正統な存在だとアピールしたがっている。だから人質も丁寧に扱う。やむを得ず占拠という挙に出たが、人命を尊重するし、必要以上に秩序を乱す気もない。そういう姿勢を見せたいんだ」

茂木と個人的つきあいのある立石ならではの洞察。冬馬も完全同意だった。

「ただ、事態が膠着《こうちゃく》すれば……いずれは彼らも、手段を選ばなくなる」

仁戸田が現実を見据え、

「だからこそいまなんです」

と立石が応じた。冬馬は強く頷く。

「茂木さんを押さえる。必ずだ。樋口、お前の策を発表しろ」

警視総監は命令した。冬馬は樋口に注目する。

その顔に、見たこともない敬虔《けいけん》な色を見つけて冬馬は動揺した。樋口はこの国の危機を正面から受け止めていた。その上で自分の役割を果たそうとしている。この男は、仲間だ。

「茂木さんが持っておらず、我々が持っている情報があります」

樋口はそう言った。

「なんですか？　それは」

樋口は、訊いた冬馬をじろりと見た。

「――秘密通路だ。緊急脱出用の」

立石が頷き、仁戸田もグエンも同じようにした。警察の幹部たちだけが承知している情報。この公安課長は幹部級のトップシークレットも把握していた。さすが陰謀の世界を生き抜いてきた公安刑事のエースだ。

『シェルターも兼ねています。官庁街の地下に設けられた、極秘の抜け穴です』

解説を加えたのは、回線の向こうのアイリスだった。総監付の彼女も秘密を共有していた。

『まさにここ、福島県警から、新国会議事堂と首相官邸それぞれに伸びています』

冬馬は、にわかに雲が晴れる感覚に襲われた。侵入路が存在するのだ。

戦える。狂おしいほどの希望を感じる。

「うまく使えれば、首相を無事確保し、ターゲットを確保できます」

樋口の野心はしかし、初めから暗雲を伴っていた。

「茂木さんも把握している可能性があるぞ」

指摘したのは安見謙彰。もはやこの上司は有能だと評価する気になっていた。少なくとも自分の役割をわきまえている。

「これほど鮮やかな計画的簒奪だ。ガード側も、あらゆる情報を仕入れていると考えた方がいい」

「その通りです」

冬馬も思わず言う。上司の指摘の妥当性に思い当たったのだ。

「茂木さんは、自衛官時代、防衛庁のトップだった」

『そうですね。茂木さんは当時、国家機密にアクセスできた立場です』

アイリスも同意する。作戦本部の空気も乱れた。妙案だと思えたのは、幻か。

「どうでしょう？　彼は武力に酔っている」

挑戦的な台詞を吐いたのは、グエン恵以子警備部長だった。

全員が意表を突かれたように彼女を見たが、期せずして笑みが漏れる。常に地に足がついている彼女が、勝負師の顔を見せたことが嬉しい。

「東アジア警備隊は、圧倒的な武力で優位に立ちました。いまこそ好機です。大勝利の後は気が緩むものです」

仁戸田翁が何度も頷いている。ひどく気に入ったように。

「地下通路から少数の精鋭を突入させます。他にいい方策があるなら、聞きます。しかし、これはたぶん唯一の打開策です」

グエンの勝利への意欲が、他の警察官たちにも伝わっていった。作戦本部が一つになってゆく。

「これは桶狭間《おけはざま》です」

何気なく自分の口から出た言葉が、的を射ていると冬馬は思った。グエンも仁戸田も思わず頷いたほどだ。

実態は違う。今川義元《いまがわよしもと》の軍勢二万五千に対して、信長は三千の手勢を従えていた。現在の警視庁は信長以下だ。なにより武器が違う。地上最強の軍事力を誇るユニヴァーサル・ガードに対し、小火器しか持たない警察。大鉈《おおなた》に爪楊枝《つまようじ》で立ち向かうようなものだ。

だが、相手の不意を突けるなら、爪楊枝でも人は殺せる。

「今川義元の首を獲《と》れれば、大群は崩れる」

冬馬が言葉を重ねたのは、自分を鼓舞するためでもあった。だが茂木一士を親の敵のように言ってしまった。アイリスや立石には、いまの自分がどんなふうに映っただろう。

俺は本気で幻滅している。激怒している。自分に確かめた。茂木がこんな暴挙に出たのは、力こそすべてと信じているから。アジア一の軍事力を手にするために猫を被り、周囲の親しい人間さえ騙し続けた。そしてまんまと大権を手にした。〝日本〟を奪うために。

冬馬はどうしても茂木の世界観を覆したかった。彼の傲《おご》りと勘違いを正したい。その仕事は命を懸けるに値する。

「俺も作戦に参加させてください。茂木さんの隙を見つけてみせます」

冬馬は口走っていた。

「お前が突入するのか？　秘密通路を使って、官邸に？」

となりにいた樋口尊がせせら笑った。

「やめておけ。素人になにができる」

「シールドがある」

「だからなんだ。お前は武器の扱いに慣れていない。武器が嫌いなんだろ」

言い返せなかった。確かに一年以上拳銃を手にしていない。

「戦闘の訓練もまともに受けていない。どうする気だ？　相手は軍隊だ。説教が通じるとでも思ってるのか？」

樋口はすぐ横から容赦なく責め立ててくる。

「いいね。説教させてもらえるなら、ネゴシエーターを買って出ます」

冬馬はやけくその笑みで返した。

「俺は幼い頃から茂木さんを知ってるっていう強みがある」

「そうだ。茂木さんが叛乱の意志を伝えたのも、お前からだった」

言ったのは立石だった。冬馬自身よりずっと、冬馬の言い分に現実味を感じているらしい。

「だが、説得できる可能性はゼロだろ？　なにか妙案があるのか」

樋口のにべもない問いに、

「ありません」

冬馬は正直に言うしかなかった。さっきの電話でも説得どころではなかった。

「ただ……相手を動揺させたり、隙を誘うことは、できます」

尻すぼみの冬馬を見ながら、警視総監は顎に手を当てた。

「できることはぜんぶやろう。吉岡冬馬の突入を許可する」

自分で志願しておいて、冬馬はしばし呆然とした。だがもっと呆然とした者がとなりにいた。

「お前も行け。冬馬とバディだ」

「総監！」

樋口尊の抗議の声は、弱々しく消えた。上長がニコニコしながら頷いたからだ。

「行ってきなさい。君たちは、特殊部隊にはできない戦い方ができる」

仁戸田翁に根拠が分からない期待をかけられて、樋口の目に一瞬殺意が浮かんだように見えた。だが俯いて口を閉じる。樋口尊は考えていた。最適な身の振り方を。

「突入するって言ったって、この二人を最前線に据えるってわけじゃないだろう。なあ、グエンさん？」

仁戸田は樋口に気を遣ったのか、警備部長に確かめた。グエンの目元が優しくなる。

「はい。二人は、戦力としては足手まといですから」

　どことはない茶目っ気に冬馬は救われた。

「後発隊に組み入れます。自分の身は自分で守ってね」

「了解しました」

　声をかけられて、冬馬は敬礼しながら返答した。樋口も渋々真似をする。

「グエン。侵入計画はまとまってるか？」

　立石が確認するとグエン恵以子は迷いなく頷く。

「特殊部隊のエースだけを選抜します。首相官邸班と、新国会議事堂班の二つに分け、それをさらに先発隊と後発隊に分けます」

「なるほど。妥当だ」

「一つの隊は十人編成。地下通路の大きさを考えると、それでも多すぎるぐらいです」

「やっぱりな。桶狭間よりだいぶひどい」

　樋口が泣き言を言ったが、

『いえ、メタファーが間違っています。侵入部隊は忍者です』

　意外なところから励ましが飛んできた。

『忍者は、目的を達成するプロフェッショナルです。最小の労力で最大の成果を達成する。グエン警備部長が率いる精鋭は、それを成し遂げられます』

「アイリス。ありがとう」

回線越しに女性同士ががっちり手を結んだ。そもそも仲がいいのは冬馬も知っていた。この結束は作戦にも必ず活きる。

『刑事部と公安部のエースも、タッグを組んで地下に潜る。私は、とても期待しています』

アイリスは見え透いたリップサービスを使った。だが、見え透いているからこそ嬉しかった。どんなことをしてでも励ましたいのだ。

冬馬と樋口は思わず顔を見合わせる。互いの顔に、どこか愉《たの》しげな笑みを見つけて笑ってしまった。冗談のような現実を、もはや受け入れるしかない。急造の凸凹《でこぼこ》コンビが地下に潜るのだ。そのまま埋まって帰ってこられないかも知れないが、ただ手をこまねいて後悔するよりはいい。

「グエン部長。お世話になります」

冬馬は頭を下げた。

「はい。私もせいいっぱい、陣頭指揮を執ります」

頭を下げ返された。恐縮してますます頭が下がる。

「茂木さんを暗殺してもいいんですか？」

樋口尊が和んだ空気を平気でぶちこわした。答えに詰まったグエンを見て、樋口はさらに上役を見る。

「殺すな」

立石はそう返答した。

「手違いで、殺してしまったら？」

樋口は臆さずに踏み込む。冬馬は目を離せない。

「殺すな」

立石は繰り返した。

苦しそうだ、と冬馬は感じる。

「どんなことがあっても、ですか？　戦闘状態になっても？」

「いい加減にしなさい」

公安部長が部下を諫めた。これほど厳しい仁戸田の声を、冬馬は初めて聞いた。

「お言葉ですが、ここは曖昧にできません」

ところが樋口は退かない。

「最前線で茂木さんと遭遇しても、対話どころではないかも知れない。銃を向けられての正当防衛は、許されますね？」

「それは……」

すべての警察幹部が口ごもった。かろうじて安見謙彰が返す。

「仮定の話はやめろ」

「なにを言ってるんだ。仮定だろうがなんだろうが、銃の前に立つのは俺なんだ」

一介の刑事が刑事部長をやり込めた。安見は黙ってしまう。

「お前は、茂木さんを暗殺したがってるように聞こえる」

立石が厳しく問い返した。

「それが事態をよくすると思っているなら、間違いだ」

そして警視総監は、あらゆる軛を打ち払うように明言した。

「殺害してはならない。茂木さんを殺しても、決して、日本のためにならない」

「そうですか？」

樋口は心外だ、と言わんばかりに作戦本部の面々を見る。

「さっき吉岡も、今川の首を獲れと言いましたが」

「ちがう、そういう意味じゃ……」

冬馬は身を乗り出すが、樋口が力尽くで制した。

「いや。お前の言う通りだ。大将が死ねば配下は烏合《うごう》の衆になる」

「樋口。強引だぞ。わざと話をずらしている」

立石の眼差しが鋭い。

「繰り返す。殺すな。それが警視総監命令だ」

はあ、と樋口は妙な息を吐く。

「では、すっかりクリアになりましたね。有り難い」

樋口は立石に向かって頭を下げて見せた。

「では、襲撃の目的はあくまで、身柄拘束。でいいんですね？」

「あるいは、説得して投降させるかだ」

「言うは易し、ですが」

「分かってる。聞け、樋口」

立石は自分から樋口に歩み寄り、肩を摑んだ。

「茂木さんを殺さずに任務を達成することは、困難だ。俺にも分かっている。相手は軍隊だ。無傷で帰れなんてことは、言うつもりもない。お前たち潜入部隊は全滅するかも知れない」

当の潜入部隊に加わる者の前ではっきり言った。

「申し訳ないと思う。それを承知で頼むんだ。茂木さんを殺さず、ガード全隊に対して武装解除の命令を発させろ。それが完遂できて初めて、我々の勝利と言える」

困難すぎるミッションだ。だが最高指揮官は、逃げずに部下に向かい合おうとしていた。

「この命令が不条理だとも分かっている。納得できないなら、降りてくれ。俺は咎めない」

立石は明言した。部下に拒否権を与えたのだ。

直後の樋口の表情は奇妙だった。一瞬、喉を撫《な》でられた猫のような顔になり、横目で冬馬を見たのだった。怖気を震って冬馬は目を逸らす。

「今日日の警視総監は、部下の生存権を守るために、命令を取り下げて要請するわけですね。感心しませんなあ」

冬馬の胸の中を熱くて冷たいものが渦巻いている。なぜこの男はここまで傲然としていられる。そして、この場にいる全員がそれを許しているのだろう。

「総監。そこまで言われて、降りるなんてできるわけがない。男が廃ります」

結局は満面の笑みが残った。悔しいが、冬馬は見とれた。なんだこの男は？　自分にはこの男の表面しか見えていない。内部には驚くようななにかがある。

「樋口さん。ずるいですね」

だから言わずにいられなかった。この男を見倣いたい。

「俺たちにはシールドがある。ちょっとぐらい危険な任務に就くのなんて、当たり前だ」

「よく言った」

立石勇樹が喜んだ。だがすぐに眉根を寄せる。

「だが、冬馬。樋口。シールドを過信するな。無力化できるのは銃弾だけだ」

「総監。シールドには、まだ知られていない機能があります」

冬馬は言った。やっと伝えられる。イザナギに捕まっていた間に感じたことを。

「なんだと？」

「想像以上の防御力があるんです。しかも、危機の深刻さに応じて、対応が変わるような……うまく言えませんが」

　この際だ、訊いてしまおう。前から訊きたかったことを。

「総監なら、実態をご存じだと思います。教えてください。シールドとは、だれが開発し、どうやって使用者を決めているのかを」

　すると立石は口を閉じた。俯く。

「シールドが最高機密だということは分かります。でも、使用者にはもう少し、情報を提供してもらえると助かります」

「生意気な口を利くな」

　樋口が叱りつけてくる。

「賜ってるだけで有り難いと思え。お前の〝説教〟が通じるのはだれのおかげだと思ってるんだ。お前の力じゃない、シールドがあるからだ」

「分かってる！」

　冬馬はむきになって返した。

「分かってるからこそ訊きたいんだ。俺は、このままのやり方でいいのか。ふだんからもっと危険な仕事に臨んだ方がいいのか。それこそ、今回みたいなミッションのために」

「冬馬。お前は、シールドの使用者を俺が決めていると思ってるようだが」

すると立石は静かに告げたのだった。

「決めたのは別の人間だ」

「えっ」

立石の発言は意外すぎた。

「そ……それは、どういうことですか」

「それも最高機密だ」

警視総監はわずかに恥じ入ったような表情を見せた。

「お前の運命を決めてるのは俺じゃない」

冬馬は混乱した。警察官の運命を警視総監が決められない。そんなことがあるのか？　立石でないならだれだ。警察内に立石を超える権限を持つ者はいない。警察庁長官ではない、かつてと違い、警視総監を超える権威を持たないからだ。となると与党の議員か？　いや、政治家が警察官個別の人となりを知るはずもない。本人を知らないのだから選ぼうにも選べない。となると一体だれだ。

「お前がシールドの性能について感じていることは正直、俺にも分からない。ただ、シールド頼みでは駄目だ。これから特殊部隊に加わって潜入するなら、丸腰は許さない。武器を携帯しろ。これは命令だ」

冬馬はしゃちほこばって敬礼することで応じた。ただし生意気は押し通す。

「官邸や新国会議事堂の中では、だれであれ、小火器しか使えないはずです。俺には有利です」

「茂木さんは経験豊富だぞ」

立石はすぐに鼻柱を折りに来る。

「側近も優秀なので固めてる。簡単にいくと思うな」

「俺は、責任を感じてるんです」

冬馬はどうしても伝えたい。どれほど茂木に会いたいかを。

「茂木さんが、内面になにを抱えてるか分からなかった。おとといも電話で話したばかりでした。俺は、茂木さんの本心に気づかなかった」

いや、サインは出ていた。正確には、冬馬が受け止めるのを拒んだのだ。

「……さっきの電話でも、まったくこっちの言い分が通じませんでした。悔しいんです」

「ふん。じゃあ、今度こそ説得してみせろ」

樋口は、せせら笑うことで相手を鼓舞するタイプだった。

「でなきゃ足手まといだ。地下に潜るのは、俺だけでいい」

「捨て石になる覚悟です」

冬馬は樋口を無視し、立石に伝えた。

「総監。捨て石が俺だけなら、まだいいんです。俺が説得に失敗したあとの方策を立てておいてください。ぜひお願いします」

「その前に、しっかりバックアップする」

立石はグエンや、画面の中のアイリスを見た。チームワークを確かめるように。

どこからも強い頷きが返ってくる。

仁戸田翁がゆらゆらと頭を振っていた。一見機嫌よさそうだが、冬馬はなぜか寒気を覚えた。この人は動く。そう直感した。気づけば樋口も見つめている。自らのボスを恐れ、同時に、期待に目が輝いていた。

立石総監もそれを見ていた。だが仁戸田に声はかけない。二人の刑事の目を見て言った。

「日本の命運がかかってる。頼んだぞ」

警視総監の号令と共に、極秘作戦がスタートした。

Ⅶ　アンダーグラウンド

1

　冬馬は出動前の控え室で、他の隊員たちと同じアサルトスーツに着替え、装備を確かめ、時刻を確認して息を整えた。午前三時過ぎ。出動が決まった全ての隊員が仮眠を取り終えているはずだ。しっかり眠れたかどうかは別として。

　冬馬はバディを探すが、なぜか見当たらない。コンビで動かなくてはならないのに、なにをしているのだろう。

　控え室の壁にもモニタがあり、テレビ局の緊急報道番組を映し出していた。大勢のコメンテーター、評論家が夜通し喋っている。

『虚構が崩れつつあるんですね。私がずっと申し上げてきたように、世界連邦など欺瞞《ぎまん》です。見せかけだけの仲良しクラブの裏側で、不満を溜め込む人が大勢いたわけです。それが今回の爆発ですよ！　初めから無理だったんです。無理は身体に良くありません。このクーデターをきっかけに、世界秩序を見直すときですね。大変示唆的ですよ、そりゃあもう。え？　いや、暴力的手段を肯定するわけじゃありません。そこを誤解してもらっちゃ困るが、心情的にはね、大いに理解できるというか……』

ここぞとばかりに、最近おとなしかったタカ派の評論家が自説を垂れ流している。

『茂木司令官ほどの立派な人物がね、見るに見かねて、蜂起したわけでしょう。日本を取り戻す、と言っているわけでしょう。命を懸けてね。これに応じない日本人というのは、私、日本人じゃないんじゃないかと』

「くそっ」

冬馬は危機感を募らせる。この叛乱を好機とばかり、世論を煽る輩が活気づいていた。

『国民を守らず、国民を脅かす警備隊など、要らんでしょう』

別の人間がしたり顔で言った。

『ガバナンスの利かない組織など、組織ではない。つまり、司令塔である国連の無力さを露呈したわけです。政軍分離は、あまりに無謀だった。そう言わざるを得ませんね』

『そうそう。やっぱり軍事力は、国家に戻して、それぞれに管理させるしかないんですよ。戦争なんてね、人間の本能なんですから。無理やりやめさせても暴発するだけですよ』

さすがに、その暴論には非難の声が起こった。その場にいた女性コメンテーターが泣き崩れそうな様子で、茂木司令官になにがあったのか、あんな素晴らしい人が、信じられないと繰り返した。大半の国民はそう感じて呆然としているだろう。茂木の肉声や、顔の表情や、生きて動く姿を欲していた。だがそれは与えられない。次の動きも見えない。テレビ番組の中で全員が焦り、不安を膨らませ、未来を悲観していた。事態がどう収束するか分からず、希望を見つけられずにいた。

だからこれから探しに行く。冬馬は独り拳を固めた。見つかる可能性は低い。それでも、行かないという選択肢はない。

決められた時間になった。冬馬は立ち上がり、他の隊員たちと共に階段を使い、階下に向かった。辿り着いたのは福島県警本部の地下三階。ふだんは使われていないフロアであり、署員すら存在を知らないという広い一室が開放されていた。たちまち物々しい空気で満たされる。作戦に従事する特殊部隊員の精鋭が勢揃いだ。警視庁本部のみならず、日本各地の方面本部に属するSATとSITのエースたちだった。

自分もここに交じる。志願しておきながら、心細さと場違い感は消せない。裏を返せば、それぐらい彼らに頼もしさを感じるということだ。

ユニヴァーサル・ガードに対抗できる戦力はSATを初めとする特殊部隊以外にない。全面衝突では勝ち目がないが、SATは戦術を持つ。少数での戦い方を知っている。まさにアイリスが〝忍者〟と表現した通りだ。

そこへ、今回の作戦隊長が現れた。本庁のSATの隊長でもある。特殊部隊員のエース中のエースだ。冬馬は敬礼で迎える。本庁で会ったことはあるが、ゆっくり話したことはない。顔の右側に深い傷があり、頬も少し凹《へこ》んでいる。なにより、右の額が肥大して右目を覆い尽くさんばかりに見える。だが目は正常に機能しているという。かつての激闘の証しだった。凄みそのものの眼光。しなやかな鞭《むち》のような長身。冬馬は、この朴隆一《パクリユンイル》の佇まいが好きだった。

朴という姓を聞いても、この時代に出自を問う者はいない。かつては隣国との不和を煽り、分断を図ることで支持を得た政治家に溢れた時代もあったというから驚く。野蛮な時代に生まれた父祖たちが憐れだった。無益な憎しみ合いに人生の時間を奪われただろう。

だがそれは過去のものではない。知らせたのは、信じていた茂木一士。

会いに行かなくては。冬馬はまた拳を握る。

それにしても、茂木は自らの部隊を〝日本人〟で固めているのだろうか？　ユニヴァーサル・ガードの隊員構成は可能な限りの人種・民族の均衡を図っているはずで、ひどい偏りがあるとは思えない。茂木の思想信条をそのまま受け入れる人間が多いとは信じられないのだ。茂木はどうやって自らの部隊員たちを掌握したのか。陰謀論でも吹き込んだのか。世界連邦の中枢にいる人間たちだけが得をして、警備隊員《ガーディアン》も実は搾取されているという類いのデマを。それは世界中のテロリストがばらまいているデマと同じだが、信じてしまう人間は絶えない。

可能なら、茂木の部隊員一人一人を説得して内部崩壊させたいと冬馬は願う。むろんそんな時間はないが。

　間もなく出動だ。冬馬は、自分の周りに居並ぶ勇者たちを眺めて誇りを感じた。見よ、この多様性を。人種は様々。いわゆる〝純粋な〟アフリカ人も数名入っている。天性の身体能力の高さは代え難く、特殊部隊でも重宝されている。世界に冠たる〝ゲーシチョウ〟に憧れて日本に帰化した者たちだ。島国根性に囚われていた日本でも、今世紀の前半には人種混合が増え始め、まずスポーツ界での活躍が始まった。テニスの四大大会を制した女子選手も、日本人として初めてNBAで大活躍した男子選手も、冬馬の祖父の時代に出現した。二十一世紀はまさに国際化の時代だった。二十一世紀末、人種アレルギーは一般大衆の中からは消えかけている。このまま人種偏見は根絶されると信じて疑わなかった。だが、反動の大波が自分が生きているうちにやって来てしまった。

　特殊部隊員たちが姿勢を正す。一同の前にグエン警備部長が現れたのだ。ついに出動の号令かと思いきや、意外な一言が告げられた。

「茂木司令官の声明が発表された」

　隊員たちはどよめかない。ただ全員が口を閉じて、グエン警備部長の横にいる年配の男が読み上げる声明に耳を傾けた。

「世界中の人民に告げる。

ここに日本国の、国際連合離脱を宣言する。

我々は独立国日本である。世界連邦を認めない。

以後、東アジア警備隊は日本軍となる。

専守防衛の原則を持つ軍隊だが、自衛隊とは一線を画する。

必要であれば先制攻撃、武力行使を厭わない」


百五十年以上存在しなかった日本軍が一夜にして復活した。

そう小躍りする者たちが一定数いることを知っている。冬馬は青ざめた。良かれ悪しかれ、こんなことを成し遂げた日本人はいない。これが茂木一士の夢だった。日本を軍事的に独立させるとはなんという男だ。なんという悪夢だ。

そして、なんというタイミングだ。まさにこれから茂木に迫ろうとする隊員たちの耳に、ターゲットの心の訴えが入ってくる。


「次に、日本国民に告げる。

我々日本軍に従え。

異を唱えない限り、諸君の安全と繁栄を約束する。

異を唱えればその限りではない」

たとえ百年前でも、世界のどこであろうと、滅多に聞かれない類いの一方的な独裁宣言。悪夢の先には更なる悪夢があった。中世の暗黒時代にも匹敵すると冬馬は感じる。

「世界連邦の中でも、日本は特別な国だ」

どこからともなく、近づいてくる声。

「それを茂木さんは、逆手に取ったんだろう。日本に憧れている兵士たちに重点を置いて、オルグしていった」

公安組織の権化《ごんげ》のような男の分析は拝聴に値した。

さっきから姿が見えなかった樋口尊が、ようやく隊列に加わった。

「ついてこない兵士は主力から外したんだ。部隊内の編成は司令官に一任されている。ついてくる者たちで主力部隊を編成し、フクシマに集めた」

この男は、危険な団体が人員を集め、組織していくメソッドに精通している。だがそれでは、茂木のやり口はイザナギと同じか？　ついてこない人員は切り捨てる。どこへ行った？　まさか皆殺しにするはずもない。

「ということは、東京や鳥取の部隊は？」

「少なくとも、フクシマの主力部隊よりはガバナンスが利かない可能性が高い」

樋口は口の端を上げた。

「じゃあ、亀裂を入れる隙がある！」

冬馬の声にそうだ、と頷く。

「どうにかして……」

「公安部ですでに検討中だ。別働隊と極秘裏に接触する方法を探ってる」

「さすがだ、樋口さん」

冬馬は素直に称賛した。ここへ来る前に大勢と連絡を取り、部下に指示を下していた。乱世にこそ頼りになる男だ。

「こんなときだけおだてるな」

樋口はまんざらでもなさそうだった。

「そもそも、どんなクーデターだって博打《ばくち》だ。成功確率なんざ決して高くない。茂木さんだって勝負所なんだ。身内の叛乱が怖いはずだし、世論の反発もそうだ」

「そうですね。報道の流れを見てますが」

冬馬はさっきの討論番組を思い出す。

「前からいる、ろくでもない連中は元気になってます。でも肌感だと、世論はそれほどついていってない。ストレートに、茂木さんの裏切りに憤ってる」

「そうだ。これはもしかすると、計算違いだったかもな」

言ってから、樋口は納得がいかないように首を傾げた。

「あとは茂木さんに、隠してる切り札があるかどうかだ」

「切り札」

　冬馬は思考停止した。

「あるとしたら、どんな？」

「さあな。だが、あの人のことだ。なんの隠し球もなしにこんなことをするとは思えん」

「………」

　恐怖がじわりと染み渡る。言われるとその通りだ。

　それを知らぬまま、これから俺たちは地下に潜るのか。

「君たちに、この国の命運がかかっている」

　立石勇樹総監の声が聞こえた。いつの間にかグエン恵以子の隣に立っていた。

「だが、気負うことなく、冷静に事に当たってくれ。君たちなら、どんな事態に直面しても正しい判断ができる。良い結果が出ると信じている」

　煽る調子でなく、抑えた声音で立石は言った。正しい励ましだと思った。過度なプレッシャーを避けたのだ。

「言いたいことがあれば聞く。遠慮はなしだ」

　ボスはまた部下に歩み寄った。いささか優しすぎると冬馬でさえ感じる。

「総監。発言をお許しください」

張りのある声が上がった。朴隆一のとなりにいる人間だった。冬馬は注意を惹かれる。副隊長は女性のようだ。

「私は、同じ暴力装置に属する者として、ユニヴァーサル・ガードの暴走が許せません」

言わずにはいられなかったのだろう。隊長が黙して語らないのに、副隊長は雄弁だ。

「力は、正しく使うものです。エゴに結びついた暴力は、ただ醜い」

新時代の申し子だ。冬馬はそう感じ、湧き上がる連帯感に胸震わせた。彼女は若く、いくつものルーツを感じさせる鋭角の美しい顔立ちをしていた。

「パブリックなものとしてのみ暴力は許される。加害者にならない、という基本原則を忘れた者を、私は認めません」

「それを聞けて嬉しい。君は？」

言葉とは裏腹に、立石総監は表情を緩めずに訊く。

「速水《はやみ》レイラです」

「期待している。任務達成に全力を尽くしてくれ」

「承知しました！」

「他のみんなも、同じ意識を共有していると思う。国連憲章および、世界連邦市民としての精神を忘れないでくれ」

立石は言い終わると、隊員たちに敬礼を送って去った。

ＳＡＴという警察内の究極の装置も、その一人一人は人間で構成されていることを冬馬は実感した。暴力という手段を与えるのだから、思想信条のチェックは徹底しているとも聞く。立石肝いりの方針だろう。それは功を奏しているようだ。

副隊長の速水、隊長の朴が率いるこの隊に不純物は混じっていない。一丸となって任務に取り組める。万人警備隊《ユニヴァーサル・ガード》でもそれを徹底するべきだった。隊員一人一人は無理でも、司令官にこそ。

だが茂木は民が選んだ。民は欺かれた。あるいは、民の目が狂ったのだ。自分も含め。

平和の上にあぐらを掻いてしまった。気が緩み、目が曇り、危険な兆候を見過ごした。

歴史はその繰り返しだ。権力者は民を欺く。民は騙されることに慣れると、小さな裏切りを片端から許してしまう。やがて大きな不正にさえ反応する能力を失う。気がついたときには、抵抗するという選択肢すらなくなっている。

冗談じゃない。俺は断固抵抗する。

『これから、作戦の詳細について説明します』

室内のモニタに図面が現れた。

声の主はアイリスだった。

2

『秘密通路はここ、福島県警本部の地下と新国会議事堂、首相官邸の地下を繋いでいる。通路の長さはそれぞれ一・八キロ、一・五キロです。震災時に使われることを想定しているため、地震によって破壊されない強度を持つ』

スクリーンに表示された地図を、隊員たちは脳裏に刻みつけている様子だった。冬馬も真似をする。気づけばまた樋口の姿が消え、そばにいない。どこかの隅でひねた目で見守っているのか。

「通路の高さと横幅は？」

『見ての通りです。かなり狭い』

人型のCGが現れる。地図の角度が変わってズームされ、通路の高さの分かる断面図になった。人ひとりがぎりぎり頭を下げずに通れる大きさ。突入部隊は、一列になって進むしかない。

『二手に分かれ、二度に分けて突入。先発隊が迎え撃たれても、後発隊が残っているため、全滅は免れます』

淡々とした説明が胸に迫る。その方策は妥当であり、迎え撃たれる可能性が充分ある。

自分は後発隊に属するからといって危険でないとは少しも思わない。

「吉岡。銃は持ったか？」

気づけば樋口が真後ろにいた。冬馬は振り返って頷く。

「見せろ」

促されるままに、冬馬は腰の右側につけたホルダーから銃を取り出す。手錠も指に触れた。左側にはシールド発生装置《ジェネレーター》がある。

「撃ちたくないですね。そんなことは言っていられないのは、分かってますが」

冬馬は手の中の拳銃を示しながら言った。長年日本警察が採用してきたドイツ製、USPの最新モデルだった。

「こんな非常時に撃てない奴は刑事じゃない」

樋口の論理は明快だった。

「殺人ロボットだっているんだぞ。迷うな。敵はぜんぶロボットだと思え」

「ロボットだったら、なおさら銃弾は跳ね返すんじゃ？」

「屁理屈を言うな」

肩を小突かれた。久しぶりに味わう感覚だった。生の感触だ。

腰のジェネレーターをチェックするまでもなく、シールドは生きている。

つまり、樋口の手出しは攻撃とは見なされなかった。樋口も意外そうに手を宙で止め、それから自分の腰を見た。シールドを持つ者同士だからだろうか。通じ合ったのか。ならば、その気になれば俺は樋口を殴れるのだろうか。さすがにそれは攻撃と見なされるだろうか。冬馬は興味が湧いたが、そんな実験をしている場合ではなかった。

モニタがいきなり切り替わり、大海原が映ったのだ。

3

防衛庁からの緊急連絡が届くやいなや、アイリスは立石総監に許可を取り、特殊部隊員たちの集まる部屋に、防衛庁が傍受している電波を生で流した。

これから地下に潜る戦士たちの士気を高めたい。その一心だった。

『太平洋上を、大規模艦隊が猛スピードで北上中。目的地は日本と思われます。地上からのレーダー、および偵察衛星でも確認できました。少なくとも七十隻規模の艦隊です』

雄大な海を上空から撮影している。偵察用のジャイロの映像に合わせて、防衛庁と海上保安庁の通信士が交信している音声だった。

『所属を確認せよ』

これは上官の指示だ。防衛庁の通信指令室での電波のやりとりだと、隊員たちも察するだろう。そして答えを、固唾を呑んで待つのが見えた。冬馬の顔も見える。

『オセアニア警備隊です』

答えが届いた瞬間に隊員たちが沸いた。期待通りだったのだ。

『おお……』

『速い！』

上がる声は期待感に満ちている。若い世代はみな、世界の治安を司《つかさど》るユニヴァーサル・ガードに畏敬の念を抱いて育ってきた。だから東アジア警備隊の暴挙が信じられない。代わりに、駆けつけて来たオセアニア警備隊に望みを託す思いなのだ。

教わってきた世界秩序は嘘ではない。用意された自浄作用が働く。それが健全に機能しているように見えることが部隊を活気づかせている。アジアが暴走すればオセアニアが正す。この安全保障システムが世界の正気を守る。

続いてやってきた電波はさらに具体性を持ち、軍事の次元で事が進んでいることを明瞭に示した。

『芦田副首相に申し入れます。日本の領海に入ることを許可されたし。我々は、オセアニア警備隊です』

艦隊からの呼びかけだ。少しぎこちない日本語だった。

『どなたの命で、ここに？』

防衛庁が問い返す声は緊張している。

『国際連合本部の要請です』

艦隊の返答に淀《よど》みはなかった。

『当初、秘密行動として連絡を入れず航行してきましたが、北緯二十二度を越えたこの時点で、正式な申し入れを表明します。国連指令番号57399。我々は事務総長の命によりここに至りました。日本政府を守り、無法集団と化した東アジア警備隊に対峙します』

『感謝します。領海に入ることを許可します』

響いたのは、芦田副首相本人の声だった。それは正式な返答を意味した。政府の国連窓口と国連本部との交信で裏が取れたのだろう。国際社会が連携してクーデターを押さえ込むコンセンサスが取られた。それを知った戦士たちの顔が晴れたのを確認して、アイリスはわずかな満足を覚えた。

コンソールを操作すると、今度はニューヨークに呼びかけた。すでに国連本部の事務総長室に、秘密回線で福島県警の映像は送っている。これから行われる作戦も極秘裏に知らせてある。

「ソフィア。あなたの迅速な決断のおかげで、作戦チームに勇気を与えることができました。ありがとう」

礼を言う。ワイプに映るソフィア・サンゴールが微笑んだ。

『どういたしまして』

「こちらはこれから作戦遂行に挑みます。茂木司令官を確保することに全力を注ぐ」

『幸運を祈ることしかできない自分が悔しい』

　ソフィア・サンゴールは率直な思いを届けてきた。

『作戦が順調に進みますように。どうか、成就しますように』

「日本人の不始末は、日本人が解決します。と言ったら、あなたはアナクロニズムだと笑うでしょうね」

　アイリスも相手の真似をして、控えめな笑みを届けた。

「私自身もそう思う。でも、いまはそんな心境です」

『日本人だけでやろうと思わないで。国籍や民族を超えた問題よ。自由と人権を守る闘いです』

　ソフィアは正しい。どこまでもフェアだ。口では謙遜ばかりだが、国連事務総長をただ無難に勤め上げるつもりはない。彼女は国連の化身になろうとしている。

　アイリスが賛美して止まない魂がそこにあった。

「民主的な社会では、決断が遅れるという弱点がある。民意をまとめるのに時間がかかるから。茂木さんはそこを突きたかったでしょう」

『彼の当てが外れたなら、出動依頼を急いだ甲斐は、あったかもしれない』

「彼にとっての不幸は、いま、あなたが国連事務総長だったということ」

アイリスはあくまで励ます。謙虚すぎて自己評価が低いセネガル人女性を、正しい評価で力づけることも自分の使命だと感じていた。

『そうだといいのだけど』

「他のユニヴァーサル・ガードが日本に着くには、少なくとも三日はかかると茂木さんは踏んでいた。実際は、一日だった。サンゴール事務総長の英断が功を奏した」

『歴史の法廷に立つ覚悟はあります』

この巡り合わせに感謝せずにいられない。乱世において、世界で最も重要なポストに、その座にふさわしくない人物が座っていたらどうなるか？　ソフィアこそ救いだ。与えられている権限を正しく行使した。

妥当性の検証は後日行われる。人命に多大な被害がもたらされる恐れがある逼迫《ひっぱく》事態に際しては、ただ一人国連事務総長に命令の権利がある。ただし、三日以内に国連総会を開き検証と修正を行う。ソフィアの評価は？　この叛乱を穏便に鎮圧できるかどうか。その一点にかかっている。

叛乱軍と、オセアニア警備隊との武力衝突が起きれば必ず死傷者が出る。ソフィアへの評価は当然厳しいものになる。だから、日本警察の力を振り絞って叛乱軍の大将の首を獲るのだ。

アイリスはかつてない集中状態に入った。自分の持てるすべてを作戦に注入するために。

4

オセアニアから大群がやってきた。世界秩序を回復させるためだ。

出動前に、心強くさせる朗報だった。世界連邦の安全保障体制は正しく働いている。一つの暴力装置が暴走しても、ただちに別の暴力装置が阻止に回る。

これは、世界連邦の健全さと安全性が試される最初のケースになる。

「だが、世話になりたくない。自分のケツは自分で拭くぞ」

樋口の品に欠ける表現がぴったりきた。冬馬は強く頷く。

日本の自浄能力を見せつけたい。すぐ日常を取り戻して、人々が拍子抜けするような出来事に変えるのだ。

『世界が日本を注視しています』

モニタから聞こえてきたのはアイリスの声だった。

『叛乱を早期に収めることを祈る、世界各国の政府からの激励が届いています』

そしてモニタにEメールの文面や、各国首脳のビデオメッセージが続々と映し出される。

全世界が日本を応援してくれている。警察官たちが奮い立つのが分かった。期待に応えたいと震えている。

そして、二〇九九年十月二十九日未明。刻《とき》が来た。

「出発だ！　先発隊を通路の入り口へ案内する」

立石とグエンが見守る中、士気が上がった突入部隊は、怯む心をこの部屋に置き棄てて廊下を進んだ。後発隊に属する冬馬と樋口は部隊の最後尾に控える。すべての部隊員が出払ったあと、ようやく歩き出した。

「頼んだぞ」

警視総監の声がけに、二人とも敬礼を返した。あとは無言で歩く。突き当たりの壁に黒い金属製の扉が並んでいた。二つが開放されている。

それぞれが首相官邸、新国会議事堂に続いているのだ。冬馬は祈るような気持ちで先発隊が一人一人、去っていくのを見送った。

我が身を振り返る。実力は特殊部隊員に比べて著しく劣る。彼らのようにサブマシンガンも持たず、拳銃一つきり。足手まといになるリスクを負ってでも秘密通路に潜るのは、茂木を説得する役割を負っているからだ。改めて双肩に責任がのしかかってくる。

背後の樋口を振り返った。この男は間違いなく密命を帯びているが、詮索したくてもできない。警視総監や公安部長から、いったいどんな荷物を背負わされて潜るのだろう。警視庁で最も闇に近い男。敬意は払っている。決して自分にこの役は務まらない。

先発隊が去ってからあっという間に十分が経った。ここに残される二十名の後発隊も、まもなく潜る時間だ。すると樋口が冬馬に訊いてきた。

「お前が首相官邸ルートで、本当にいいんだな?」

それは賭けだった。首相官邸と新国会議事堂、どちらの通路に潜るかの選択は任されていた。冬馬は向かって右の扉、首相官邸にすると決めた。茂木一士はそちらにいる確率が高いと踏んだからだ。隊長の朴隆一にも、樋口にも事前にそう告げていたが、ついに出発となると自信がなくなってきた。勘が外れているかも知れない。

茂木一士は首相と膝詰めで交渉する腹だろうと思い官邸を選んだが、いまだに首相になにか発言させようという様子は見られない。いまのところただ人質として利用するに留めている。ということは、より大部隊がたむろしているであろう新国会議事堂の方にいる可能性もある。

人質の診察を許された加納医師の報告にも、茂木司令官の目撃情報はなかった。どちらにいるか、結局は五分五分。行ってみなくては分からない。

「……首相官邸です」

冬馬が改めて告げると、樋口はニヤリとした。冬馬のバディに任じられた樋口は一蓮托生《いちれんたくしょう》。冬馬の選択に異は唱えなかった。

先発隊が去って十五分が経った。

後発隊出発のときだ。隊員が右と左に分かれて潜入口に臨む。

冬馬が覗き込むと、漆黒の闇が見えた。

それぞれの扉の横に立つ案内役は、福島県警の署長と副署長だった。署長はさっきグエンの横で、茂木一士の声明を読み上げるという役割を買って出ていた。そしてここでも、地域警察の責任者として部隊を送り出す役を担う。その立ち姿はコンシェルジュの滅私奉公を思わせた。心意気が胸に沁みる。

冬馬は耳を澄ましてみた。なにも聞こえない。先に潜った部隊は、いまのところ迎撃を受けることなく目的地に向かっているようだ。

「出口はいくつか存在します。最も安全なのは、目的の建物の地下の、目立たない部屋の床に繋がる出口です」

署長自らが説明してくれた。

「普通に考えれば、見張りが配置される部屋ではない。比較的安全な侵入口にはなりますが、叛乱軍がどんな備えをしているかは読めない。侵入の際は、よく状況を観察してください」

さすが新首都フクシマの治安を預かる身だ。緊急用通路にも精通している。ただし内容は、さっき控え室でアイリスが解説してくれたことと同じだった。

「まだ、先発隊からの連絡がないが、予定通り出発する」

朴隆一隊長が言った。後発隊のリーダーを務める朴は、まだ先発隊のリーダーたちから音沙汰がないことを気にかけている。そのうちの一人は、立石に熱く訴えた副隊長の速水レイラ。最も危険な役を買って出たわけだった。隊長を先発隊に入れるなどもってのほか。自分こそ先陣を切るという副官の使命感に違いなかった。

「侵入に成功した、という連絡があってから向かうべきでは？」

隊員の一人が注進した。だが朴は首を振る。

「それでは遅い。銃撃戦にでもなったら、先発隊は圧倒的劣勢に陥る。我々は、少しでも援護を厚くして、叛乱軍のリーダーに近づく」

ターゲットは、一に茂木一士。二に鈴木広夢だ。徹底されている。

「出発だ」

朴隊長の号令に従い、後発隊員たちが扉をくぐり始めた。いよいよだ。

左右両方の隊列が、全て消えようとするところで顔を見合わせた。冬馬と樋口は最後尾。ついに自分も闇に入ろうとするタイミングで、樋口がいきなり宣言した。

「俺は、新国会議事堂の方に行く」

そして身を翻し、左側の扉をくぐった。

「なんで」

突然の翻意に、冬馬はそう問うしかできなかった。

「コンビは解消だ！」

秘密通路内に反響する声が答えた。見送る福島県警の署長と副署長も怪訝《けげん》な顔で聞いている。

「一緒に動いても確率が低い。そっちに茂木さんがいなかったら、大ハズレだからな。バラバラに行けばどっちかが当たる！」

それが捨て台詞のように、樋口の声は遠ざかって消えた。

心細さが急激に膨れ上がる。ついていこうか、と冬馬は一瞬迷った。

だが樋口の行動は理にかなっている。お互いのどちらかが茂木に出会い、説得する。あるいは拘束する。いずれにしても勝つのだ。

一人でも行くしかない。隊列はすでに通路に消えた。追いつかなくては。冬馬は無意識に両腰に手を当てた。

右の拳銃と手錠、左のシールド。感触を確かめると、後発隊の最後尾を務めるために駆け出した。二十メートルほど進む、隊列の最後尾の隊員がぼんやり見えてホッとした。隊員の背中に触れて存在を知らせる。若い男の隊員が振り返って頷いてくれた。

通路に照明はないが、隊員たちのヘッドランプが道行きを照らし出してくれた。通路は堅固なコンクリートで造られており、耐震性が高いのが見て取れる。単調な光景がひたすら続く。首相官邸までは一・五キロ。大した距離ではないと思っていたが、身を屈《かが》めつつ一列で進むとなかなか捗《はかど》らない。窒息しそうな不安も襲ってくる。

それでも、情報担当の隊員がＧＰＳを確認して、阿武隈川の地下を越えてまもなく官庁街に入る、と知らせてくれたときは、ゴールの近さに安堵した。その直後だった。

闇の中に衝撃が鳴り渡った。轟音が通路を貫いてゆく。

爆発だと直感した。仕掛けられていた爆弾。あるいは地上からの爆撃。いずれにしてもこの炸裂音《さくれつおん》は尋常ではない。通路内にいる全員の鼓膜を圧迫し痛めつけた。入り口の福島県警の署長たちも度肝を抜かれているに違いなかった。

「爆発の位置を確認しろ！」

朴隊長の声が聞こえた。後発隊が直接受けた攻撃ではない。音の距離から測っても、狙われたのは明らかに先発隊。ただし、この衝撃と振動が、冬馬の入った首相官邸行きの通路で起こったのか、樋口が入った新国会議事堂行きの通路で起こったのか、その両方なのかは分からなかった。

ともかく、先発隊が無事な道理がない。待ち伏せられていた確率が高いと冬馬は感じた。先に出た二十人の精鋭たちが一網打尽にされた？　だとしたらあまりに無念だ。

時間差で、物凄い量の粉塵《ふんじん》と、火薬の臭いが押し寄せてきた。

「罠だ！」

「引き返しますか⁈」

後発隊員たちの緊迫した声。だが潰走《かいそう》したりはしない。この場に留まっている。剛胆だ。

「茂木さん」

冬馬は呪いを込めて呟いた。どうして同じ日本人を殺戮《さつりく》する？　目的のためには同胞殺しも厭わない。自分の知る茂木はどこへ行った。

やはりこの通路の存在は先方に知られていた。茂木が防衛庁時代に得た機密情報だ。そして爆薬で迎え撃った。

「退避だ！」

「前進する」

矛盾する声が同時に響いた。隊員の判断が分かれている。さしもの剛の者たちの心をも闇が蝕んでいる。時間が経過するごとに恐れが勝ち始める。呼吸の苦しさと耳鳴りは、勇者たちの高潔な魂をも削ってゆく。

だが退避の選択肢はない、と思った。狭い空間と隊員の間をすり抜けて冬馬は先頭に向かう。朴隆一隊長を見つけて訴えた。

「俺だけでも前進させてください。どうしても、茂木さんに会わなくては」

困惑の表情を向けられた。

「待て。前進しようにも、おそらく通路は塞がっている」

「なんとか、外に出られるルートを探します」

「どこに出るか分からないぞ。向こうは我々の襲撃を予測していた。待ち伏せられて、狙い撃ちにされる可能性が高い」

　当然の指摘だ。おそらく地上のどこだろうと、出た瞬間死ぬ。

「俺を囮《おとり》にしてください」

　突拍子もない冬馬の提案に隊長は固まった。

「俺にはシールドがある。軽火器の攻撃なら、平気です。俺が撃たれたら、敵が待ち伏せてたと分かる」

　朴は爆弾でも見るような目で冬馬を見た。

「先頭で進みます。俺をかかしだと思ってください。銃の標的として地上に差し出すんです」

　後発隊の隊員たちが固唾を呑んでいた。目が輝いている。希望を見いだしている。

「――ならば、胸を借りる」

　朴は呑んだ。隊員たちの期待が後押しになった。一見非人道的な作戦だし、隊員たちはシールドについて詳しいことを知らないから懐疑的になるのも分かる。せめてあっけらかんとしていようと決めた。命の危険など感じていないように振る舞う。

「とにかく、行けるところまで行きましょう。どうにか首相官邸に辿り着きたい」

　朴の頷きを引き出し、先頭を切って歩き始めた。いきなり最も重要な役割を負うことになったが、撤退せずに済むならなんでもやる。自分が死ぬ確率が格段に上がったが、それでも怒りが勝つ。茂木一士とイザナギに対する怒り。そして自分自身に対する怒りだった。

「オセアニアUGに頼らないぞ！」

だれかが叫んだ。気持ちが抑えられないようだ。

「俺たちは、警視庁だ！」

信じがたいことに、闇のあちこちからおう！ と声が返ってきた。士気は落ちていない。

冬馬は闇の中で歯を剝き出しにして笑った。

やがて土の壁が行く手を阻んだ。そこからはまさに暗中模索だった。どうにかして隙間を見つけ出して、身体を押し込んで進む作業。肩さえ抜ければ前進はできるのだ。身体の大きな隊員を後回しにして、洞窟探検の要領で進む。標準体型の冬馬も、長身だが細身の朴も先へ急ぐことができた。ときにはモグラのように土塊《つちくれ》をかいくぐって進んだ。

「ここでスキャンします！ 空気の流れから、目的地への最短距離を」

情報担当の隊員が端末の画面をチェックしながら言った。爆発後もGPSデータが問題なく得られるのは有り難かった。

「こちらに道が！ 脱出路がありそうです」

一同が導きに従う。だが途中から、朴隊長に合わせて歩調が慎重になる。

爆発が一度とは限らない。全員の頭に過ぎっている。もし間近で爆発したら全滅する。

幸か不幸か、これまで先発隊の遺体らしきものにはぶつかっていない。彼らが賢く爆発を避け、無事に進んでいることを期待したかった。全員が土砂の下に埋まっているなどとは夢にも考えない。

樋口は無事だろうか？　どちらかが死んでも、どちらかが目的を果たせればそれでいい。茂木に出くわしたのが樋口だった場合、運を天に任せるしかない。二人は初対面。説得など無理に思える。それでも。

樋口さん、頼む。そう無言で祈るしかなかった。

5

『横須賀沖に停留している東アジア警備隊の艦隊が、迎撃態勢に入ったとの報告』

宮里ベンジャミンの小気味よい報告がアイリスの耳に届いた。

『オセアニア警備隊の接近を知り、警戒している模様です』

茂木が関東地方に残した別働隊だ。南方からの攻撃を迎え撃つ役割を担っている。

本隊は仙台沖に停泊し、いまも新首都を睨んでいる。

ついに海上で、武力衝突が起きかねない事態になった。歴史は巻き戻せない。今後、刻一刻と大規模戦闘行為の危険性が高まってゆく。

『戦闘は回避したい。どうしても』

モニタの中で立石総監が言った。

『日本の領海で、世界連邦成立後初の戦争が起きる。そんな不名誉は許されない』

思わず頷くと、立石に名指しで呼ばれた。

『アイリス。国連の動きはどうなっている？』

アイリスは自分の居室で、別のモニタに目を移した。事務総長室の一角が画面に映っている。これはソフィア・サンゴールの端末のカメラの映像。いま彼女の顔は映っていない。端末の前から離れている。テレビのニュース番組を注視しているか、秘書官と話をしているのだろう。

「北米警備隊、南米警備隊。西アジア警備隊とロシア警備隊にも待機要請をかけているそうです」

アイリスは立石のいる作戦本部に報告した。さっきソフィアから直に聞いた事実だった。それは、アフリカ警備隊とヨーロッパ警備隊を除く世界中すべてのユニヴァーサル・ガードが出動態勢を整えたことを意味した。

世界連邦発足後、ここまで世界が緊迫したことはない。局所的な叛乱に、方面警備隊が単独で対処することは何度かあったが、ここまでのことは。ガード同士が武器を向け合うというあってはならない事態が起きている。一つの隊が叛乱を起こすことがどれほどの大事《おお ごと》かがはっきりした。

アイリスは作戦本部に詰めている面々を観察した。室内カメラに映るどの顔も硬い。立石だけでなく、刑事部長の安見も、公安部長の仁戸田でさえも。警備部長のグエンは地下に行っている。決死の作戦に挑む特殊部隊員の指揮のためだ。

『そうか。サンゴール事務総長は勇敢だ』

立石は、知己であるソフィアを称賛した。アイリスは思わず笑みを洩《も》らす。

『オセアニア警備隊以外にも出動要請をかけるとなれば、その責任は途轍《とてつ》もなく重い。だが、サンゴールさんならやってくれる。信じていたが、断行してくれるとやはり安心するな』

立石の心情吐露にアイリスは大きく頷き返した。指揮官の孤独と苦悩。間断なく襲う判断と選択。一つとして間違えられない。その責務の重さは余人には知り得ない。

『どのコマンダーも法の遵守者。なにより人格者だ。事態の深刻さを受け止めているだろう。よもや出動拒否などあり得ない』

立石はそう口に出し、自分の周りにいる幹部たちを鼓舞しようとしていた。だが、茂木の裏切りは全員に疑心暗鬼という毒を注入している。一人が乱した秩序が、世界の崩壊に結びつくこともあり得ると知った。

『アイリス。私、分からなくなってきた』

いつのまにかモニタにソフィアの顔が戻っていた。アイリスはフクシマの警視総監から、ニューヨークの国連事務総長に視線を移す。繊細な表情が不安を伝えてきた。

『いつだれが、茂木司令官のような暴走を起こすか……』

「落ち着いて」

凡庸な台詞には力がない。アイリスは選びたかった。相手に届き、力を与える言葉を。

『……あなたが、真っ先にオセアニア警備隊を出動させたのは大正解。司令官のクリスティン・ウォーカーは、別格ですものね。信頼度が』

その通りだった。オーストラリアの政界出身であるクリスティン・ウォーカーは世界連邦の熱烈な支持者として知られる。そもそもオーストラリアは風通しのよい政治体制を維持し、公明正大さを誇ってきた。ウォーカーはそんな土壌から現れた、自由と解放の申し子のような存在だった。

『彼女の存在には感謝しかない』

それはソフィアの心からの声に聞こえた。

『彼女は、茂木司令官に対するストレートな怒りを表明しました。どうしても彼の暴走を抑えたい。そのためにできる限りのことをする、とはっきり言ってくれた』

「彼女のようなコマンダーが基準になってくれれば、ユニヴァーサル・ガードは安泰ね」

『でも、聡明《そうめい》な人ばかりじゃない。あなたもよく知っているように』

アイリスは苦く笑う。

『昔の軍人を思わせる、頑迷な人もいるから……』

「ほんとね」

　アイリスも認めた。だから、他の警備隊への出動要請に慎重になるソフィアの気持ちが分かる。まかり間違っても茂木一士に同調する動きが出てはならない。

　ソフィアは改めてコマンダーたちを精査しているところだ。秘書官に命じて国連独自のエージェント組織を総動員している。いまさらと言われそうだが、コマンダーたちに少しでも怪しい動きがあれば出動を阻止する。状況によっては解任動議を発して指揮権を奪う必要がある。

『発言が気になるコマンダーは、いなくはない。でも任務はしっかりこなしている。日々厳しい訓練に明け暮れ、各地のパトロールも着実に続けている。全員が今回の出来事に、深い憂慮を表明しました。必要ならいつでも出動すると言ってくれている。でも』

　何人か、信頼しきれない人物がいるのだろう。それがだれかは予想がつく。

『アイリス。私は、自分の認識の甘さを悔いています。私自身が平和ボケしていたのかな？　ユニヴァーサル・ガードによる安全保障体制を信じすぎていたようです。民主社会を守る最高の権威に、欠損はない。完璧だと思い込みたがっていた』

「それはソフィア、あなただけじゃない。世界市民の大半がそう信じていた」

　アイリスの言葉は、なかなかソフィアに染み込んでいかない。

『世界に睨みを利かせる暴力装置は、強力すぎるが故に、暴走したら一気に秩序を破壊してしまう。コマンダーの選挙に本当に問題はなかったのか……もっと検証するべきだった』

「ソフィア。選挙の監視団もまた、水も漏らさない体制を組んでいるはず。不正は見つかっていない。そうでしょう？」

『そうだけれど、ポピュリズムの問題は解消できない。民が成熟していなければ、間違った候補者を選んでしまう』

「まさにそれ。東アジアで起きた真の問題はそこにある」

アイリスは声を強くした。

「でもそれは、民主主義が抱える永遠の課題。有権者全員が、自らを省みなければならない。もちろん、棄権して、責任を放棄した者たちもね」

『ええ。でも私は、自分の責務のことを考える。私だって投票で選ばれた。国際連合の責任者にふさわしいのか。果たしてできるすべての手を尽くしていただろうか、と思ってしまう』

「あなたは手を尽くしていた」

『でも……』

「いま、後悔の念は足を引っ張るだけ。脇にのけておいて」

アイリスはあえて命令した。年上のソフィアが、まるで実の妹のようにいとおしかった。

「私も調べます。茂木さんが、どんな勝算があってこんな大それたことをやったのか。その根拠が気になるから。もし、他のガードの司令官との共謀の兆候が見られたら」

『やめて！　そんなこと、考えたくもない！』

「駄目よ。あなたが目を背けては。危険な兆候を見逃せば、秩序はひっくり返されてしまう。世界が戦火に投げ入れられる」

ソフィアは言葉もなく凍りついている。

自身の台詞が予言になってはならない。アイリスは決意し、立ち上がった。

行くべきところへ行く刻《とき》だ。

6

「首相官邸の敷地内に入りました」

後発隊の情報担当隊員が闇の中で報告した。

ＧＰＳが告げている。ついに自分を含む後発隊が首相官邸の地下に至ったと。冬馬は気を引き締めた。地上に出られるとは限らない。目当ての人物に辿り着けるかどうかはさらに分からない。司令官拘束と、武装解除という最終目標は星の彼方《かなた》にあるかのようだ。

「先発隊はどこだ」

呟きが聞こえた。隊長の朴隆一だ。先に闇に分け入った部下たちの安否が分からない。すでに地上に出ているのか？　首尾よく作戦を遂行し、茂木に迫っている。そう思いたいが、実際は逆だろうと分かっている。連絡が来ないことが先発隊の悲運を証明している。それを口にする者はいない。

まだしばらく這い進む時間が続いた。狭く単調な通路に、やがて変化が現れる。それはどことはない明るさと、微かな風を伴って全員の感覚器に訴えかけた。出口は近い。

冬馬のすぐ前を進んでいた隊員が声を上げた。冬馬も見上げる。たしかに、上方に四角い光が見える。壁には金属製のタラップまで付いている。

「ここ、上れます！」

「地上への出口です」

情報担当隊員も端末の画面を見ながら太鼓判を押した。

冬馬は隊長の顔を探す。決断を迫るように。

「先発隊のことはいったん忘れる。ここまで来たら、我々は、外へ出るしかない」

朴の英断が有り難かった。頷き合うと、段取り通りに冬馬がタラップに手をかけた。かい、かしとなって地上に身をさらすのだ。

あの上に無数の敵がいる。待ち伏せている、と考えるべきだ。通路に爆弾は仕掛けるが、兵士やテロリストを送り込んでこないのは、狭い地下通路に入るのが危険だから。地上にのこのこ現れるのを待った方がいいという判断だろう。つまり、出れば撃たれて蜂の巣になる。シールド機能があるとは言え、最新銃器の集中攻撃に耐えられるのか？　だが自分から言い出した作戦だ。冬馬は祈るように腰の装置に手を触れた。

それから、ふんと力を込めて自分を上に引き上げる。特殊部隊員たちが下から手で押し上げてくれた。一段一段タラップを這い上ると、光が近づいてくる。

やがて天井に到達した。勇気を奮い、蓋になっている四角形をバンと弾く。素早く頭だけを出した。

意外な光景がそこにはあった。

美しく整備された芝生が広がっている。首相官邸の中庭と覚しき、広々とした空間だ。人の姿はない。

こんなチャンスはない。冬馬は勇んで身を躍らせ、地上に出た。辺りをうかがう。

そこで気づいた。不審なものが、中庭の隅に設置されているのを。

それは金属の塊だった。黒い艶消し塗料が一瞬岩石に見せるが、よく見ると手足がある。それが折りたたまれて、限りなく球に近い形で沈黙している。

形はヒューマノイドだが、頭部がない。

あれだ。加納医師が報告していた人型兵器。新国会議事堂での目撃証言だったが、首相官邸にもやはりいた。事前の分析通りだ。

警察の襲撃を予期し、ここに配置していたということか。

ただ、ひっそりと沈黙している。動く気配はない。

気配は別のところからやって来た。

「鳥取の仇《あだ》を、フクシマで返しに来たか」

声が聞こえた。冬馬は耳を疑う。

7

専用車を駆り、アイリスは目的の場所に急行した。車を降りると正門の前でIDを取り出す。鉄の扉がゆっくりと開いた。

この建物の主から最強のIDを付与されていた。いくつもの厳重なセキュリティをなんなくくぐり抜け、アイリスは建物の中心にある部屋に辿り着いた。

自動ドアが開いた瞬間、大量の物に囲繞《いにょう》される。部屋自体は広いのに、至るところに電子機器と本と美術品が溢れて息苦しく感じる。まるごと前衛芸術のような景観だ。壁際に聳え立つ巨大な機械に向かって老人が何かしている。ディスプレイに見入り、コンソールを操作していた老人は、訪問者の気配に気づいて振り返った。

「おお、アイリス。顔を見せてくれて嬉しい」

満面の笑みは一瞬だった。顔に影が差す。

「身体の具合は？　その後、移動に支障はないか？」

「大丈夫です。それよりおじいさま。いま、世界の状況をご存じですか？」

老人は斜め上を見た。

「いや。仕事に夢中だったから」

「相変わらずですね」

アイリスは微かに笑う。

「実はいま、世界連邦発足後、最大の危機を迎えています」

「そうなのか」

老人は頭を掻いた。少年を思わせるお茶目な仕草だった。

「お力を貸していただけますか」

「おお。頼ってくれて嬉しいぞ」

天真爛漫《てんしんらんまん》な笑みに誘われて、アイリスの頬も緩みそうになるがすぐ引き締める。この部屋は無時間地帯だ。部屋の主の頭の中をそのまま反映している。ペースに巻き込まれると自分まで抜け出すのが難しくなる。いまは非常時なのだ。この切迫感を正しく伝え、彼から必要な力を引き出さなくては。

「だいぶ厄介です。茂木一士さんが、武力で日本を乗っ取ったので」

「なに？　乗っ取った」

さすがに老人が目を円《まる》くしたのでアイリスは満足した。大概のことには驚かない彼への先制パンチに成功したのだ。

「日本をか？　自分の部隊で攻め入ったのか？」

「はい。新国会議事堂と首相官邸を占拠。警視庁も武力で押さえてしまいました」

「そうか」

老人は少年の仕草を続ける。伸び放題の白髪頭を掻きに掻いた。

「僕も間抜けだな。自分が住んでいる国が、乗っ取られたのに気づかないとは」

「一般市民はいまのところ、日常生活を保っています。日本を代表する場所に、局所的に、東アジア警備隊の兵士が乗り込んで占拠した。という状態に留まっています。ですから、正しくはクーデターですね。政治的に掌握するには至っていません」

「なるほどな。ところでお前は？　なぜ無事だ。警視庁にいたんじゃないのか？」

「私は、警視庁本部の外にいましたから」

「立石勇樹君は？　無事か？」

「総監はフクシマにいます。危機対応に集中しています」

「ふむふむ。では、まだ日本国家は立派に命脈を保っている、と」

「ただし、首相、法務大臣、総務大臣、官僚が人質になっています」

「それは問題ない」

老人はあっさり言った。政治家は眼中にないようだ。

「で、どう奪還する？」

「警視庁の特殊部隊が、茂木さんの確保を狙って地下通路に入りました。首相官邸と新国会議事堂への侵入を試みています」

「ほうほう。特攻隊か」

不謹慎な冗談に、アイリスは顔を顰めてみせた。言葉に棘《とげ》を含ませる。

「ちらっとニュースを見ていただけていたら、状況にお気づきいただけたと思うのですが」

「すまん。世界連邦が完璧に機能して、平和が続いているとばかり思っていた」

老人はいたずらっ子のように頭を掻く。

「もう、大規模な戦闘は根絶したと信じかけていた。甘かったな」

アイリスは黙って頷いた。老人の自主性を促す。

「全てのデータをくれ」

すると彼は、目が覚めたように歯切れよく言った。

「できることはする」

「シールド保持者《キーパー》のGPSを追ってください。それをお願いに参りました」

「なに？」

また老人をあわてさせることに成功したらしい。かつては世界最高の頭脳と呼ばれた男だ。

「潜入作戦の部隊員には、吉岡冬馬さんと、樋口尊さんも含まれます」

「な……」

老人は大きく口を開けた。

「あの二人は特殊部隊員になったのか？」

「いいえ。特別にチームに加わりました。茂木さん確保のために」

「そうか、そうか」

全てを悟ったかのように、老人は頭を振り、それからアイリスをまともに見た。

瞳は少し白濁している。九十代に達しているのだからそれも当然。それでも、若々しい煌めきはいささかも損なわれてはいない。そう感じてアイリスは嬉しくなる。

「シールド保持者を死なせるわけにはいかない。二人を守れ。そういう依頼だな？」

「それもそうですが、それだけではなくて」

アイリスは老人の前で両手を合わせて見せた。

「日本を救ってください。その方法があるのなら、ですが」

「ふむ」

老人の目の光が強まった。

「老いたりとは言え、僕もまだ現役のファイターのつもりだ。使えるアイテムは、いくつかある」

そう言ってから、老人の顔がわずかに曇った。古い記憶を呼び覚ましている。そこには痛みが溢れている。アイリスはそれを正しく感知した。罪障感に胸が締めつけられる。

私は老兵を、無理やり戦場に駆り出そうとしている。

「とりわけ、冬馬を守らなくてはな。そうだろう？　アイリス」

Ⅷ　デュエリスツ

1

樋口尊は一人、地上へと出た。

行動を共にしてきた後発隊とははぐれた。わざと。

新国会議事堂を目指すルートに乗ったことには根拠があった。自分だけがこの道を通り、辿り着かなければならない。あの説教師抜きで目的の人物と会わねばならない。是が非でも。

犠牲はやむを得なかった。樋口が陽の光を拝んですぐに、血が流れた。

樋口は流した側に立った。携えた銃は休むところを知らなかった。それを承知で地上に出たのだ。後悔はなかった。犠牲にしたのは矯正不可能なクズばかり。

ただ、一人では成し遂げられなかった。地上で待っていた導き手のおかげだ。その導き手に従い、樋口がたどり着いたのは、広い議事堂の中でもとりわけ奥まった場所にある個室。見事なナビだった。導き手が、その若さと地位の低さにもかかわらず、ここ数日で懸命にのし上がり、正確な情報を取れるまでに成長したおかげだ。

外側に導き手を残し、樋口はひとり部屋の中に入った。ここはむろんゴールではない。時間はなく、味方は少ない。一刻も早く成果を摑まねばならなかった。

目の前にいる男を落とさねばならない。

一人きりで座っていた。豪華なデスクについているのは、間違いなく目当ての男。樋口は深く息を吸う。

鎮座していた男は、存外に静かな様子だった。国会開催時に首相の控え室となるこの部屋によく似合う。容貌は、政治家ではなく居合抜きの師範のようだ。クーデターの首謀者にはとても見えない。

樋口はあえて黙り、正面から目を合わせた。

遠くから響いてくる戦闘音は無視する。後発隊が地上に出て戦闘を開始したか。それとも、拘束された先発隊の捨て身の反撃だろうか。

いまは気にしない。この決闘に集中する。

「だれだ、君は」

部屋の主に誰何《すいか》された。

礼は守る。樋口は深く頭を下げた。

「警視庁公安部の樋口尊と申します」

「ほお。公安刑事か」

相手は興味を示した。座っている椅子の背もたれから背を離し、じっと樋口に見入る。

「俺を逮捕しに来たんだな。治安を乱した罪で」

「まあ、そうなります」

「よくぞ、ここまで無事にたどり着いた」

「はい。実は、イザナギに内通者がいたもので」

あっさり手の内を曝す。

「ほお」

茂木一士は感心した。警察官であったことのない茂木にとって、ちまちました権謀術数は別世界の話だろう。では、謀略の神髄を見せてやる。樋口は軽く舌なめずりした。

「私の同僚の西島は、イザナギに正体がばれて切腹させられてしまいました。だが、西島が手なずけた男が一人だけ、残っていた」

「そうなのか」

「ええ。紹介します。おーい」

ドアの外に立たせておいた男を呼び込む。小柄な若い男が、卑屈な表情で頭を下げた。

「中丸富生《トミオ》くんです。イザナギの末端のメンバーでしたが、ここ数日で鈴木広夢に食い込みました。おかげで私もここへ辿り着けた。亡き西島の教育のおかげで、いまはすっかり、私の弟分です。まあ、あなたと真逆ですね」

「ん。真逆とは？」

「あなたは世界連邦を裏切ってニッポンへ。こっちは、ニッポンから世界連邦へ逃げてきました。あなたの好きなニッポンに疑問が湧いたらしい」

「ふん」

茂木が口の端を歪めた。

「イザナギの言うニッポンと、俺の言う日本は違う」

「でしょうね。あなたは、イザナギを利用しただけだ」

茂木は否定しなかった。再び背もたれに身を預ける。

危機感のなさが意外だった。なぜこんなに落ち着いている。というより、どこか落ち込んでいるように見えた。支配者の孤独か。自分がやったことに恐《おそ》れ戦《おのの》いているのか。

なんとなく分かる気がした。だが同情している場合ではない。樋口は滑らかに舌を操る。

「さて、私はいま、中丸君と二人で、私たちを待ち構えていたイザナギの構成員を皆殺しにして、ここに来ました」

「……なんだと」

茂木は疑うような眼差しをしたが、嘘ではなかった。この作戦は立石総監にさえ詳細を知らせなかった。警視庁の古狸《ふるだぬき》、仁戸田公安部長と自分だけが知る極秘の作戦だ。ばれれば仁戸田ともども懲戒免職どころか、刑務所送りになるかも知れない。だが迷いはなかった。これが最善手だからだ。

「司令官。あなたのこの部屋に押し入るときも、ドンパチを覚悟していましたが。護衛もなく、お一人でおられるとは。意外でした」

「一人になりたくてな。人払いをかけた」

茂木は明らかに疲れている。無常観に浸されている。

「そうでしたか。私はついてる」

樋口は中丸富生を、再びドアの外へ出した。監視役だ。

「ところで、なにを羽織られているんですか」

ふと、という調子で樋口は訊いた。司令官服の上から着ているものが気になる。赤い長衣。礼服のように見える。

「日輪《にちりん》の赤だ。決まっているだろう」

茂木は興味なさげに顎を上げた。わずかに眼差しをきつくする。

「こっちにいるイザナギは十人以上だったぞ。皆殺しにしたのか？」

公安刑事の殺戮には興味を示した。樋口は頷いてみせる。

「どうやった？」

「こっち側にいるイザナギが、いわば二軍で、一軍はぜんぶ官邸の方へ行ってることは、中丸君からの連絡で分かっていた。二軍は常にくすぶってるもんです。イザナギだけで警察の特殊部隊を捕まえたら、株が上がると思って張り切ってたんですね。茂木さんの部下には言わず、通路の出口になっている小部屋で待ち伏せしていた。私はのこのこ上がっていきました。私が頭を出したとき、こりゃ大手柄だと彼らは喜んだ。しかしそれは、人生最後のぬか喜びでした。中丸君がすかさず背後から発砲した。手強い奴から順にね。私も中丸君に負けじと、撃ちまくりました」

「無事では済まなかっただろう」

「いや。私の身体は綺麗なもんですよ。かすり傷一つない」

「本当か？」

「はい。こう見えても、シールド使いなもので」

嫌みたらしく言う自分の才能に、樋口は酔った。まったくもって、アンチヒーローの鑑じゃないか？　俺は吉岡冬馬の影だ、と思った。俺がいなけりゃあいつはただの餓鬼。役立たずのもやしっ子だ。ひとり狂ったように笑う。

叛乱軍の司令官が、樋口を呆れたように見ていた。

「とまあ、そういうわけです。私と彼とで、さっさと駆除して参りました。ダニみたいな奴らをね」

「……そうか」

「はい。ただ、茂木司令も同じ感想をお持ちでしょう？　イザナギは害虫ですよ。利用するために仕方なく奴らと組んだんでしょうが、あなただってただのクズだと知っている。本当は、皆殺しにしたかったはずだ。私が代わりにやっておきました」

茂木は樋口を睨《ね》めつけた。

「皆殺しにすることはなかろうに。可哀想だ」

散文だ、と樋口は思った。情がこもっていない。他人事だ。

「あなたは、ここで一人、なにを黄昏《たそが》れてるんですか」

ニヤニヤしたまま突《つつ》いた。

「日本を乗っ取った男には見えませんよ。もっと喜んで、踊ってるべきだ」

「踊れるものか」

茂木の眼差しはどこまでも憂愁を湛える。

「樋口。厄介な性格をしてるわりには、いまの政府に忠実なんだな。どうしてイヌでいられる？」

アイデンティティを問われた。樋口はますます笑い出したくなる。

「お前もしょせん、いまの世界秩序に疑問を持たない新世代か」

「疑問は大いに持ってますが、とりあえず、自分の仕事には納得しています」

樋口が言うと、茂木はあからさまに肩を落とした。

「がっかりだ。公安には、もう少し骨のある奴らが揃っていると思っていた。警察もぜんぶ、亡国のどら息子ばかりか」

「はい」

　樋口はあっさり頷いた。

「あなたのことは、化石としか思っていません」

「不肖の者ばかり育ててしまった」

　茂木一士は掌で額をぬぐった。

「罪深いな、我々の世代は」

「すみません。そんなことはどうでもよいのです」

　樋口は不遜さを剝き出しにする。

「私が知りたいのは、だれがあなたを唆したか、です」

2

「鳥取の仇を、フクシマで返しに来たか」

　侮蔑たっぷりのその声の主は、テロ組織の頭首。

「吉岡冬馬警部。説教師は、だれを説教に来たんだ？　私か？」

鈴木広夢の嘲笑《ちょうしょう》が、冬馬の頭の上から降りかかってくる。

首相官邸に平和の軍隊を招き入れ、人民の敵へと変えた男が直々に自分を出迎えた。たった一人で。この官邸の中庭の隅にロボットはいるが、起動せず丸まったまま。この強烈な失調感。空疎感。いったいなんだ。クーデターとは本当に起きたのか。すべては冗談ではないのか。

いや——冬馬はようやく、自分の間違いに気づいた。

中庭を囲む廊下をよく見ろ。なまじ、中庭が朝の光に満たされているだけに、官邸内の様子が見えづらかった。目を凝らせば、銃口が勢揃いしているのが見分けられる。

その圧倒的な数に、身体の力が抜けた。

やっと悟った。地下での爆発の奇妙さ。的外れの位置で坑道が崩れた意味が。あの後は爆発がなかった。むしろあってはならなかった。一発きりで、暗闇の中で怯える者たちの判断力を鈍らせ、誘導した。余計なルートを潰せばこの中庭に出るしかなくなる。ここならば圧倒的な人数で侵入者を包囲できる。一瞬で戦意を喪失させられる。あとは、捕虜にするなり蜂の巣にするなり自由だ。

しまったと思ったときは遅かった。冬馬が無事と知り、朴隊長を初めとして後発隊の多くが地上に姿を現してしまった。

完全に包囲されていることに気づいた朴隊長はホールドアップした。

「降伏だ。銃を捨てろ！」

迷いのない命令。さすがだった。朴は部下の命を最優先した。目的が達成できないなら、捕虜となっても生き延びる。無駄死にはしない。

隊員たちは迷わない。持っている武器をすべて地面に置き、両手を挙げた。冬馬も真似をして拳銃を捨てながら考えた。先発隊もおそらく同じ方法で囚われている。東アジア警備隊は本物の軍隊。敵を包囲して武装解除する手順など毎日訓練している。警察など、赤子の手を捻るようなものだった。プライドが打ち砕かれそうだ。

すると中庭に、一人の偉丈夫が現れた。士官服に身を包んでいる。降伏した特殊部隊に歩み寄ってきた。

「私は、日本軍副司令、浦晋之助だ」

副司令。茂木の右腕だ。〝日本軍〟を名乗った瞬間、現実感が歪んだ。

「貴殿らの身柄を拘束させていただく。抵抗しない限り、手荒には扱わない。どうか神妙にして欲しい」

礼節を感じた。下卑《げび》た言葉しか吐かないテロリストとは違う。冬馬は希望を見いだし、あえて敬礼してみせる。

「警視庁の吉岡冬馬です。茂木司令官とお話しさせていただきたい」

するとすると浦は、気分を害した様子も見せず、正面から答えてくれた。

「司令官はこちらにはいない。私と、鈴木氏がここを任されている」

鈴木広夢がニヤリとしてみせた。冬馬は無念に目の前が暗くなる。首相官邸を仕切っているのはイザナギの面々か。茂木は新国会議事堂の方にいる。

俺には運もない。腹の底から脱力した。新国会議事堂に向かった樋口に望みを託すのみ。だがこれだけ用意周到に地下からの襲撃に備えていた。おそらく樋口も、よくて拘束。悪ければ殺されている。

ただ、向こうを統括しているのが茂木さんだとしたら手ひどい扱いはしないと思いたい。イザナギは、官邸に押し入る際に刑事を一人殺している。その後にやって来た東アジア警備隊はまだ血を流していない。これからも無益な血を流すことは回避するはず。

すべてが願望にすぎないことはわきまえていた。日本警察のミッションは失敗。スピード解決というシナリオは泡と消えた。

となるとオセアニア警備隊が出てくる。東アジア警備隊と全面衝突か。交渉はこれからだが、最悪は総力戦。まぎれもない戦争になる。オセアニア警備隊がこの無法者集団から日本を解放するためには、仙台湾の艦隊を打ち破ったうえで上陸し、内陸の福島市まで辿り着いて陸戦主力部隊を打ち破ってから、官邸を占拠するこの兵士たちを制圧しなくてはならない。

戦力均衡の原則から言えば、オセアニア警備隊だけでは心許なかった。他の警備隊もやってこなくては戦力で上回れない。だがそれは政治の問題だ。国連の動きはいまのところ速い。きっとこれから、オセアニアだけでなく他の警備隊も動いてくれる。

茂木一士の叛乱は歴史の珍事として解決し、やがて忘れられる。

果たしてそううまくいくか？

浦に続き、何人もが中庭に出てきて特殊部隊チームを取り囲んだ。手際のいい武装解除が始まる。さすがよく訓練された〝ガーディアン〟だ。アサルトスーツのすべての箇所をチェックして、武器になりそうなものはすべて没収された。

冬馬は両手を挙げながら、自分を守るシールドが逆に危機を誘発することに気づいた。ガーディアンたちはシールド機能について詳しくは知るまい。聞いたことはあったとしても実態はよく知らない。万人警備隊は世界一の武力を持つ組織だ。たかだか警察組織の、刑事個人の防御システムを気にするとも思えない。

だが、シールド発生装置を危険物と判断し、除去しようとしたら危い。シールドはどこまでも使用者を守るからだ。冬馬は厄介な事態にならないよう、身体の角度を変えてジェネレーターを見えにくくした。兵士たちが見逃してくれることを祈る。

だが、見逃してくれない人間が目の前に現れてしまった。

「こいつだけは許さない。殺す」

聞き覚えのある声。幼く、浮ついた調子。

冬馬が囚われたガレージで、しつこく罵倒してきた長身のテロリストだった。

「なんだ？　リュウジ。お前の出る幕じゃない」

鈴木広夢が泡を食っている。予定外の勝手な行動のようだ。

「戻れ。警備隊の後ろに、控えていろ」

「頭首！　今度こそこいつを殺します」

聞き覚えのある振動音を耳が捉えた。と思った瞬間、光が中庭の地面を走る。感じたことのある周波数と光の燦《きら》めきに、冬馬は思わず身体を強張らせる。また捕まえる気だ。あの奇妙なロープで。

「リュウジ。馬鹿だなお前は」

鈴木は呆れ返って配下を罵倒した。

「それで捕らえられても、シールドを破ることはできなかっただろ。出力を上げたのか？　サキがチューンナップしたわけじゃないだろ？」

頭首が問い質すと、リュウジはいきなり持っていた装置を捨てた。

代わりに、袈裟懸《けさが》けに背負ってきた得物を手にする。

「だったら、これで殺す！」

「馬鹿者！　レーザーも効かなかっただろうが」

鈴木広夢が一喝した。部下の元へ行き、頰を殴った。容赦なく。

「引っ込め。これ以上私と、日本軍の足を引っ張るな」

鈴木広夢が大勢の兵士の視線を意識していることは間違いない。命令を聞かない手下がメンツを潰した。だから殴ったのだ。

若僧テロリストは大勢の武人たちの前で侮辱された。その哀れな姿を見て冬馬は気づく。目が悲壮だった。そして、予期していたより冷静だった。つまりこれは覚悟の行動だ。だがなにをする気だ？

冬馬のあらゆる予想は覆された。頬を押さえた憐れなテロリストが瞬時に動いた。気づけば身体が入れ替わっていた。若僧が頭首の背後に回り、左手が頭首の首を押さえ、右手のレーザー砲が頭の横に突きつけられる。なんと現実味を欠く光景。

「リュウジ？」

鈴木広夢が目を白黒させながら言った。

「な……なんだ、お前」

「全員動くな！　動くと撃つ！」

中庭を囲むだれ一人として事態が呑み込めなかった。すべての銃口が沈黙している。

するとリュウジは、必死な目で冬馬を見た。

「刑事さん。俺はイザナギを抜ける！」

3

樋口尊の目の前で、叛逆者の首魁《しゅかい》は言った。

「はん。俺を唆《そそのか》した奴、だと？」

茂木一士は、世を儚む狷介《けんかい》な老人のような様子になる。

「さすが公安だな。ちっぽけな陰謀史観で仕事する」

「その通りです。それが私の仕事です」

まったく悪びれない樋口に、茂木は苛立ちを露わにした。

「国が滅びるはずだ。どいつもこいつも、世界連邦に骨抜きにされた」

「と、あなたに吹き込んで、叛乱を後押しした人間の名前を教えてください」

樋口はほくそ笑んだ。相手の反応は予想通り。内心の動揺を隠すために怒ってみせている。なにもかもお見通しだ。

「そんなことを訊いてどうする」

茂木は言外に認めた。

「逮捕するのか。逮捕するなら、岩見沢耕太郎にしろ。国賊だ」

樋口は首を傾げてみせた。親切心だった。

「なんのことですか？」

「国連に日本を売った男だよ。あの男だけは許さない」

「もう引退した人ですが」

「引退しても許さない。死んだとしても許さない」

茂木一士の憎しみの根源を見て、樋口は密かに震えた。純真な憎しみこそ琴線に触れる。

「国連事務総長の女も逮捕しろ。国の誇りを足蹴にする暴君だ」

ソフィア・サンゴール。そこに人種差別の臭気を感じ取り、樋口は眉を顰めた。

「あなたの人物評価に興味はないんです」

にべもなく払い落とす。

「ぜんぶ私怨じゃないですか。私怨で叛乱を起こさないでくださいよ」

うんざりしたように言ってやった。

「私怨だと！」

茂木は司令官らしい威厳をかなぐり捨てた。残ったのは狭量な怒り眉だ。

「腐ってしまったな！　どいつもこいつも、日本という清流を見失った！」

「清流」

樋口は鼻で笑った。

「なんで日本だけが清流と言えるんだ」

「そりゃお前、日本人なら分かるはずだ。選ばれた特別な国だからだ」

「凡庸な。あまりに凡庸な」

樋口は咳払《せきばら》いをし、明確な侮辱を顔に浴びせる。色をなした司令官を追撃した。

「ねえ茂木さん。ハズレです。吉岡冬馬も地下通路に入ったんです。こっちじゃなく、官邸コースへ行きました。是が非でもあなたに会いたかったのにね」

茂木は固まった。分かりやすい反応に樋口はほくそ笑む。

「向こうにも罠をかけたんでしょう？　爆発は、一発でしたか？　あいつが死んでたら、あなたのせいですよ」

「冬馬君は、捜査一課の刑事だろう」

分かりやすい動揺が返ってくる。樋口には快感でしかない。

「なんで彼が、特殊部隊員の真似を？」

「なんでかって？　あなたのせいですよ！　あいつは責任を感じてるんだ。あなたの叛乱の意志を見抜けなかったってね」

茂木はぐっと押し黙り、両方の拳を固めた。ぶつける先を見つけられないでいる。

「叛乱じゃない……叛乱は国連の方だ！　世界中の国を骨抜きにした」

「まだ言うんですか」

うんざりした樋口は、投げやりに訊いた。

「ウルですね」

茂木の動きが止まった。

「ウルがあなたの後ろ楯となった。そして叛乱をバックアップした」

「知らんな」

目を伏せた、かつての高潔な指揮官の姿はただみすぼらしかった。

「ウルかどうか。それは答えなくても結構です。答えは分かってますからね。いちばん大事なのは、更なる叛乱についてです」

茂木は今度は顔を背けた。表情を読まれないようにしている。その素振りこそ答えだった。

「もっと大掛かりな叛乱計画があるのでは？」

追及の手を緩めない。これを確かめるためにこそ、俺は潜ってここまできた。

「茂木さん。日本、という局地的な叛乱に留まらないんじゃありませんか」

「お前」

茂木は言いかけて口を閉じた。不用意な発言を呑み込んだのだ。樋口は畳みかける。

「茂木さん。とっくに分かってますよ。こんな時代錯誤で、徒労に終わるようなことに人生を懸けられるもんじゃない」

本質を抉る。公安刑事の本懐だ、この暗い悦《よろこ》びを楽しむ。はっきりと生き甲斐を感じた。

「クーデターは、周りがついてこない限り失敗に終わる。それが歴史の常識です。あなたはそんなことも知らずに、感情や私怨だけで突っ走るような人じゃない」

樋口は相手との距離を詰めた。相手の瞳の色と、息遣いが感じられる距離まで迫る。

「人民がついてきて、支持してくれる。あるいは、他の勢力がこぞってクーデターに加わって、世界秩序を完全にひっくり返す。そんな目算がなければ踏み切らなかったはずだ。だが、どうですか？ 見通しは」

目の前の茂木の視線は大きく揺れ動いている。

「怪しいでしょう。いま、あなたの叛乱に対して迅速なアクションを起こしたのはオセアニア警備隊だけです。残念ながら、あなたに敵対する形でね。では他のガードは？ あなたに同調する、とはだれも言い出さない。それは、あなたの目算通りでしたか？」

茂木はますます顔を背け、ほとんど壁の方を向いた。暗い悦びの炎がなお燃え上がる。

「あなたは、クリスティン・ウォーカー司令官が好きですか？」

愚問をあえてぶつける。嫌がらせだ。

「トム・ジェンキンス司令官とどっちが好きですか」

「さっぱり分からんぞ。お前がなにを言ってるのか」

茂木の抵抗は弱々しかった。樋口はさらに本質を突く。

「あなたは、北米警備隊との協調関係で知られる。かつての日米軍事同盟を懐かしむ、懐古主義者という触れ込みでね。だが本当は、先方にもきな臭い話を持ち込んでいるんじゃないですか？」

「デタラメだ」

その否定は子供の嘘のように聞こえた。

「私は、日本を取り戻したかっただけだ。すべては私の意志だ。単独行動だ」

「誤魔化しはなしです」

樋口は茂木の鼻先に指を突きつけた。

「あなたは神風を期待して特攻をかけたんですか？　いや、勝算があった。あなたの勝算とは、軍事的勝利のことです。つまり、世界中の警備隊の少なくとも半分はあなたを支持する。そう信じていた。違いますか？」

茂木はぐっと口を噤《つぐ》んだ。樋口はかまわず詰める。

「それとも、日本人の魂を信じてたってわけですか？　みんな目が覚めてついてくるって？　だとしたら救いようのない馬鹿だ」

茂木は石のようになってしまった。意地でも喋らないという様子になる。

「だんまりですか。国連の動きが速かったことに、泡を食ってるんじゃないですか？　太平洋上で、まもなくあなたの〝日本軍〟の艦隊と、ウォーカー司令の艦隊が対峙しますね。勝てますか？　もし、あなたの艦隊が負けたら」

いやらしくためを作る。公安刑事の真骨頂だ。

「世界連邦のセキュリティが機能することが証明されてしまいますね。国家主義復活の夢は、露と消える。つまりあなたこそが〝日本再生運動〟とやらにとどめを刺す存在になりかねない。そんなことは嫌でしょう」

「まだ勝負は分からない」

茂木の目がふいに、野性味を帯びて輝く。樋口の顔を睨んだ。いや、樋口の背後を。

次の瞬間、樋口の身体が震えた。

物理的な衝撃が加わったのが分かった。

4

若いイザナギが、イザナギの頭首を拘束して強力な銃を突きつけている。動くとレーザーを撃つ、とこの場にいる兵士たちに告げている。

自殺行為だ。どう見てもやけくそから出た破滅的な行動。

だが、その目を見れば信じられた。リュウジはこれしか方法がない。そう信じて決断した。揺らぎも後悔もまるで見えない。覚悟の叛逆だ。しかも、

「刑事さん、俺はイザナギを抜ける!」

と叫んだのだ。叛逆の場での叛逆。叛逆者に対する叛逆。眩暈のする入れ子構造。

「分かった」

溺《おぼ》れながら差し伸べてくる子供の手をはねのけられない。

「お前が抜けたいなら、俺はお前を助ける」

冬馬は必死に思考を巡らせた。圧倒的な数の敵に囲まれていることに変わりはない。

「俺が間違ってた」

リュウジの目が紅潮している。独白が止まらない。

「まさかここまでするなんて！　こいつは、仲間を殺した！　自分についてこない者を皆殺しにしたんだ！」

鳥取支部の者たちだ。リュウジは気が咎めていた。異を唱えると殺されるから仕方なく従ってきた。怖かったのだろう。後悔に苛まれていたのだろう。

「話してくれるか？　イザナギがやったこと。お前が知ってること全てを」

冬馬が確かめると、真っ直ぐな答えが返ってきた。

「はい。切腹事件のこと、鳥取皆殺しのこと、俺が知ってるぜんぶを」

「リュウジ、貴様」

頭首は黙っていない。

「ただじゃ済まないぞ」

「黙れ！」

鈴木広夢が脅してきたのでリュウジは逆上した。突きつけた武器を憎き男の頬にめり込ませる。冬馬は制した。

「リュウジ！　あわてるな。ガーディアンを刺激するな」

周りを意識させた。自分たちが蜂の巣にされる危機は変わらない。

「この場を切り抜けられたら、こいつは、俺が責任を持って逮捕する。いいんだな？」

「二度と娑婆《しゃば》に出しちゃいけない」

リュウジは語気強く言い切った。

「こいつは、殺してばかりだ。俺は馬鹿だった」

「リュウジぃ！」

憤怒の叫びが届く。

「可愛がってやったのに……許さんぞ！」

「うるせえ。殺してやろうか！　お前を殺した方が世の中のためだ！」

義憤の叫びだった。若僧は目覚めた。

冬馬の視界の隅に朴隊長の顔が見える。冷静に成り行きを見つめている。どんな隙も見逃さないつもりだ。だがさすがに囲む銃口が多すぎる。百近くあるのではないか。自分よりも朴たちを撃たせたくない。彼らにはシールドがない。

「落ち着け。君」

　東アジア警備隊副司令の浦が、リュウジに声をかけた。顔には苛立ちが見える。テロリスト同士の仲間割れで足並みが乱れることには、腹立たしさしかないだろう。

　冬馬は改めてリュウジの様子を見つめた。だがどう考えても、このまま鈴木広夢を人質に、リュウジと自分と特殊部隊員がこの場から逃がれる画《え》が描けなかった。

　ならば時間を稼ぐ。

『抵抗はやめろ。武器を置け』

　拡声器の声が響いた。明確な警告。銃を構えているガーディアンたちの総意だ。

　この中庭に、感情的なテロリストが一人。武器を捨てたとはいえ特殊部隊の精鋭が十人。そばには浦副司令もいるということで、安全を最優先して警告を発したのだろう。多勢に無勢、ガーディアン側の圧倒的有利は変わらないが、死傷者を出さないための声がけだ。

　加えて、新たに十人ほどの隊員が銃を構えながら包囲し、輪を狭めてきた。初めはロボットしかいなかった中庭がこんなにも賑やかになる。美しい芝生が踏み荒らされてゆく。

　冬馬は眩暈を覚えた。

「無駄なことはするな」

「武器を置け」

　近づいてきた隊員たちは、口々にリュウジに声をかけた。だがリュウジは頑《かたく》なに鈴木に武器を突きつけて離さない。膠着状態はそのまま。隊員たちも力任せに押さえ込む決断をできないでいる。副司令の浦も迷っていた。本心は、テロリストなど内輪もめで死んでも構わないと思っている。だが官邸占拠の功労者を見殺しにするのは信義に悖《もと》る。だからポーズだけでも鈴木を救おうとしている。

「こんなクズ、殺した方が国のためだ」

リュウジはつけ入る隙を見いだしていた。ガーディアンたちに直接訴える。

「あんたらも、こんな奴とつるむなんて恥だぞ！」

静かな動揺が広がっている。この若僧は、銃口に囲まれながら波紋を引き起こしている。

「あんたらの気持ちは、俺も分かるんだ。国のためだ……だったら、こいつらは潰してくれ」

全員の足が地面に根を張っている。混乱していた。決断できない。

「あんたら！　そう思うだろ？　イザナギは潰した方がいい！」

リュウジは大声で叫んだ。中庭に注目するすべての人間に訴えかける。この場に起こっている動揺に満足していた。

「こいつは仲間殺しだ。何人も殺した！　こんな奴、檻にぶち込んでおかないと」

勝ち誇るリュウジが、いきなり崩れ落ちた。

コンマ数秒遅れて、銃声が冬馬の耳に届いた。

だれもが呆気《あっけ》にとられていた。あわてて首を振って射手を探す。

冬馬は上を見た。直感通りだった――あの女だ。

冬馬のスマートゴーグルは、階上に照準を当ててズームした。

中庭から見る限りで一番上。屋上のスペースに、女がいた。

サキ。鈴木広夢の右腕。

上から全体の成り行きを監視していたらしい。ライフルを手に。頭首を守るために。

リュウジの裏切りにはさすがに驚いただろう。だが頭首を守るために容赦なく撃った。

おかげで解放された男は、地面に倒れた若僧を足蹴にした。

「馬鹿め。お前の女だと思ったか」

鈴木広夢の勝ち誇った台詞は、冬馬に悪寒を引き起こした。サキはリュウジの女だったのか？　ならばサキは恋仲の男を狙撃したことになる。

「吉岡。お前も終わりだ」

鈴木広夢はぐるりと首を巡らせて冬馬を見た。手下に裏切られた逆上が続いている。その目には狂気しかない。冬馬はリュウジが不憫《ふびん》になった。お前は正しい、鈴木広夢は生きているだけで人間を冒瀆している。

気づくと腰に手をやっていた。銃はとうに投げ捨てている。代わりに取り出したのは、銃の横に収めていた手錠。兵士に奪われずに残っていたのが奇蹟《きせき》に思える。

「なんだ貴様！　私にわっぱをかける気か！」

鈴木は歪み切った笑みで応じた。冬馬は気にしない。一歩、二歩と鈴木広夢に近づいた。屋上のライフルを含め、中庭を取り囲む無数の銃口が気にならない。愚直に前に進んだ。この世のだれより鈴木広夢を逮捕しなくてはならなかった。たとえこの手で手錠をかけられたところで、福島県警本部に連行できる可能性はゼロ。そんなことは分かっていた。鈴木広夢も分かっている。二人を取り囲む警備隊員たちも分かっている。

「止まれ。止まらないと撃つ」

距離を詰めてきて言ったのは、浦副司令の横を守っていた若い兵士だった。

正式な警告。彼らは軍隊式訓練を受けたマシンだ。感情を凍結し、原則に従って動くことができる。つまり、警告を無視する人間は撃つ。

だが動き続けた。鈴木広夢の腕を摑もうと手を伸ばす。

衝撃が襲う。警告を浴びせた兵士がサブマシンガンの引き金を引いたのだった。ライフルモードで一発撃った。銃の角度から、足を狙ったことさえ分かった。

だが無傷だった。再び鈴木広夢に手を伸ばすのを見て、兵士はもう一発撃った。外したと思ったのだろう。冬馬は痛痒《つうよう》を覚えず動き続けた。ついに鈴木広夢の手首を摑む。

兵士が呆気にとられ、隣の副司令が唸った。

「シールドだ。ライフルは効かない」

言ったそばから、副司令自らが距離を詰めてきた。体術の達人の気配を感じた。型を作り、手刀を繰り出してくる。冬馬は動かなかった。結果が分かっていたからだ。

浦は後ろに下がった。加えた力を、正面から跳ね返されたのだ。目を疑うように自分の手を見る。

「なんだ……冷えるな」

温度の低さを感知したらしい。冬馬は思わず口許をほころばせる。初めて得る感想ではない。シールドに触れると冷感を覚える者がいる。

「これがシールドか。面白い」

浦は知的興奮を覚えているようだった。やはり高級士官、茂木の副官に上り詰めるだけはある。前からシールドに興味を覚えていたからこそ、自分の手で攻撃を仕掛けたのだろう。

「鈴木を逮捕させてくれ」

冬馬は直訴した。理屈が通じることを願う。

「こいつは許されない。人民の敵だ」

クソッ、と唾を吐きかけることで鈴木広夢が答えた。飛沫《しぶき》を頬に感じない。この唾でさえ攻撃と判定したようだ。冬馬は瞬きしながら思う。シールドの持つフィルターの基準をいまだに知らないが、恐ろしく賢い。

「シールドとは、実に厄介だな。どうやって拘束すればいい」

浦は話を逸らした。ぎりぎりで鈴木広夢の側に立った恰好だ。

「浦さん、こいつを生かしておく気か」

鈴木広夢が食ってかかった。

「この男は害悪だ。警視総監直系。つまり、現体制の忠犬だ！　放っておけば我々の邪魔をする」

「だめだ。彼は、茂木司令と昵懇《じっこん》だ」

知られていた。しかも気を遣われている。冬馬はかえって恥じ入る気持ちになった。

「いや！　私は受け入れない」

鈴木は自分の懐から端末を取り出し、口を近づけて何か言った。浦が慌てる。

「やめろ。茂木さんに確認してから」

「茂木さんへの説明は、あとでやる！」

叫んだのと同時に、中庭の一角から異音がした。

5

冬馬にはそれが、黒い蓮《はす》の花が弾けたように見えた。

ただのオブジェに見えた金属塊が、立ち上がって手と足を見せた。ずんぐりむっくりの体型がいかにも頑丈そうだ。対して、腕は先へ行くほど細く、指先に至っては繊細さを感じるほど人間そっくりだった。武器を扱うためだ。事前に聞いた通りだ、どんな武器も器用に扱うに違いなかった。

だがいまは武器を手にしていない。ただ歩き出す。愚直に前に進む。冬馬を目指して。

「いまのうちに潰す。シールド使いは殲滅《せんめつ》しておかないと！」

鈴木広夢が宣言し、

「待て！　あんたに生殺与奪の権限はない！」

浦副司令が叫び返した。

「このヒューマノイドを止めろ！」

尋常ではない危機感が声と顔に溢れていた。それで冬馬は理解した。この兵器は東アジア警備隊の所有物ではないと。イザナギに属するもので、扱えるのは頭首の鈴木のみ。それもそうだ、誇り高き万人警備隊は忌まわしい兵器を避ける。生身の兵士を基礎とした〝正式な〟武装組織なのだ。敵を自動判別して攻撃する兵器など人道に適《かな》うはずがない。

冬馬は警戒レベルを上げた。つまり、迫ってくるこの機械人形は超法規的な存在だ。地上に存在していてはならない類いの。

浦が鋭い体術の動きで、鈴木の端末を奪おうとした。だが鈴木はなんとか躱《かわ》す。

そこへすかさず黒い金属の塊が突っ込んできた。ものの見事に浦だけを突き飛ばした。浦は五メートルほども宙を飛んだ。そのまま地面に突っ伏す。中庭にいる全員が騒然とし、臨戦態勢に入った。朴率いる特殊部隊員も身構える。彼らの銃を奪った兵士たちは倒れた浦に駆け寄りつつ、人型兵器を取り囲んだ。冬馬は思わず身を縮める。予想通り人間を超えた膂力《りょりょく》を発揮した。このパワーが自分のシールドに加えられたらどうなる？　予測がつかない。

大勢の男に銃を向けられながら鈴木広夢は気にしていない。端末に命令を呟き、ロボットを旋回させて冬馬に正対させた。

黒い鉄の真後ろに位置した鈴木の顔は、冬馬への憎しみではち切れそうだ。

「こいつの馬力には勝てまい！　潰れろ！」

動きが素早いのは見ていた。逃げても追いつかれる。冬馬はその場に立ち尽くした。正面から攻撃を受ける決断をする。

真上から力が加わり、空間が撓《たわ》むのを感じた。黒い兵器は両手を握り合わせ、腹の部分で打撃を与えてきた。冬馬の身体はぐわりと右に、次に左に傾き、結局後ろに仰向けに倒れそうになったがどうにか踏み止まった。このパワーは想定外で、シールドもギリギリで跳ね返している感触があった。腰のジェネレーターが大きく唸っている。

するとロボットは後ろに下がった。意志がない機械に過ぎないのに、頭部もないのに、戸惑っているように見えた。膝を曲げてアイドリングするような状態になる。握りあわせた両手を、ゆっくり離した。

白いものがパラパラと地面に落ちる。陽光に煌めくそれは、氷。ドライアイスのようだ。全力でシールドの力場を叩くと温度が奪われる？　力が強いほどそれは顕著になるのか、と冷静に分析する自分がいた。冬馬自身がシールドのことを知りたい。だがいまはそれどころではない、次の打撃を受ければさすがに危ない。

仕方なく駆け出した。身を隠す必要がある。誇りもへったくれもなかった。生き延びなくてはならない。

だが逃げ場はなかった。この中庭は廊下で取り囲まれ、扉は全て閉じている。窓硝子も閉じられていて、兵士たちはまるで中庭のショーを見るギャラリーだった。どの顔も興奮している。ライオンと闘う剣闘士を見るように。

これ以上の見世物はごめんだ。希望を探してなおも視線を彷徨わせるが、朴たちも武器を奪われて動けないまま。素手ではさすがに機械人形を倒せない。

浦が吹っ飛ばされたことに激昂した若い兵士が黒い装甲に向けて発砲した。だがまったくダメージを与えられない。それでは、と操る鈴木広夢に銃を向けたが、すかさずロボットが動いて楯になった。鈴木広夢を主人と認識し、オートモードで銃から守る体勢を取るようだ。

だった。


「私を殺せば、このロボットは暴走するぞ！　私にしか止められない」

なんという脅し文句だ。鈴木はこの国で最悪の卑怯者《ひきょうもの》と確定した。

「浦さんは軽傷だ。頼むから、この刑事を殺させてくれ！　それだけでいい」

そう兵士たちに懇願してみせる。だが実質は狡猾な取引だ。冬馬は怒りに我を忘れそう

兵士たちは鈴木の脅しに屈して動きを止めた。

万難を排して、黒い首なし人形が再び冬馬に迫ってきた。

このままでは確実に抹殺される。命の危機を感じながら、冬馬はなぜか気になって上を見た。さっきまで狙撃手がいた場所を。女の姿は見えなかった。

やがて重いモーター音が耳に届いた。機械が体重を溜めている。

次の瞬間、真っ黒い剛性の身体が猛スピードで迫ってきた。ガーディアンは俺を見捨てる。もうだれも撃たず、見過ごすだけだ。一人の刑事が潰されるのを黙って眺めるだけ。

冬馬は中庭の一角で再び立ち尽くした。もう一度正面から受け止めるしかない。

衝撃を予期して両腕を振り上げた。頭部を守る姿勢を取る。

さっきとは比べものにならない重みがのしかかってきた。今度こそフルパワーだ。ギリリリと軋《きし》む音がした。なにが軋んでいるのか冬馬には分からない。ただ、自分の身体が地面に向かって直角に下がるのが分かった。脚が折れることを覚悟したとき、視界の隅に

なにかが跳ねるのが見えた。朴隆一だ。ロボットに挑みかかったのを知って感動を覚えた。だがあえなく跳ね返される。人型兵器の重い足は地に根付いたようにビクともしない。耐える冬馬の膝の角度が、限界を超えてじりじりと深くなる。

6

樋口尊はゆっくり振り返った。

発砲音は至近距離で起きた。硝煙臭がふわりと押し寄せる。

そこにいたのは、若い兵士だった。手に握っているのは拳銃。通常より少し大きいのは、サイレンサー機能を備えているからに違いない。大きな音は立てなかった。茂木の警護役だろう。

見張りに立たせていた中丸富生が死んでいるのが見えた。廊下の床が血まみれだ。兵士は富生に気づくや否や一発必中で仕留めたらしい。

だが、樋口尊は無傷。

「貴様、本当にシールドを！」

茂木が身を震わせた。

「やはりだ。警視庁の特権……これが一番の癌《がん》だ。我々の障害だ」

無念に表情が歪む。樋口は肩を竦めた。

「言ったじゃないですか。ハッタリだと思ったんですか？」

「警視庁の刑事は、なぜここまで守られる！　貴様らの特権こそ問題だ。貴様らの権限を不当に強めている」

「ははは。それだけの価値があるからじゃないですか」

冗談のつもりだったが、まるで通じない。

「貴様如《ごと》きが……公安のイヌが。シールドなど貴様らにはもったいないですかね」

「選ぶことはできません。刑事側は」

樋口は真面目ぶって告げた。

「数は限られている。なぜシールドを賜れるのかは本人も知りません。私も、吉岡冬馬も」

「貴様らこそ、背後にだれかいるだろう！」

茂木は我を失って指を突きつけてきた。

「トゥルバドールだ……間違いない。奴らのまやかしが、お前らを操っている！」

「知りません。茂木さん、私は正直に答えています」

樋口はせいいっぱい誠実な表情を作った。

「無用な詮索は許されない。それがシールド使いの条件なんです。さ、あなたも正直に話してください」

銃が通用せず、立ち尽くしていた兵士が今度は殴りかかってきた。

だが拳は樋口に届かない。拳の力を直角に跳ね返した。兵士は床に突っ伏してしまった。加えた攻撃がそのまま攻撃者に跳ね返ったようだ。全力で殴りかかった分、反動を自分の腕で受ける形になった。肩が脱臼《だっきゅう》したかも知れない。苦しげに呻いている。

「無駄ですよ」

樋口は茂木に向き直り、薄く笑って見せた。

「もう、あなたを唆した者の名前を言って、楽になってくださいよ。報復を恐れているのでしょうが、我が警視庁が手厚く保護します。あなたは安全だ」

「お前は俺を馬鹿にしているのか」

茂木はゆっくりと仁王立ちになった。

「だれかの指図で、こんなことをすると思うか。俺はだれよりも日本を取り返したかった。そのために命を懸けたのだ。たとえ志半ばで倒れても、日本人の魂を目覚めさせられたらそれでいい」

「目覚める、ですか」

樋口は嘲笑《あざわら》わずにいられない。

「諦めた方がいいんじゃないですか？」

「だから、まだ勝負はついていない」

「私が、いまからあなたを逮捕しても、ですか?」

「逮捕。できるならやってみろ」

茂木は柔道の構えのような姿勢を取った。

「俺に近づくな。容赦しないぞ」

有段者なのだろうが、取り合っている暇はなかった。

「そちらからどうぞ。巴投《ともえな》げでもなんでも。悪いがあなたは、私に触れることはできない。いま見たでしょう」

「なら、部下にバズーカを持ってこさせる」

「ご冗談を」

動じない樋口を見て、茂木の勢いが死んだ。再び椅子にどかりと座り込む。

「俺はここを動かん。気に食わないなら、お前が俺を殺せ」

やれやれ、と樋口は鼻から息を吐いた。

「なんですか。切腹でもしますか? イザナギの連中に介錯してもらって?」

嘲弄のタネは尽きない。樋口は自分の才能に酔う。

「実にティピカルな武士道だ。あえて言わせていただきます。そんなものは幼稚だと」

茂木は、口喧嘩に勝つことに興味はなさそうだった。天井を仰いで世を儚む。

では、と樋口も自分を戒め、実利に切り替えた。

「私の要求はシンプルです。あなたの背中を押した者は存在する。調べはついています」

「身に覚えがないことは、喋れない」

茂木は繰り返した。

「そうですか」

樋口は溜息をつき、両の拳を固めた。

「さらなる叛乱についても、口を割らない。あなたがあくまでシラを切るなら、こちらも手段を選びません」

「俺を脅すのか」

「はい。私は、違法な手段も使います。覚悟ができていますので」

茂木は青ざめた。樋口の酷薄な目に気づいたようだ。

「あなたの意志が固いように、私の意志も不動です」

「なんだと……」

「ここに辿り着いたのが、吉岡冬馬でなく、私だったことを後悔するんですね。私は彼のように甘くはない」

「樋口」

茂木の目が鋭くなった。

「お前こそ、だれのために動いている？」

「もちろん、日本政府と警視庁のためです」

茂木は疑うように樋口の表情を観察したが、ふっと息を抜いた。

「立石勇樹……思ったほどのでくの坊ではなさそうだな」

「総監をでくの坊だと思っていたのだとしたら、あなたは反省するべきです」

樋口は茂木の手首を摑んだ。

「あなたを連行します。おとなしく従ってください」

「馬鹿を言え。兵士たちが納得しない」

茂木は力を込めて樋口の手を振り払った。

「説得しなさい」

樋口はデスクの上にある通信機のマイクをオンにして、茂木に差し出した。

「降伏と投降を呼びかけてください。いますぐ」

「従えない」

茂木は腕を組んで梃子《てこ》でも動かない。

「仕方ないな」

樋口は腕を大きく振りかぶった。振り下ろす。

拳が茂木の顔にめり込んだ。

一発ではない。二発、三発。

続けて蹴りが入った。樋口はデスクの横に回り込んで首と言わず胸と言わず、座ったままの茂木一士にできうる限りの打撃を加えた。

やがて茂木一士は椅子から転げ落ちた。

「……しょ、正気か、貴様」

床に転がり、口の両端から血を流しながら茂木一士は言った。

「理性に基づいて、いま私は暴力を行使しています！」

樋口は腕を振り上げながら声を張った。

「目的にかなうなら手段を選ばないので！」

そしてもう一発、蹴りを放った。茂木の脇腹を狙って。

ううう、という苦悶《くもん》の呻きが床を這う。

「こういう担当が、いま、警視庁にはいないのですよ」

樋口はわずかに息を乱しながら、事務的に伝えた。

「汚い仕事をだれもできない。だから私が、一手に引き受けています」

そこで樋口は、床に伸びていた茂木の護衛役の兵士も蹴り飛ばした。苦痛で動けないふりをして、反撃の機会をうかがっていることに気づいていたのだ。鳩尾《みぞおち》に靴先をめり込ませて今度こそ戦闘不能にする。改めて司令官に向き直った。

た。

「き、貴様……」

茂木は落胆を隠せない。兵士の反撃に期待していた。樋口はそのことにすら気づいていた。

だから蹴る。還暦を過ぎた男を、容赦なく。

「や……やめ……」

その声はさらなる呻きに埋もれる。

「まだまだです」

樋口は言いながら蹴り続けた。

「安心してください。殺しはしない。武器も使わない。ただ、あなたを半殺しにします」

茂木に聞こえている様子はない。両手で頭を抱え込み、自分を守るのに懸命だ。

「見た目は大事です。負けっぷりが大事なので」

樋口は暴行を休み、上機嫌に嘯《うそぶ》いた。

「あなたが半殺しの目に遭ったと知って、部下たちはどう思うでしょうね。混乱し統率を乱すでしょう。威厳の欠片《かけら》もない姿は、見たくなかった。放っておくと死にそうだ。そんな見た目は、憐れを誘う。分かりますか？」

床の司令官は、両腕のガードを下げて加害者を見上げた。

「こっちへ来るのは、俺じゃなきゃならなかった。説教師では無理だ。あなたを変節させるなんて、到底ね」

「……なんだと」

「あなたを納得させるカードは、俺しか持ってないという意味です」

「納得など、しない」

ボロボロに痛めつけられながら、叛逆者はなおも頑迷だった。

「ウルを知れ、馬鹿者」

樋口の怒りに火が点く。

「ウルは殺し合いの神だ。死ぬならだれでもいいんだ」

茂木が絶句した。思い当たることがあったのか、弱く傷ついた目を泳がせる。

樋口は一度足を振り上げ、相手を怯えさせてから、ぐいとかがみ込んで茂木の顔を覗き込んだ。

「目を逸らすな。それを知らないとしたら、あんたはどうしようもない外道だ」

目の前で罵倒し続けた。腹の底から尽きずに飛び出てくる。

「よくも引っかかったもんだ。奴らの甘言に唆されるなんざ、男が廃るよ、茂木さん。せめて責任を取れ。いま撤回すれば流血は回避できる」

「し……しかし」

「しかしもかかしもあるか。戦闘停止を命じろ。無駄に殺すな、武士道崩れが！」

樋口は思った。吉岡冬馬が説教師なら俺は罵り屋だと。我ながらぴったりだと笑う。怒りと侮蔑を吐き出すのが仕事なんて、最高じゃないか！

「決断しろ！　いますぐだ。でないと、あんたを嬲《なぶ》る手は止めない」

拳を振りかぶると、茂木は憐れに許しを乞うような体勢を取った。

だが茂木は参ったとも、分かったからやめてくれ、とも言わない。樋口はいささか見直した。ならばこちらもそれ相応の犠牲が必要だ。

「いまあんたが着てる、その赤い服もウルからもらったのか？　地位を保証された徴《しるし》か。そんなもの脱げ」

命令だと伝わるように、声を低めて宣告した。

「でなきゃ、その赤よりも血ダルマにしてやる」

茂木はやはり動かない。鈍重な虫の如き姿を見下ろしながら、樋口はスッと息を吸い、口を閉じた。懐から端末を取り出し、真新しいメッセージをチェックする。一度瞑目した。

それから表情を一変させる。バターをたっぷり塗りつけたような濃い笑顔を纏った。

「茂木さん。俺には、立石総監の他にもう一人、素敵なボスがおりましてな。厄介な爺さんですが、底意地の悪さにかけちゃ日本一です」

「に、仁戸田さんか！」

茂木はすぐに察した。床から畏怖の表情を見せる。

「あの人は……いつ引退するんだ」

「それはね、俺も聞きたいぐらいですよ」

樋口は呆れたように頭を振る。

「たぶん、死ぬまで引退しないんでしょう。引退するには、いろんな闇を見過ぎた」

自分の言葉の正しさを信じながら、樋口は妙な感謝を覚えた。古い男ほど、仁戸田の名前を聞いただけで震え上がってくれる。なんと便利なのだろう。

「ね。あの人は、やると言ったらやる。つまり、鳥取のあなたの別働隊も、東京のあなたの別働隊も、あなたを裏切る」

「な」

茂木は分かりやすく、表情に罅《ひび》を入れた。返礼に、樋口は笑みにたっぷり邪《よこしま》さを湛える。

「茂木さん。報告が入っていませんか？　相模湾《さがみわん》沖にいるあなたの別働隊は、動きが鈍い。応戦する素振りさえやめました。不良に万引きしろって言われたガリ勉みたいにね。ウォーカー司令の率いる艦隊が、はるばるオセアニアから迫ってきてるってのに、どうにもスンとしたままだ。どうしたんですかね？」

ぐぬぬ、と唸る声が聞こえた。

「ガード同士で闘いたくないんだ。あなたの別働隊があなたの行動を疑問視していることは、明らかです。このままあなたについていっていいのか。こんなことをするためにガーディアンになったんじゃない。多くがそう感じている。そこへ、我が腹黒きボスがつけ込んで揺さぶってます。そりゃもう凄いですよ。あの人は悪魔の舌を持ってる。ご存じでしょう？」

茂木はうなだれた。樋口が憐れに感じるほどだった。

「〝日本軍〟は瓦解《がかい》寸前だ。茂木さん。あなたの統率力の限界です」

樋口は言い渡した。この愚直な武人の心を折るのが、あの顔だけは柔和な老人だという皮肉。俺自身もあの人から逃げられそうにない。その思いは、凝り固めたココアパウダーのように樋口の顔を覆った。こんなに苦いものがあるのか。

「なにをそんなに急いだんですか？」

樋口は、自分の苦みを相手に塗りつけた。

「俺が代わりに答えましょう。あなたの任期中に、日本を巡回するチャンスはあと二回ほど。多くても三回だ。そのいずれかのタイミングで蜂起するしかない。テロリストと示し合わせられるのは今回のタイミングしかなかった。だから、隊を一枚岩にできなくても、賭けるしかなかったんだ。いやあ、逸《はや》りましたね。機は熟してなかった」

勝ち誇る。相手の痛いところを突くくらいいい憂さ晴らしはこの世にない。

「やっぱりね。任期の制限が効いてる。権力を限るのは、かくも大事だという教訓ですね。

コマンダーの任期が一年半ってのは絶妙だ。周到な計画が整う前に指揮権を失う。この任期は、今後も守らなくちゃいけないですね！　え、どうしました茂木さん？　あなたは俺を殺したがってるように見えますよ。図星を突きすぎましたか？　あなたの傷を抉りすぎましたかね？　これは失礼」

「俺についてくる者だけが日本軍だ」

苦しげな声が耳に届く。樋口は侮蔑を感じた。負けを認められない旧帝国軍の魂が重なる。兵士と市民に無駄死にを強いたあの愚劣な精神だ。

「もう無理ですよ。諦めなさい。部下たちに降伏を命じるんです」

樋口はなおも、マイクを突き出して指揮官にアナウンスを迫った。だが茂木一士は頑なに前を見ない。顔を逸らして悪あがきを続ける。

「あくまで意地を張るんなら、俺はあなたを見限る。甘えるのも大概にしろ」

そして樋口は、いままで堪えていた言葉の羅列を吐き出した。呪文の如く、抑揚なしに。霊験《れいげん》あらたかだった。茂木は劇的に変わった。萎《しお》れきった植物が突然狂い咲きを始めたように。

ふははは、と樋口は笑い出してすぐに嚙み殺す。

大勢の気配が近づいてきたのだ。樋口は注意深く耳を澄ます。

そして再び笑い出した。

7

このままシールドごと俺を潰す気だ。

冬馬は悟った。鈴木広夢と人型兵器の意図を。

シールドは万能ではないと繰り返し教わってきた。警告を活かせなかった。これほどの馬力で圧迫を受けたことはない。耐えきれない。

機械の腕にはね飛ばされた朴隆一が、中庭の芝生の上で冬馬に絶望的な眼差しを向けている。反応する余裕はないが、冬馬は勇敢な隊長にただ感謝した。武器もないのに黒いヒューマノイドに挑んでくれた。対して東アジア警備隊の兵士たちは刑事を見殺しにする。どこがガーディアンだと笑いたかった。なにを守護してる。人の命を守れない軍隊など呪われろ。

黒い鉄の腕に更なる力が加わる。シールドの力場がギリギリギリリと恐ろしい軋みを発し、物理的な脅威を押し返そうと頑張っている。白い飛沫が生じ空間に飛び散る、さっきも見た氷片だ。シールドに力を加えると極低温が生じるらしいが相手は機械だから何も気にしていない。このままだと世界中が知ることになる。シールドを潰すには物理的な圧迫だと。ロボットを用意しろ。シールド恐るるに足らず。

拡散されたくない、と思った。このまま俺は潰されても秘密は守りたい。氷片が溶けてゆく。飛び散るそばから溶けて蒸発している。熱気と、沸騰する水の匂いが立ちこめた。なんだこの異変は？　予期せぬ変化が目の前に生じている。

吉岡冬馬は目を瞠った。熱だ、熱が生じている。どこから？　気づけば目の前のロボットが変色していた。赤みがかった光が、装甲の表面を暗く輝かせている。冬馬は自分の目が信じられない。頑丈な装甲になにが起きている？

一秒ごとに異変は強まっている。熱が人型兵器を襲っているのは間違いなかった。冬馬が最初に疑ったのはオーバーヒートだが、それにしては熱が内部から来ているように見えない。装甲の表面にこそ変化は現れていた。溶けている。

信じがたいが、特殊合金製の強靱な装甲が、外部からの熱で溶かされていた。レーザーか？　芝生に目を向けるが、狙撃されたリュウジはもちろん倒れたまま。武器はまだその手にあり、使われている形跡はない。

それでは、と周りを見ても戸惑い、恐れを感じている顔ばかりで、だれもロボットに向けて攻撃を仕掛けているように見えない。

「どうしたんだ？　なんで、こんな」

この事態は鈴木広夢にとっても完全に想定外らしい。泡を食って後退《あとずさ》っている。己の端末によるコントロールが利かない。口を近づけて何度も命令したが、挙げ句には端末を投げ捨てた。遠巻きに見ているのみ。

冬馬はまだ組み合っている。異常が発生しているとは言え、ロボットの両腕は自分の頭の上に乗っかったままだ。だが圧する力は徐々に弱くなっている。

乗り切れる。確信した。シールドの力場が目の前の高熱を跳ね返している。腰のジェネレーターは快調なリズムを刻んでいた。シールドの特色は通気に問題がないことだ。風も感じるし、呼吸に困ることはむろんない。身体に危害を加えるものだけを判別して弾くのだ。いま、強烈な熱をも跳ね返してくれている。顔面に熱気は感じるが、シールドが安全なレベルまで遮断している。黒い装甲に生じた眩《まばゆ》い円形の赤色はまるで強烈な信号だった。何者かが禁断の兵器に駄目を出している。

またもや命を救われたことを冬馬は悟った。

やがて機械の両腕が、冬馬の頭上から外れる。力なく垂れ下がり、地面に刺さった。

驚いたのは、中庭の芝生が瞬時に燃え上がって灰になったことだ。このヒューマノイドはいま、どれほどの熱を帯びているのか？　まだ頬に熱風を感じる。黒かった装甲は赤く発光しているだけではなく、いまや白い部分さえある。まだ温度が上がっているのだ。冬馬は執拗《しつよう》ささえ感じた。何者かが怒っている。このロボットに天罰を加えている。

次の瞬間、閃光《せんこう》が走った。新星爆発かと思うような熱と光がいきなり生じ、気づくとロボットは膝をついて停止していた。また芝生が細かく燃えては蒸発した。やがてそれも止む。

もともと頭部のない機械人形は、いまやただの炭の塊に見えた。

だれの仕業だ？　どうやった？　なにも分からない。

シールドではないと思った。自分が与えられたジェネレーターは防御するので精いっぱいだった。そもそも他者を攻撃する機能はないはず。

きっと第三者が介入した。直感のままに空を見る。中庭を形作る四角から、抜けるような青空が見えた。雲一つない。なにも飛んでいない。あの女もやはりいない。

それから、辺りを見回した。兵士たちが呆然と突っ立っている。朴を筆頭に特殊部隊員も、建物の中にいる兵士たちも同じだった。度肝を抜かれて沈黙するばかり。

鈴木広夢も虚脱していた。切り札が無残に溶け崩れた。ロボットばかりでなく、自分自身のコントロールも失っているように見える。

ふと地面から視線を感じた。見ると、リュウジが地面から自分を見つめていた。

死んではいなかった。意識ははっきりしているようだ。遠方からのライフルの弾は、急所を逸したのか。運がいい若僧だ。

実際にリュウジは、自分の運の良さを嚙み締めているようにも見えた。横目で、自分が裏切ったばかりの男が我を失っているのを確かめた。ざまあみろと思っている。そんな細かい心の動きも伝わってくる。

「記録されているな」

冬馬は言った。だれに言ったのでもない、正気を保つためだった。常備しているスマートゴーグルの内部には録画中のランプが灯《とも》っている。この信じがたい光景は映像記録として残る。あとから解析して真実を突き止められる。強力な人型兵器の恐ろしさを。その力を奪った、正体不明の圧倒的な力をも。

だからいまは悩まない。おたおたしていても生き延びる確率が下がるだけだ。刑事の仕事の続きをすることにした。改めて鈴木広夢に向かう。手錠を握りながら。

それに気づいた鈴木広夢は後退った。だが、そこから下がれない。

真後ろに朴隆一がいたのだ。冬馬の動きを察し、鈴木の退路を塞いでくれた。見事な連携に嬉しくなる。朴はおそらく拳や腰を傷めているはずだ。そんな弱みは少しも見せない。この場にたむろするガーディアンたちよりよほど武人だった。本物の質実剛健は彼の中にある。

抵抗する力を失ったテロリストに、冬馬はしっかり手錠をかけた。

兵士たちもそれを看過した。兵士の中にはむしろ、鈴木が逮捕されて当然という顔をしている者もいた。やはり一枚岩ではない。浦副司令が鈴木のロボットに突き飛ばされたことも影響している。鉄の塊にタックルされたのだから骨折は必至だ。

だがさすがに兵士たちも、冬馬がこのまま鈴木を連行して去ることは許さないだろう。

だから冬馬は鈴木を放置して、地面に伸びた若者のところに行くことにした。確かめたいことがある。

「おい。リュウジ」

冬馬は起き上がれない若者に問いかけた。

「大丈夫か？　傷は」

「大丈夫です」

空元気で返してきた。

「生き残りたいか。ここから生きて帰りたいか」

訊くと、はい、と殊勝に答えた。縋るような目だ。強烈に憐憫《れんびん》の情が湧いた。鳥取のガレージでの対話がこの若僧の内部に変化をもたらしたのだろうか。刑事さん、俺はイザナギを抜ける！　と冬馬の顔を見て叫んだのがその証拠に思える。

「俺もだ。生きて帰りたい。だが、ここから逃げる方法が見当たらない」

唐突に始まった会話を兵士たちも黙認している。いつ中断させられるか分からない。突然処刑されることだってないとは言えない。兵士たちはいま路頭に迷っている。命令を受けなければ動けない生き物だ。そしてまだ動かないということは、新国会議事堂の茂木一士から命令が来ないということ。いずれ来る。

「おい。このロボットは、どこから来たんだ？」

冬馬はリュウジに問いただした。

「分かりません」

リュウジの声は思ったより強かった。

「鈴木は定期的に、新しい兵器や装置を手に入れては、使っていました。どこから手に入れたかは教えてくれなかった」

「ガードからではなさそうだ。こいつらも驚いてるからな」

話題が自分たちに触れたことに刺激を受けたのか、兵士の何人かが距離を詰めてきた。面倒なことになりそうだ。

「これが〝日本軍〟とは、笑わせるぜ。そうだろう？」

冬馬は兵士たちの神経を逆撫《さかな》でしてしまう。だが言わずにいられなかった。リュウジが泣き笑いの表情を見せる。冬馬は肩に触れてみた。派手に出血している。どうやら鎖骨が砕けている。出血は体力を奪っていた。

「ちくしょう。お前を助けたいが」

すると、手錠をされて放心している鈴木広夢を油断なく見ていた朴隆一が、自分のアサルトスーツを引き裂き、紐状《ひもじょう》にしてかがみ込んできた。リュウジの傷を処置する。

「朴さん」

冬馬の見ている前で、朴はたちまち止血を終えた。さすが応急処置に慣れている。

「なにが起きた」

朴は冬馬を振り返り、押し殺した声で聞いた。

「だれかが、新兵器を使ったのか」

人型兵器の息の根を止めた正体不明の力のことだ。

「分からない」

冬馬は途方に暮れてみせた。

「ガーディアンの仕業でもない。さっき狙撃した奴でもない。シールドの力でもない」

「黙れ。会話を禁止する」

いつの間にか近寄ってきた年配の兵士が命令した。

「君たちを、官邸の奥に収容させてもらう。おとなしく従うんだ」

年期を重ねた男。浦副司令の代わりにこの場を仕切るつもりらしい。だが顔が緊張で引き攣っている。

「こいつもか？」

冬馬は鈴木広夢を指差して見せた。

「当然、監禁するんだろうな。ロボットを使ってこれだけ大暴れしたんだから」

「彼は解放する。手錠の鍵を寄越せ」

年配の兵士は信じられないことを言った。頭の硬い役立たずだ。

「それには応じられない」

冬馬は断固として言った。

「だめだ。寄越せ！」

銃を突きつけてくる。冬馬は動じない。

「この男は軍紀違反を犯しただろう。あんたらの制止に応じないで、俺を殺そうとした。こんな奴、軍法会議にかけて懲らしめたらいい」

兵士は一瞬、いい提案だとでもいうように呑み込みかけたが、

「黙れと言っている。手を挙げて、おとなしくついてこい」

と苦しげに言った。

「こいつの処遇は？」

今度は、芝生の上のリュウジを指さした。

「無事を保障してくれないなら、ここを離れられない」

兵士の顔を真っ向から睨むと、期待した以上の威圧感を相手に与えたようだ。たったいま人型兵器の攻撃に耐えたことが目に焼きついている。

「我々の先発隊も、奥に押し込んでいるのか？」

朴隆一が訊いた。この武人はどこまでも責任感の権化だった。

だが、頑迷な兵士は銃口で答えた。

「それ以上口を利いたら撃つ」

卑怯な手だ。朴はシールドを持たない。冬馬は仲間を人質に取られた形だった。

降参するしかない、と諦めかけたとき、そばにいた別の兵士が急激な反応を見せた。自分の持つ端末に連絡が来たらしい。相手を確認し、出る様子が極端だった。上官なのは明らか。

「はい。はい」

恐ろしく律儀に返事する様子が、冬馬に確信をもたらした。

「茂木さん！」

叫んだ。回線の向こうに自分の声が届くことを祈って。

「もうやめてくれ！　このままだと戦争だ！」

すべての兵士が一斉に銃口を向けてきた。

だが、通信に答えていた兵士が呟いた言葉が状況を一変させた。

「別働隊が、投降した？」

鈍い衝撃が広がった。

冬馬は狂おしい希望を感じる。樋口が言っていた。公安が別働隊との接触を試みていると。それは実を結んだのか。そもそも多国籍、多人種からなるガーディアンたちを〝日本軍〟に纏めるには無理があった。茂木は掌握しきれなかったか。

ところが、その次に兵士が零《こぼ》した言葉は桁違いだった。

「――茂木司令が捕らえられた」

衝撃波が同心円状に中庭を満たすのが見える気がした。

その言葉は、冬馬の耳には凱歌《がいか》に聞こえた。

兵士の間に失望と戸惑いが伝播してゆく。逆に、特殊部隊員たちの顔が晴れる。だが朴隊長の顔に油断はない。変わらず鋭く辺りに目を配っている。それでも瞳には希望の光が灯っている。冬馬と視線を交わした。

冬馬は大きく頷く。

樋口さん、やってくれたのか？

8

その映像は瞬く間に世界中に行き渡った。

個々人が放送局になれる時代だ。整備された通信網は余すところなく、武力蜂起の首謀者を映し出した。傷だらけの無残な状態も、意気阻喪した表情のニュアンスも、あまりに鮮明に視聴者に届いた。

「映像が来た！」

湧いたのは福島県警の作戦本部だけではない。リアルタイムで、日本各地の個人の端末を賑わせ、むろんメディアの中継にも乗った。

冬馬たちのいる首相官邸の中庭。その内壁にも、映し出された。

プロジェクション・マッピングで映像を映し出せる設備が初めからあったおかげだ。操作したのは東アジア警備隊の通信兵だった。仲間たちと情報共有するために設備を確認していたのだろうが、まさか自分が、信じて付き従ってきた指揮官の、見るも無残な姿を仲間にお披露目《ひろめ》する役目を担うとは想像しなかっただろう。

壁全体に茂木一士が映っている。血と腫れと痣《あざ》と傷で見るに耐えない姿だった。威厳を持ち、日本人のみならずアジア全域で尊敬されてきた指揮官が、あぐらの姿勢で縛られている。眼光が衰えていないのはさすがだが、抵抗できない状態なのは明らかだった。

『こちら警視庁。茂木一士容疑者は降伏した』

画面の外側からくぐもった声が響く。

『*This is Keishicho. Commander Kazushi Mogi Surrendered*』

ただちに英語でも同じ内容が告げられる。世界に向けての宣言だった。

その声の持ち主を知り、冬馬は痺れた。映像には映り込まないが、あの男がやった。目標の人物に到達し拘束したのだ。

ただし、映し出された茂木は沈黙している。赤く腫れ、端が切れて血がにじんでいる口からはなんの言葉も出てこない。

それを見つめる茂木の部下たちが、希望を繋いでいる。だから冬馬は油断しない。形勢は確定していない。茂木は恫喝《どうかつ》されているだけだ。こんなものは認めない。そういう部下たちの、刻一刻の心の動きが手に取るように分かる。

だから必要だった。茂木本人の言葉が。

茂木を撮影している人間もそう感じたのか。茂木の姿が画面からフレームアウトした。代わりに映ったのはアサルトスーツを着た者たちだった。一瞬だが、冬馬には分かった。朴隊長の右腕の速水レイラが映ったのを。無事だ！　向こうのチームはしっかり茂木まで辿り着いた。だが東アジア警備隊の兵士たちはどこだ？　彼らのいる部屋の外にいるのかも知れない。もしかすると、警視庁の特殊部隊員たちは兵士に取り囲まれている。茂木を人質にして部屋に立て籠もっているのではないか？　だとすれば彼らもピンチ。一触即発の危地にいることになる。

とっさに朴の顔を見ると、目を鋭く細めている。同じ懸念を抱いていた。

やがて映像はなにもない壁を映した。続いて、気配が音だけで伝わってくる。人の声、説得するような、もみ合うような……どこまでも不穏な音。その正体に確信は持てない。見守る全員の心がかき乱され、次の展開を今か今かと待つ。

「樋口さん」

冬馬は思わず呟いた。電波の向こうで公安の魂が炸裂している、冬馬はそれを疑わない。血が熱く全身を駆け巡っている。生まれてからこれほど公安刑事を応援したことはない。たとえ茂木が古くからの知己で、樋口がどんな汚い手を使っていたとしても、自分は樋口の側に立つ。この仕事はあの男にしかできない。そのピカレスクな本質に、アンチヒーローとしての生き様に、貫徹する意志に痺れを感じた。

やがて画面の真ん中に茂木一士が戻ってきた。

『我々は――降伏する』

〝日本軍〟最高司令官はついに言った。

『私の兵士たちは、全員、戦闘を停止しろ』

低く、力ない命令。

『耐えがたきを耐えろ。いまは武器を捨て、おとなしくしろ。抵抗するな』

その瞬間、首相官邸の中庭は深い溜息に覆い尽くされた。

家族の臨終に立ち会ったかのような慨嘆が、同時に多くの口から漏れる。冬馬は負けた、と率直に感じた。樋口の道が正解だった。最後の最後に新国会議事堂を選んだあの男に確信があったのかどうかは知らない。運命だったのかも知れない。どのみち、こんな仕事は俺にはできなかった。茂木一士を容赦なく痛めつけ――おそらくは、身体だけでなく精神も――、降伏の言葉を摑み取った。ミッションコンプリート。

首相官邸にいる兵士全員が、映像に映る指揮官の命令に従い出した。武器が次々と芝生の上に置かれる。この統率力には場違いな感動を覚えてしまう。これが茂木一士。忠実に従う人間だけで主力部隊をまとめ上げていた。粛々と武装解除に応じるのも、優秀な兵士の資質と証明して見せた。

警視庁が誇る特殊部隊員たちの能力もいかんなく発揮された。武装解除の手際の良さは相手が大人数でも変わらない。誇りを感じながらも、冬馬の仕事は尽きなかった。これからが本番だ。どこかに押し込まれている首相たちを保護し、先に捕らえられているはずの先発隊を見つけて無事を確認する。

それをいまから、自分を含めた警察官が十人程度で行う。

少しも負担に感じない。スキップしながらでもできる気がする。

エピローグ――メタスタシス

「樋口」

立石勇樹は眉を顰めた。

自分でもその呼び方が、部下を讃《たた》えているのか、非難しているのか分からない。

『ぎりぎりのやり口ですね』

回線の向こうからアイリスが言い、

「樋口の選択を尊重する」

立石から苦渋の言葉を引き出した。

「ベストチョイスだったと信じる。人々からのバッシングは、甘んじて受けよう」

『はい。公開リンチ、との誹《そし》りは免れないでしょうが、人命を損なったわけではない』

「本当か？　だれも死んでいない？」

『と言うと不正確になります。イザナギの構成員に多くの死傷者が出ている』

「命の選別」

立石は、痛飲したときのように自分の額をぴしりと叩いた。それを見て笑う者はいない。

いまは作戦本部を出て個室に籠もっている。画面の向こうのアイリスとの密談だ。

脳裏には、端倪《たんげい》すべからざる仁戸田翁の笑みがちらついている。穏やかさの奥に潜む凄み。彼を問い詰めるのは至難の業だ。だが、放っておくことはできない。いったい樋口にどんな密命を与えたのか確かめなくてはならない。

仁戸田は、自らも動いた。蛇《じゃ》の道は蛇《へび》。彼にしかできないやり方で、立石も気づかぬうちに茂木の大部隊に亀裂を入れた。フクシマ以外にいた別働隊は、茂木に対し離反する動きを見せた。それがどれだけ大きかったか。謀略が活きた。これほどに公安が真価を発揮した事例を探すのは難しい。いや、公安というよりも、仁戸田正治という怪物的な人物の力と言うべきか。

改めて身震いが襲う。自分如きが日本警察の指揮官という顔をしていていいのかとさえ感じる。救いなのは、仁戸田が私利私欲で動いているように見えないこと。いまだに時折、仁戸田の前で胃がきゅっと縮む感覚を覚える立石だが、根本のところでは信頼している。警視庁の守護神と見なしている。歴代の警視総監も仁戸田を頼りにしてきた。

彼がいつか去ることは考えたくない。アフター・仁戸田の警視庁を安全運転で乗りこなす自信はなかった。仁戸田には樋口尊を後継者にしようとしている節がある。だが樋口など、仁戸田に比べれば丁稚《でっち》のようなものだ。そのやり口には大いに懸念もある。

「樋口の殺戮を、見ていたのか？　アイリス」

立石の問いに、部下は答えなかった。

「では、首相官邸の中庭で起こったことはなんだ？」

立石はいつになく語気を荒らげる。

『なんだ、とおっしゃいますと』

参謀の声がわずかに小さくなる。

「ごまかすな。冬馬を襲った人型兵器が、いきなり戦闘不能に陥っただろう」

『……はい』

「あんなことが起きるとは、想定していなかった」

立石は他ならぬ、冬馬本人のゴーグルを通して見ていた。戦闘の最前線を。部下の生命の危機と、不可解な切り抜けを。

警視総監は部下の体験をも寡占できる立場だが、時にそれはつらいだけだ。見ている間、立石にしてやれることはなにもないのだから。

ところが、自分と違い、なにかしてやれる人間がいた。

その人物は、途轍もない方法で邪な兵器を葬り去った。

なんという僥倖。おかげで吉岡冬馬を失わずに済んだ。

「君がやったのか？」

『私ではありません』

即答だった。だがアイリスのその言い回しに引っかかった。

「では、君が手配したのか？」

沈黙があった。

『心当たりがないわけではありません』

ようやく、そんな答えが返ってくる。

『あの現象を精査し、真相が判明し次第、また報告差し上げます』

「おい。まさか……あの人が、い、い」

立石が声を詰まらせた瞬間、無情な通告が届いた。

『すみません。国連事務総長から連絡が入りました。いったん通信を切ります』

「おい！　アイリス！」

呼びかけも虚しく回線は切られた。

＊

「武装解除！」

「叛乱は鎮圧された。世界中に発信しろ」

「クーデターは失敗。日本、他地域のユニヴァーサル・ガードに頼らず」

「警察力だけでけじめをつけた！〝ケーシチョウ〟は英雄だ」

　メディアやネットのニュース番組に、前向きなコメントが続々と寄せられている。全世界から安堵と称賛の声が止まない。ソフィア・サンゴールは胸をなで下ろした。茂木の降伏宣言が出るまで、国連ビル本部の各階を目が回る勢いで行き来していたが、いまようやく、事務総長室のソファに深々と座り込むことができる。

「アイリス」

　そしてすぐ日本に回線を繋げる。

「いま、同じ映像を見ているわね？　鎮圧してくれてありがとう」

『特殊部隊チームが、死力を尽くしてくれました』

　アイリスはふだんと変わらない調子だった。

『刑事部と公安部の刑事も、一緒に潜入して頑張りました』

「さすが警視庁ね。独力で、ＥＡＧの武装解除まで漕ぎ着けるなんて」

『運も味方しました』

「謙遜の必要はないわ。あなたも的確に作戦のバックアップをしたんでしょう。おかげで世界は救われた」

『それは、大げさよ』

「だったら、私が救われた。これは事実」

二人の女性は太平洋を挟んで笑い合った。

「クリスティンに頼らなくて済んだから。血を流さずに済んだ、これが何より、最高」

『本当ね。海戦に発展していたら、百五十年ぶりの痛恨事でした』

「ええ。クリスティンには、太平洋上の艦船の武装解除だけ、お願いするけれど」

『東アジア警備隊の統率は利いています。降伏するとなったら、上から下までしっかり行き渡る。海上の武装解除も問題ないでしょう』

「褒めるのもおかしいかも知れないけど……コマンダー・茂木はやはり、凄い人だったのね」

『でも道を誤った』

アイリスの評価に、ソフィアは考え深げに頷く。

「茂木司令官と、ガーディアンたちの処分の問題もある。国際法に新項目の追加が必要ね。従来のものでは、適切に裁けそうにないから」

『新項目。叛逆罪？』

「困ったわ。また、世界中から法律家を集めて会議を重ねないと！　世界連邦成立の頃ぐらい、忙しくなるわね」

『東アジア警備隊は、解体しなくてはならないものね』

アイリスが言い、ソフィアの目の前がますます暗くなる。

「そう。全員の任を解いて、新たに選び直す。蝕まれたＥＡＧを再建するまでどれくらいかかるか……その間の、東アジアの治安をどう守るか……問題山積。とんでもない労力が要るけれど、それでも取り組むのが、国連の使命」

『手間がかかるのが民主主義』

「まったく」

気が遠くなる。だが、いまは笑いたい。

クララに言って酒を持ってきてもらおう。上等のブランデーでも。

「アイリス。一杯つきあって」

＊

リュウジの意識ははっきりしていた。

苦しみは続いているが、出血を止めてもらってから、失神しそうになることはなくなった。どうやら自分は生き延びる。リュウジは嬉しいのか悲しいのか分からない。サキに狙撃された衝撃も鈍かった。あの女は殺したければ殺す女だ。たとえ情を交わした相手であっても。

気がした。この首相官邸の中庭で起きたこと全てが、心を埋め尽くしている。空っぽの器になった。芝生に横たわった自分の周りで、兵士たちが武器を捨て、警視庁の刑事と特殊部隊員たちに従っている行するのだろう。まもなく大勢の警察官がここに乗り込んできて、兵士たちを連も押し込めるのか。どこに収容するのか。留置場では足りないだろう。では県民ホールにでしかも相手は軍隊。警察には同情する。これほどの集団逮捕など初めてに決まっている。

一人一人が戦闘能力の高い者ばかりだ。

だが、兵士たちにはもはや殺気がない。それは感じた。諦めている。そもそも無謀な叛乱だったと思っている者が多いようだ。自分と同じだ。なのになぜ荷担してしまった？

狂った指揮官を選んでしまったから。自分の目が狂っていたせいだ。

人のせいにはできない。イザナギに属したのは一生の不覚で、だから鈴木広夢に銃を向けた。どんなことをしてでも逃げたかった。同時に、自分が死に値するとも感じていた。

だから捨て身になれた。

あの殺人ロボットのように強制停止させられればよかった。俺はそれぐらいの馬鹿だった。だが目の前で起きたのは奇蹟だ。無敵に思えた人型兵器がいきなり溶け出した。あの場のだれもが戸惑い、ロボットが死ぬのを為す術もなく眺めていた。

そして自分は生き残ってしまった。なぜか笑えてくる。これだけの血を失ったのに、いま自分は笑っている。すっかりボロ雑巾で、このまま放っておかれたら野垂れ死に確実なのに、可笑《おか》しい。どこまでも捨てられたい。

「なに笑ってるんだ、お前」

そばに来た男が呆れている。

「リュウジ。助けが来るから、もう少し我慢しろ。で、あの女はどこへ行った？」

刑事。吉岡冬馬。見えない楯に守られた特別な男。

「あ……サキですか？」

リュウジは誠実に答えたかった。

「あいつとは……フクシマでは、初めから別行動をしていました。あいつは、バックアップに回った。陰から、イザナギを守る役割です」

「鈴木が狙われたら、ああやって狙撃するためか。だがもう、あいつはいないぞ」

刑事はどうにも解せない様子だった。

「いま県警本部に問い合わせたが、非常線に引っかかったという報告もない。あの女……どうにかして官庁街から離脱しやがった」

リュウジは答えられない。ただ、なるほどと思っている自分がいる。

「お前を撃ち、鈴木広夢がわっぱを塡められ、ロボットがぶっ壊れた。で、ガーディアンたちが武装解除されている間に、あいつはどこ吹く風だ。自分だけ逃げた」

「あの女は、生き延びる奴です」

リュウジは自分の知る真実を伝えた。

「ほう?」

「どんな状況でも、だれを踏みつけてでも、生き延びます」

リュウジの言葉を呑み込んだ上で、刑事は問いただしてきた。

「切腹は、あいつの仕業だな」

「そうです。ぜんぶあいつです」

素直に認める。

「あんなひどいことをお前、よくも……」

刑事は憤っている。当然だ。

「あれを最初に手伝わされたときに、俺は、イザナギから抜けると決めました」

「ふん。遅いな」

「鳥取支部をやったとき、俺は本当に、イザナギから脱走しようと思ったんです。でもサキが怖かった。あいつを裏切ったら、とんでもない死に方をさせられる」

「馬鹿野郎。結局撃たれてるじゃねえか」

吉岡冬馬の言う通りだった。俺はこの国最悪の馬鹿者だ。

「お前も逮捕するからな。せいぜいムショで反省しろ」

容赦のない言葉が嬉しかった。リュウジは頷いてみせる。

「お前はまだ若い。やり直しは利く」

はい、と声に出した。

「あの女はどこから来たんだ。いつから鈴木広夢と一緒にいた？」

そう訊かれて、リュウジは自分がなにも知らないことに絶望した。

「分かりません」

「お前はなんにも知らないな！」

「サキのことは、ほんとうに分からない」

「恋人だったんだろう？」

「そう思っていましたが」

撃たれる前に情は消えていた。サキが自分に対して優しかった時代は、もはや夢。別人だ。それぐらい印象が違う。

「あの女、多重人格じゃないのか。底知れない」

刑事の洞察に感心した。本質を見抜いている。自分がサキだと思っていた女はだれなのかもう分からない。

「刑事さん。あんたを捕まえた、あの変な装置は」

せめて意味のあることを伝えたかった。

「サキが持ってきました」

吉岡冬馬は激しい反応を見せた。まさに知りたかったことのようだ。

「あれは最新技術だ。そのへんの人間が作れるわけがない」

「サキは俺に、詳しい説明は一切してくれなかったけど……どこかと繋がってた。だれかにいろんなものをもらってた。鈴木も、それを頼りにしてたんです」

「……そうだったのか」

「あのロボットも、たぶんそうです。どこからもらったかは知らないけど」

刑事の目が変わっている。獲物を追う猟犬の目に。

「追いかけなくては。あいつはまた、何かやる」

それは正しい。頷くリュウジにもはや目もくれない。どこかへ去って行こうとした。だから去る前に、力を振り絞って刑事の足に触れた。

「ん？」

「刑事さん。手伝わせてください」

「なに？」

苦痛に震えながらリュウジは言った。

「俺も、サキを捕まえたい」

吉岡冬馬はリュウジの目を覗き込んできた。

「お前にできるのか？」

＊

サキは駆けた。

その顔に表情はない。その心に感情もない。

車を駆って南下する。もはや新首都に用はない。第一の計画は無駄に終わった。

だがなんの問題もないし変更もない。次の計画を始動するだけだ。

スピードを上げれば上げるほど、〝イザナギのサキ〟が剝がれ落ちてゆく。虚飾が取り払われ、本当の身分と名前を取り戻す。

いまだけだ。素の自分を楽しめるのは。まもなく自分は他の身分と名前と顔を得る。また目的のために活動する。主のために尽くす。

数年間、仮の住《す》み処《か》だったイザナギへの感情もたちまち消えた。恋人ごっこをしていた若者の面影も消える。

もはや何者でもない女は、主への思慕に心を舞わせた。

自分の行く手を阻むいくつかの面影に憎しみを煮立たせた。

とりわけ許しがたいのは、あのシールド使いども。小癪《こしゃく》な警視庁の連中だ。裏であの刑事たちをバックアップしている者こそ、憎しみのセントラルドグマ。去る直前に見た神の火が女の中にまだ燃えている。恐れを感じている自分が悔しい。シールドごと潰すはずだったあの人型兵器をたやすく葬り去るとは！

敵は恐ろしく強い。主の好敵手となり得る。

その正体を突き止める。そして潰す。そうなれば、勝利したも同然。

世界を戦火に投げ込むのだ。先達が常にやって来たように。

来たるべき決戦は常に頭にある。それは、砂漠と氷原の闘いだ。どちらがどちらかを呑み込むまで終わらぬ最終戦争《ハルマゲドン》。王と吟遊詩人との、貴族と放浪民との宿命の果たし合いだ。

数百年の時を超え、近く決着する。自分が生きているうちに見届けられる。

いつしか女の顔には満面の笑みが浮かんでいた。

引用文献

『科学者と世界平和』講談社学術文庫、アルバート・アインシュタイン　井上健／訳
『国際連盟－世界平和への夢と挫折』中公新書、篠原初枝
『国連事務総長－世界で最も不可能な仕事』中央公論新社、田仁揆

この作品はフィクションです。作中に登場する人物名・団体名は実在するものとは一切関係ありません。

この作品は書き下ろしです。

中公文庫

世界警察《せかいけいさつ》1
——叛逆《はんぎゃく》のカージナルレッド

2021年3月25日　初版発行

著　者　沢《さわ》村《むら》　鐵《てつ》

発行者　松田陽三

発行所　中央公論新社
〒100-8152　東京都千代田区大手町1-7-1
電話　販売 03-5299-1730　編集 03-5299-1890
URL http://www.chuko.co.jp/

DTP　ハンズ・ミケ
印　刷　大日本印刷
製　本　大日本印刷

Published by CHUOKORON-SHINSHA, INC.
Printed in Japan　ISBN978-4-12-207045-5 C1193

中公文庫既刊より

各書目の下段の数字はISBNコードです。978－4－12が省略してあります。

さ-65-1
フェイスレス　警視庁墨田署刑事課 特命担当・一柳美結　沢村 鐵
大学構内で爆破事件が発生した。現場に急行する墨田署の一柳美結刑事。しかし、事件は意外な展開を見せ、さらなる凶悪事件へと……。文庫書き下ろし。
205804-0

さ-65-2
スカイハイ　警視庁墨田署刑事課 特命担当・一柳美結2　沢村 鐵
巨大都市・東京を瞬く間にマヒさせた〝C〟の目的、正体とは⁉ 警察の威信をかけた天空の戦いが、いま始まる‼ 書き下ろし警察小説シリーズ第二弾。
205845-3

さ-65-3
ネメシス　警視庁墨田署刑事課 特命担当・一柳美結3　沢村 鐵
人類救済のための殺人は許されるのか⁉ 日本警察、そして一柳美結刑事たちが選んだ道は？ 空前のスケールで描く、書き下ろしシリーズ第三弾‼
205901-6

さ-65-4
シュラ　警視庁墨田署刑事課 特命担当・一柳美結4　沢村 鐵
八年前に家族を殺した犯人の正体を知った美結は、復讐鬼と化し、警察から離脱。人類最悪の犯罪者と対峙する日本警察に勝機はあるのか⁉ シリーズ完結篇。
205989-4

さ-65-5
クランⅠ　警視庁捜査一課・晴山旭の密命　沢村 鐵
渋谷で警察関係者の遺体を発見。虚偽の検死をする美人検視官を探るために晴山警部補は内偵を行うが、そこには巨大な警察の闇が――！ 文庫書き下ろし。
206151-4

さ-65-6
クランⅡ　警視庁渋谷南署・岩沢誠次郎の激昂　沢村 鐵
同時発生した警視庁内拳銃自殺と、渋谷での交番巡査銃撃事件。警察を襲う異常事態に、密盟チーム「クラン」がついに動き出す！ 書き下ろしシリーズ第二弾。
206200-9

さ-65-7
クランⅢ　警視庁公安部・区界浩の深謀　沢村 鐵
渋谷駅を襲った謎のテロ事件。クランのメンバーは「神」と呼ばれる主犯を追うが、そこに再び異常事件が――書き下ろしシリーズ第三弾。
206253-5

さ-65-8
クランⅣ 警視庁機動分析課・上郷奈津実の執心　沢村　鐵
包囲された劇場から姿を消した「神」。その正体を暴く鍵は意外な人物が握っていた。警察に潜む悪との戦いは佳境へ！　書き下ろしシリーズ第四弾。
206326-6

さ-65-9
クランⅤ 警視庁渋谷南署巡査・足ヶ瀬直助の覚醒　沢村　鐵
警察閥の大量検挙に成功した「クラン」。だが「神」の魔手は密盟のトップ・千徳に襲いかかり――。迫り来るクライマックス、書き下ろしシリーズ第五弾。
206426-3

さ-65-10
クランⅥ 警視庁内密命組織・最後の任務　沢村　鐵
非常事態宣言発令より、警察の指揮権は首相へと移った。「神」と「クラン」。最後の決戦の行方は――。シリーズ最終巻、かつてないクライマックス！
206511-6

さ-65-11
雨の鎮魂歌《レクイエム》　沢村　鐵
中学校で見つかった生徒会長の遺体。次々と校内を襲う異常な事件。絶望の中で少年たちがつかんだものとは。「クラン」シリーズの著者が放つ傑作青春小説。
206650-2

い-127-1
ため息に溺れる　石川　智健
立川市の病院で、蔵元家の婿養子である指月の遺体が発見された。心優しき医師は、自殺か、他殺か――。見えていた世界が一変する、衝撃のラストシーン！
206533-8

い-127-2
この色を閉じ込める　石川　智健
人食い伝説を残す村で殺人事件が発生。住人の口から上がった容疑者の名は、十年前に死んだ少年のものだった。恐怖度・驚愕度ナンバーワン・ミステリー。
206810-0

と-25-45
新装版 雪虫 刑事・鳴沢了　堂場　瞬一
俺は刑事に生まれたんだ――鳴沢了は、湯沢での殺人と五十年前の事件の関連を確信するが、署長である父は彼を事件から遠ざける。〈解説〉宇田川拓也
206821-6

と-25-46
新装版 破弾 刑事・鳴沢了　堂場　瞬一
警視庁にやってきた了は署内で冷遇を受ける女性刑事・冴と組む。心に傷を抱えた二人が今、最高のコンビとして立ち上がる。〈解説〉沢田史郎
206837-7

各書目の下段の数字はISBNコードです。978－4－12が省略してあります。

と-25-47
新装版 熱欲　刑事・鳴沢了　堂場瞬一
青山署の刑事として現場に戻った了。詐欺がらみの連続傷害殺人事件に対峙する了の捜査は、NYの中国人マフィアへと繋がっていく。シリーズ第三弾。
206853-7

と-25-48
新装版 孤狼　刑事・鳴沢了　堂場瞬一
行方不明の刑事と不審死した刑事。遺体の手には「鳴沢了」と書かれたメモ――最強のトリオで警察内に潜む闇に挑め。シリーズ第四弾。〈解説〉内田俊明
206872-8

と-25-49
新装版 帰郷　刑事・鳴沢了　堂場瞬一
殺人事件の被害者遺族に依頼された、父が遺した未解決事件の再調査。「捜一の鬼」と呼ばれた父を超えるため、了は再び故郷に立つ。〈解説〉加藤裕啓
206881-0

と-25-50
新装版 讐雨　刑事・鳴沢了　堂場瞬一
爆破事件に巻き込まれた了。やがて届く犯行声明。爆弾魔の要求は世間を騒がせた連続幼女誘拐犯の釈放であった。大人気シリーズ第六弾。〈解説〉内田　剛
206899-5

と-25-51
新装版 血烙　刑事・鳴沢了　堂場瞬一
恋人の子・勇樹が誘拐された。背後に揺れる大物マフィアの影。異国の地を駆ける了が辿り着いた事件の哀しき真相とは。シリーズ第七弾。〈解説〉安西京子
206909-1

と-25-52
新装版 被匿　刑事・鳴沢了　堂場瞬一
西八王子署管内で代議士が不審死。ろくな捜査もせず警察は事故と断じる。苛立つ了のもとに地検から秘密裏に協力の要請が。シリーズ第八弾。〈解説〉狩野大樹
206924-4

と-25-53
新装版 疑装　刑事・鳴沢了　堂場瞬一
保護した少年が失踪。やがて彼の父親がひき逃げ事件を起こしたことが判明した。少年を追う了を待つ衝撃の事実とは。シリーズ第九弾。〈解説〉倉田裕子
206934-3

と-25-54
新装版 久《く》遠《おん》（上）　刑事・鳴沢了　堂場瞬一
ターゲットは、鳴沢了。何者かに殺人の濡れ衣を着せられた了。潔白を証明するため、一人、捜査に乗り出すのだが……。刑事として生まれた男、最後の事件。
206977-0

と-25-55
新装版 久遠(下) 刑事・鳴沢了
堂場瞬一
謎の符号「ABC」の正体を掴むも捜査は行き詰まる。闘い続けた男の危機に仲間たちが立ち上がる。全てを操る黒幕の正体とは？ 警察小説の金字塔、完結。
206978-7

と-25-56
新装版 七つの証言 刑事・鳴沢了外伝
堂場瞬一
冴、海、勇樹、そして高城。了に関わる七人の目を通して描く「刑事として生まれた男」の真実とは。著者最大の人気シリーズ唯一の短編集。〈解説〉大矢博子
206991-6

と-25-36
ラスト・コード
堂場瞬一
父親を惨殺された十四歳の美咲は、刑事の筒井と移動中、何者かに襲撃される。犯人の目的は何か？ 熱血刑事と天才少女の逃避行が始まった！〈解説〉杉江松恋
206188-0

と-25-43
バビロンの秘文字（上）
堂場瞬一
カメラマン・鷹見の眼前で恋人の勤務先が爆破。彼女が持ち出した古代文書を狙う、CIA、ロシア、謎の過激派組織——。世界を駆けるエンタメ超大作。
206679-3

と-25-44
バビロンの秘文字（下）
堂場瞬一
激化するバビロン文書争奪戦。鷹見は襲撃者の手をかいくぐり文書解読に奔走する。四五〇〇年前に記された、世界を揺るがす真実とは？〈解説〉竹内海南江
206680-9

と-26-9
SRO I 警視庁広域捜査専任特別調査室
富樫倫太郎
七名の小所帯に、警視長以下キャリアが五名。管轄を越えた花形部署のはずが——。警察組織の盲点を衝く、連続殺人犯を追え！ 新時代警察小説の登場。
205393-9

と-26-10
SRO II 死の天使
富樫倫太郎
死を願ったのち亡くなる患者たち、解雇された看護師、病院内でささやかれる『死の天使』の噂。SRO対連続殺人犯の行方は。待望のシリーズ第二弾！ 書き下ろし長篇。
205427-1

と-26-11
SRO III キラークィーン
富樫倫太郎
SRO対〝最凶の連続殺人犯〟、因縁の対決再び!! 東京地検へ向かう道中、近藤房子を乗せた護送車は裏道へ誘導され——。大好評シリーズ第三弾、書き下ろし長篇。
205453-0

各書目の下段の数字はISBNコードです。978－4－12が省略してあります。

と-26-12
SRO Ⅳ 黒い羊
富樫倫太郎
SROに初めての協力要請が届く。自らの家族四人を殺害して医療少年院に収容され、六年後に退院した少年が行方不明になったというのだが——書き下ろし長篇。
205573-5

と-26-19
SRO Ⅴ ボディーファーム
富樫倫太郎
最凶の連続殺人犯が再び覚醒。残虐な殺人を繰り返し、日本中を恐怖に陥れる。焦った警視庁上層部は、SROの副室長を囮に逮捕を目指すのだが——。書き下ろし長篇。
205767-8

と-26-35
SRO Ⅵ 四重人格
富樫倫太郎
不可解な連続殺人事件が発生。傷を負ったメンバーが再結集し、常識を覆す新たなシリアルキラーに立ち向かう。人気警察小説、待望のシリーズ第六弾！
206165-1

と-26-37
SRO Ⅶ ブラックナイト
富樫倫太郎
東京拘置所特別病棟に入院中の近藤房子が動き出す。担当看護師を殺人鬼へと調教し、ある指令を出すのだが——。累計60万部突破の大人気シリーズ最新刊！
206425-6

と-26-39
SRO Ⅷ 名前のない馬たち
富樫倫太郎
相次ぐ乗馬クラブオーナーの死。事件性なしとされるも、どの現場でも人間と同時に必ず馬が一頭逝っている事実に、SRO室長・山根新九郎は不審を抱く。
206755-4

と-26-36
SRO episode0 房子という女
富樫倫太郎
残虐な殺人を繰り返し、SROを翻弄し続けるシリアルキラー・近藤房子。その生い立ちとこれまでが、ついに明かされる。その過去は、あまりにも衝撃的！
206221-4

な-75-1
R帝国
中村文則
国家を支配する〝党〟と、謎の組織「L」が存在するR帝国。戦争が始まり、やがて世界は思わぬ方向へと暴走していく。世界の真実を炙り出す驚愕の物語。
206883-4

ひ-38-1
CAGE 警察庁科学警察研究所特別捜査室
日野草
誰かが刑事、誰かが犯人、そして誰かが存在しない。相良と彼の上司の琴平は、男に連れ去られる寸前の女子大生を助ける。だが相良と琴平の目的は……。
206858-2

や-53-1
もぐら
矢月秀作
こいつの強さは規格外——。警視庁組織犯罪対策部を辞し、ただ一人悪に立ち向かう「もぐら」こと影野竜司。最凶に危険な男が暴れる、長編ハード・アクション。
205626-8

や-53-2
もぐら 讐
矢月秀作
警視庁に聖戦布告！　影野竜司が服役する刑務所が爆破され、獄中で目覚める〝もぐら〟の本性——超法規的、過激な男たちが暴れ回る、長編ハード・アクション第二弾！
205655-8

や-53-3
もぐら 乱
矢月秀作
女神よりも美しく、軍隊よりも強い——次なる敵は、中国の暗殺団・三美神。影野竜司が新設された警視庁特務班とともに暴れ回る、長編ハード・アクション第三弾。
205679-4

や-53-4
もぐら 醒
矢月秀作
死ぬほど楽しい殺人ゲーム——姿なき主宰者の目的は、復讐か、それとも快楽か。凶行を繰り返す敵との、超法規的な闘いが始まる。シリーズ第四弾！
205704-3

や-53-5
もぐら 闘
矢月秀作
新宿の高層ビルで発生した爆破事件。爆心部にいた被害者は、ｉＰＳ細胞の研究員だった。新細胞開発に蠢く闇に迫る！　シリーズ第五弾。
205731-9

や-53-6
もぐら 戒
矢月秀作
首都崩壊の危機！　竜司の恋人は爆弾とともに巻き付けられ、警視庁にはロケット弾が打ち込まれた。国家を、そして愛する者を救え——シリーズ第六弾。
205755-5

や-53-7
もぐら 凱（上）
矢月秀作
勝ち残った奴が人類最強——。首都騒乱の同時多発テロから一年。さらに戦闘力をアップしたシリーズ史上最強の敵が襲いかかる！〝もぐら〟最後の闘い。
205854-5

や-53-8
もぐら 凱（下）
矢月秀作
勝利か、死か——。戦友たちが次々に倒されるなか、遂に〝もぐら〟が東京上陸。日本全土を恐慌に陥れる謎の軍団との最終決戦へ！　野獣の伝説、ここに完結。
205855-2